土佐七色紙

――養甫尼伝――

青木哲夫

鳥影社

新之烝君碑

序文

青木　哲夫

この作品は寿岳文章・しづ夫妻の共著『紙漉村旅日記』に基づいた創作です。この旅日記は、夫妻が昭和十二年から十五年にかけて全国の紙漉村を踏査し、記録をまとめ、昭和十八年に私家版として出版されたものです。筆者が参考にしたのは『壽岳文章しづ著作集5　紙漉村旅日記他』（春秋社）です。なかに「日本の紙」も収録されています。

寿岳文章は英文学者で、優れた訳業を残され、岩波文庫に収められた『ブレイク抒情詩抄』はブレイクの訳本として今も評価の高い一冊です。また昭和五十二年に出版されたダンテの『神曲』の完訳は読売文学賞を受賞されています。

さらに寿岳は、言語学者の新村出、民芸運動の柳宗悦らと活動を共にし、民芸研究家として手漉紙の研究に多大の成果を残されました。特に「漉く」という製造工程は大陸のものとは異なった独自の発明であると示しています。その大きな功績は、近代製紙工業以前の紙漉きの歴史が、民衆の知恵と技の結晶として凝縮し、たとえ質朴、稚拙であっても、手漉紙の伝統のなかに宿る真の美を、そして民衆の心を見出したことでありましょう。ちょうど民衆の工具雑器のなかに真実の美を発見した柳宗悦に比肩する、寿岳ならではの功績でありましょう。

現在の高知県いの町成山地区の仏が峠には『紙業界之恩人新之烝君碑』が建っています。大正五年九月建立、撰文は成山小学校校長萱中雄幸です。裏面には概略以下のような文章が刻みこまれています。

――慶長初年頃、伊予からの旅僧新之丞が来村し病に倒れた。村人らは彼を介抱した。全快した新之丞は帰郷の前に礼として抄紙法を伝えた。帰国の途次、安芸三郎左衛門は峠で待ち伏せをし、背後から新之丞を斬り殺した。抄紙法の秘密が他国に漏れることを危惧したためである。新之丞の功績を不朽に伝えるためにこの記念碑を建てるものである……。


この碑文は謎だらけです。

新之丞とは何者なのでしょうか。

安芸三郎左衛門とは何者なのでしょうか。

当時、土佐の諸所で手漉紙は生産されていましたから、抄紙法の秘密などはありません。それが村の外に漏洩することを懼れて旅僧を斬殺することはありえません。但し、それが七色紙の製法であれば極秘の事柄であったでしょうから、峠の事件もありえますが、七色紙の創製者は養甫尼なのです。

つまり、この『新之烝君碑』の最大の不可解なところは、成山村の手漉紙の功労者、七色紙の創製者養甫尼の名が登場してこない点です。

養甫尼は大切なもののすべてを実兄長宗我部元親に奪われました。夫波川玄蕃清宗は謀叛の嫌疑をかけられて詰腹を切らされました。波川合戦で二人の優秀な息子らは討死しました。南伊予の三滝城主紀親安に嫁していた娘菊は、夫の後を追うため愛馬もろとも炎上する城へ駆けこんでいます。養甫尼は波川合戦の折、幼児千位を抱いて成山村へ落ちのびましたが、この子は少年時に頓死してしまいます。そしてこの碑文のように、養甫尼は村の歴史からもその名を抹消されてしまいました……。

もはや、失うものは自分の命ひとつとなった養甫尼ですが、成山村で糸の草木染を紙に応用し、楊梅や蘇芳や沈丁花などを使って七色紙を創製します。――土佐が長宗我部から山内へ替わった時、三郎左衛門はこの七色紙を携えて一豊に謁見します。成山村の今までの領主養甫尼の所有物はすべて三郎左衛門に譲られ、彼は新領主となり、村は御用紙漉村となります。さらに七色紙は徳川将軍家への献上品となります。

同じ時期、養甫尼の姿は成山村から忽然と消えてしまいます。熊野へ去ったという伝承もありますが、彼女の最期はよく分かってはいません。

成山（村）地区は筆者の父祖の地でもあります。初代は山内家に追随して土佐に入ってきた一族の一人で、庄屋役として成山村に入ったと伝えられています。この人物が峠の新之丞斬殺伝説にどのように関与していたのか、また、関与していなかったのか、末裔の一人としては気になるところです。もしかすると、元凶であるかもしれません。

さて、これらの謎解きのための旅に出なければなりません。旅の進行方向は創作の道しかありません。養甫尼が哀切な波乱の生涯の果てに完成した七色紙の美しさに、筆者は辿りつけるでしょうか。

作品の主要な現在時は昭和十四年ですが、物語で描かれねばならない時代は戦国期だけに納まらず、明治土佐の自由民権運動期にも亘り、植木枝盛、片岡健吉、安芸喜代香などにも登場してもらわなければなりません。手漉紙の碩学・寿岳文章しづ夫妻の視点を拝借して描かれる部分が基盤になりますが、記述はすべて創作であり、史実記録ではないことをお断りしておきます。

寿岳夫妻の魂魄よ。どうか、私に憑依してください。

土佐七色紙
——養甫尼伝——

目次

土佐七色紙

——養甫尼伝——

一　成山村仏が峠

昭和十四年三月二十四日、四国阿波池田のあたりは晴れわたっていた。私と妻は午前九時五十二分池田発の汽車に乗った。脚が冷えて竦むように、恐ろしく、また美しい、大歩危小歩危の渓谷の眺めを嘆賞しながら、大豊を過ぎ高知へと向かった。

山中を走るその車窓の外に、南国四国の植物群に覆われた緑の山腹のなかに、掘建て小屋のような貧農家屋が点在していた。その貧しく小さな建物を囲繞するように天日干しされた紙が立ち並び、朝の光を純白に反射して谷間を明るくしていた。畑にはすでに移植された楮の苗木が並び栽培の準備も進んでいるようである。長年の研究と踏査の対象としてきたためか、旅の目的の手漉紙と材料の楮の畑が自然と目に入ってきて、私たちは嬉しかった。

四国最深奥部の山岳地帯のつぎつぎと現れるトンネルを抜けて、土佐の平野へ出ると、

——明るいわあ。窓外の眺望に向かって妻は笑顔で言った。

——せやなあ、明るいなあ、土佐は。と、私は相槌を打った。

実際、南の国の土佐の大気に横溢している陽の光は、漉されたように、剥きだされたように、鮮烈な明るさで煌めいていた。支那事変のあった二年前の秋から、全国の紙漉村を踏査してきた

のだが、こんなにも陽射しの澄んだ陽気な大気の下にひろがっている土地は初めてである。
阿波池田から二時間余を経て高知駅で下車した。県庁から統計課の明るく親切で謙虚な青年が自動車で迎えに来ており、宿の土佐ホテルからも迎えの人を駅前に寄こしていた。私たちはそれぞれ革製の古いボストンバッグを提げていたが、運転手はすぐそれを取って後部の荷物入れに仕舞いこんだ。

私たちは新築後間もないと思われる豪奢（ごうしゃ）至便、周到な気配りで申し分のない宿に落ち着いた。昼の軽食の後、大阪朝日新聞と大阪毎日新聞の支局記者や、高知営林局の品格のある計画部長などに会った。さらに高松宮家の別当山内豊中（とよなか）少将からの前もっての連絡により、鷹匠（たかじょう）町の山内侯爵家で鄭重（ていちょう）な歓待を受け、家令の藤本史郎（ふじもとしろう）が懇切な応対をしてくれた。

長年、手漉紙の研究とその生産農家への調査と著述に努めてきたが、それだけではこれほどの歓迎は受けないであろう。おそらく理由は、昭和十二年以降三年間、高松宮家から有栖川（ありすがわ）宮記念学術奨励金を支給され、全国に現存する手漉紙業の歴史地理研究に従事することになったためである。

そのために、紙漉村の人びとにとってある種の権威と見られ、畏怖されているとしたら残念である。紙漉村を尋ね歩くその道中、知識技能ばかりではなく人格的にも優れた紙漉家によく出会う。しかし彼らは一様に貧しい。二年前に訪れた奈良吉野国樔（くず）村では、冬の冷たい水のために赤く腫（は）れた手で紙漉きをする少女がいて、その厳しい労働を見ると、ハイヒールで歩く都会の娘たちに見せたいと腹を立ててしまった。

山内家の藤本史郎の説明によって、『長宗我部地検帳』三百六十八冊を見たが、それを前にするとまず楮製の厚紙で繊維なども太いことに関心は向いた。つぎに内容記事のなかに楮畑が随処に見えることに興奮した。藤本は、

――成山村の御用紙漉家から上納した言上紙が一番立派ではないでしょうか。と言った。

その後、県庁の車に迎えられて、丸ノ内の県立図書館へ行き、館長、司書などに歓迎され、大毎支局の記者が来て私の写真を撮り、談話を記録して帰った。土佐手漉紙関係の文献が豊富にあるが、筆写することは時間的に無理なので、館専属の筆耕の人に依頼し、後日送ってもらうことにした。雑談をしながら文献調べをしたのだが、私の胸の奥には明日訪れる予定の成山村への想いがずっと湧き立ちつづけ、募りつづけ、昂揚しつづけた。

今日まで歩いてきた全国の紙漉村の諸所で、かならずと言ってよいほど人びとの口から出てきた土地の名は土佐であった。材料の楮などの仕入先としても、製法の知識技術を持った製紙技師指導員にしても、改善改良方法にしても、視察目的の製紙先進地としても、多くの県が各部落に設けた簡易製紙伝習所の巡回教師として招聘した吉井源太にしても、そのたびに土佐の名が出た。その土佐に来て歓待され、その土佐の人が「一番立派な」紙の産地として名をあげているのが成山村である。そこへ明日行くことができる。

図書館を出たのはすっかり日が暮れてしまってからで、蒲鉾店などを覗きながら宿へ帰り、なかの店で妻は珊瑚の帯〆を買った。外から雨の音が聴こえる。天気はすっかり崩れてしまったようである。成山村はかなりの山奥らしいが、明日は大丈夫だろうか。三月二十四日の日記をつけ

て十時に就床した。

この日記は、紙漉村の叙景描写は妻が、手漉紙に関する専門的なことは私が書いた。後から思い出して書くと記憶も曖昧になってまちがいも起きるので、二人は見聞きしたことを現場で整理して記録することを心掛けた。


翌三月二十五日九時半、山内侯爵家の藤本史郎が運転手つきの自動車で迎えに来、宿を出、高知から三里ほど西の伊野町へ向かい、十時頃に着いた。まず訪問したのは、伊野町の紙問屋に勤めながら郷土史と土佐和紙について研究をしている森木謙郎（もりきけんろう）の家である。ここで七色紙の実物や資料そして森木所蔵の古文書類を見た。——私たちは七色紙の地味な美しさに瞠目（どうもく）し、魅了され、寡黙になり、讃嘆の深い息を何度も洩らした。

この森木謙郎は俳人で、号は「茶雷（さらい）」である。明治十六年二月の生まれで、親戚の紙業会社に勤め、茶道を好み、俳誌に加わって俳句に親しむかたわら、「土佐俳諧史稿」「伊野町史」などを手がけている。明治三十四年正岡子規（まさおかしき）に師事、明治三十六年雑誌『大声』発行、高浜虚子（たかはまきょし）や河東碧梧桐（かわひがしへきごとう）、高野素十（たかのすじゅう）などを高知に迎えて句会を催したそうである。土佐においては著名である。

私、妻、藤本史郎、森木謙郎の四人は待機していた車に乗り、成山村へ向かった。広い川幅の仁淀川（によどがわ）の清冽（せいれつ）な流れを左手に眺めながら車は進み、しばらく行って右手の山麓の神谷（こうのたに）の集落に入った。すぐさま、危険極まりない細道になり、山へ登っていった。次第に道は細る一方で、右側は断崖絶壁、左側は遥か下方に白い渓流が見え、私たちは生きた心地がしなかった。これでは、車で行ける所まで行ってしまうと、片側は見上げる断崖絶壁が迫ってきてドアも開かず、片側は見下ろす断崖絶壁で車から降りたら渓谷の底ということになってしまう。そのうち、道幅は車幅よりも狭くなってしまうであろう。そんな心配をしていると、ほんのわずかに道幅の広がっている所で車は停まり、四人は車から降りた。車は慎重に鈍重に後進して下って行った。

四人は成山村への急峻な道を歩いて登りはじめた。私たち夫婦は大きな鞄、森木は薄い風呂敷包みを提げている。森木と妻とは息苦しそうである。すると藤本史郎が私と妻の鞄を奪うようにして両手に提げてくれた。あまりにも山奥なので、土佐における近世抄紙発祥地の成山村を訪ねる人は少ないのであろう。仁淀川河畔の狭隘な平地の神谷から山上集落の成山村に至るこの峻険な悪路は、住人かその親戚か、重大な用件のある役人でなければ歩かないであろう。

手漉紙の生産のために必須の条件は、三椏や楮などの植物は勿論のこと、同様に大切なのは澄明な水である。清冽な水は深山幽谷にしか湧かず、流れてはいない。良質の手漉紙を求めるには、山に登り森に入り、渓谷をさかのぼり岸壁にしがみつき、樹の根を踏み越えなければならない。

苦しい急勾配の山坂道はまるでながいながい暗渠のように感じられたが、頭上を覆ったあたりの樹々の葉叢の薄暗がりが次第に明るくなり、ふと皆一様に立ちどまって前方を見あげた。渓流の源頭は谷が開けていて、左側は傾斜地の諸所に高く石垣が築かれ、その上に家屋があった。広々と開けた谷の最深奥部に、跳べば越えられそうな木橋があった。それを視線で渡ると右手の急傾斜地、山へ向かってくねくねと細い道が登っていた。そちらを見あげて私と妻は思わず、ほーっ。と讃嘆の声を重ねあわせて洩らした。

左側の集落を見守るように、右側の急傾斜地の段々畑のような造成地の上を夥しい墓石が覆いつくしていた。そして、その墓石群は、全山を覆いつくした満開の山桜の無数の花々の隙間に見えていた。深山幽谷の奥底は眩しいほどに明るかった。

目的の農家は集落のほぼ中央の石垣の上に建っていた。山奥の紙漉家はまず大抵は極貧だが、この家も同じで、土間に入って立った途端に貧しさが看取されて私の胸は痛んだ。主人は留守であったが、出された熱い番茶はこの家のせいいっぱいの饗応なのであろう。まだ幼い子供たちも多い。

すでに森木謙郎から連絡が入っていて、私たちの訪問の目的を承知しているらしく、この家の女房は仏壇の前から小さな包みを持ってきて、広い飯台の上に並べた。成山村の手漉紙関係の史料である。そうしておいて、珍しい客に落ち着きのない子供たちに、

——山内の殿様のところからお客さんが来られているから、畑へ行ってお父さんを呼んできなさい。と土佐弁で言った。

言い終わらないうちに女の子二人と男の子一人が家を駆け出た。私たち夫婦は自家に二人の愛児・章子と潤を残してきており、片時も忘れることはなかったから、あちらこちらの紙漉村で出会う子供たちが好きで好きでたまらない。時々の紙漉村への旅も終えたその帰途には、自家のある大津に汽車が近づくにつれて愛児らへの想いで胸が張り裂けそうになる。

森木と当家の主人は常日頃から懇意にしている様子である。遠慮のない動きで史料を台上にひ

ろげたので、私と妻は興味深く手にとって捲った。御用紙を漉いていた時代の漉舟鑑札や、古い紙である。さらに、元禄二年の『加田村甚介御用紙一巻御法度書』、天保十二年の『御用紙漉立諸道具本居長』『伊野成山御用紙漉立定目』などがあった。妻が筆写しはじめようとすると森木が、

――今それを全部書き写すのは時間的に無理でしょう。後で写してお送りします。と土佐弁で言った。

私たちは礼と依頼を述べた。森木謙郎茶雷は、

――私の方も、前々から思っていたのですが、これを機会に今度こそ『土佐史談』に「土佐和紙関係文書」として発表しておこうと思っていますので。と言った。

そうこうしているうちにこの家の主が畑仕事から帰ってきた。山奥の寒村の紙漉家であるのに、姿に風格があり、挨拶の言葉も土佐弁ではあるが鄭重で、歓迎の笑顔に人柄があふれていた。

私たちが、

――寿岳文章(じゅがくぶんしょう)と申します。

――寿岳しづと申します。と名乗ると、

――青木幸吉(あおきこうきち)と申します。と名乗った。おそらくこの人は、若い頃一度成山村から出てどこか都会で働いたことがあるにちがいない、というのが私の勘である。

帰ってきた主を森木謙郎は、

――幸吉さん。と呼び、主の方は、

――謙郎さん。と呼んだ。

――寿岳先生。私たちは古くからの友人です。と森木は言った。それを聞くと私たちはなんとなく安堵感と信頼感を覚えた。

ふたたび史料を見入る私たち二人のそばに端座して、少し緊張気味の青木幸吉は成山村に伝わる伝説を語って聞かせた。それをしづは記録した。

――麓を流れている仁淀川の対岸に高岡郡波川というところがあります。戦国時代、波川玄蕃清宗という武将が治めていました。後室は長宗我部元親の実妹で養甫といいます。玄蕃は元親に謀反の疑いをかけられて天正八年三月に切腹、五月、弟たち、息子たちが反旗を翻しますが、元親軍に敗北、波川は滅亡してしまいます。夫や息子たちを実兄元親に殺されたその妹は、幼い一子千位を抱いて、波川領内最深奥部のここ成山村へ逃げこみました。千位の誕生日は天正六年九月三日と伝えられていますから、まだ二歳の頃です。

兄は妹に岡豊城へ戻るよう執拗に迫りましたが、幼子の命を守って拒絶しつづけました。元親は五年ほど前に土佐統一を完了させ、つぎは四国統一にむけての戦に忙しく、成山村百石をこの妹に自然承認のうちに与えて許容しました。

妹は在家出家をして養甫尼と名乗ります。成山村での生活に歳月が流れ、一子千位は病死してしまいます。

永禄十二年八月、長宗我部元親に滅ぼされた安芸国虎の次男・安芸三郎左衛門家友は、血のつながりはありませんが養甫尼の甥にあたり、四国山中で逃亡をつづけていました。養甫尼は三郎左衛門を成山村に呼び寄せます。そうこうするうちにある時、新之丞（しんのじょう）という旅の僧が倒れているのを助けます。僧は養甫尼と三郎左衛門に礼として修善寺紙風の製紙方法を教えました。三人は工夫を凝らし、様々な手漉紙を製造していきます。そしてついに養甫尼は、糸の草木染を手漉紙に応用した七色紙創製に成功します。後にそれは土佐山内藩の御用紙となり、さらに徳川将軍家への献上品になりました。

慶長になり、新之丞は故郷へ帰るため成山村を出発しようとします。先回りをした安芸三郎左衛門が坂の峠で待ち伏せをし、斬り殺してしまいました。手漉紙の秘法が他国に漏れることを防ぐために仕方のない非常手段でした……。

筆記をつづけていたしづは、

――封建社会に多い哀話ですね。と言った。

遠い戦国時代の成山村の伝説を話し終え、少時の沈黙を置いてから、青木幸吉は静かな語調の土佐弁で語りかけてきた。

――寿岳先生。ここから伊野の町へ降りていくには、谷の向こうの山桜の墓地山を登って、仏が峠を越えていかなければなりません。峠の向こう側は、急勾配の、人ひとりがやっと歩ける幅の九十九折（つづらお）りの杣道（そまみち）しかありません。一度降りはじめたらもう麓まで足が止まらなくなります。その、仏が峠に新之丞さんの顕彰供養碑が建っています。伝説も石碑も、私たち成山村の者にとりましては大層重苦しいものです。伝説では三郎左衛門一人が斬り殺したことになっていますが、実際は鍬（くわ）や鎌を持った村の者らが、大勢寄って集（たか）って惨殺したに違いありません。そう青木は言って、村に実際起きた怪奇な出来事のいくつかを語り、つづけた。

——祟（たた）るなどということがこの世のなかにありますでしょうか。貧乏人の子沢山で、私には今生きている子が十人おりますが、息子にも娘にも、この成山村を出て生きてゆけと言って育ててきました。ここは私の代で終（しま）いにします。紙漉きと畑だけでは食べていけませんけど、それだけではありません。石に刻んでいる碑文は、成山村の人間には重過ぎます……。

——そのように深刻にお思いになることはないでしょう。伝説は伝説、史実とは異なる場合があります。手漉紙は、材料の三椏や楮の知識と製法技術が基本になりますが、そうである以上、全国どこの紙漉村にも最初の伝道者がいます。その伝道者が住みつくことは稀（まれ）なことで、いつかは村から去ろうとします。すると、新之丞のような悲しい事件や物語が生まれるのでしょう。紙漉祖師の碑も多くあります。近頃では、全国あちらこちらの村々の紙漉きの指導者としてこの土佐の人びとが招かれ、知識技術を教えてまわっていますが、それは土佐の紙漉きたちの新之丞への罪滅ぼし、あるいは恩返しではないでしょうか。土佐の七色紙の発祥地、成山村にそのような伝説があるとは……。しかし、珍しいことではありません。そう私が言うと、そばにいた藤本史郎が補足するように、

——それに、一豊公が土佐に入られた時、武家だけではなくて、僧侶、神主、庄屋もいっしょでしたから、青木さんのご先祖が成山村に入られたのは峠の事件の後ではないでしょうか。

——えっ。と私と妻は驚きの声を同時に洩らした。

――山内家は僧侶、神主、庄屋まで連れてきましたか。と私が言い終えるのとほぼ同時に、

――それだからこそ、事件の肝腎要のところに関与しているのではないかとずっと心配しています。他国のことは存じませんが、土佐の場合は、山内一豊公が土佐に入られたはじめの頃の村々は庄屋がいわば指導者でした。御駆け初めの際、成山村の庄屋が一豊公のそばに坐ることを許されたという記録があります。ところが慶長十八年に一領具足を扶助するために郷士の号を創って、次第に登庸しはじめました。するとやがて、庄屋と郷士の立場は逆転してしまいます。たしかに私どもの祖先が成山村に入ったのは峠の事件の後かもしれませんが、それが、直後ではなかったのかというのが私の心配事です。成山村には余所者に入ってこられては困る、都合の悪いことがあったのかもしれません。と青木は静かに言った。

――伝説ですから、事実はどうであったか、よく調べないと分かりませんが、いまだに心配なさっている方がいらっしゃるとは本当に哀しい話です。峠で新之丞さんのご冥福を祈りたいと思います。そう言って私は青木に向かって頭を下げた。

――このような山奥に住んでいて、先生のような方にお会いできるのは、私の一生で一度のことでありましょう。感激しまして、つい、つまらないことを洩らしてしまいました。ご放念くださいますように……。そう言って青木もまた深々と頭を下げた。


一行は家を出、青木幸吉と森木謙郎の案内ですぐ隣の成山小学校を訪れた。校舎といっても少し大きい民家程度のものである。古い紙漉道具や御用紙調製の定規などが保存されていた。教室

の黒板には広い紙が貼られていて、書きかけの文字が並んでいた。冒頭に「卒業生心得書」とある。「成山尋常小学校長坂本義晴」の文章であるらしい。

「忠孝は我国体の礎にして勤倹は家を富すの基なれば諸君能く肝に銘じて之が実行を努められよ」

「国法に遵ひ租税兵役等の務を尽すは国民たるものゝほまれなりと心得らるべし」

「尊皇愛国は臣民第一の務なれば片時も之を忘る可からず」

というような数行がある。

四国土佐の山奥の寒村にも、時代社会の硬直した風潮が根を張っている。こういう時にこそ、全国の紙漉村を踏査して歴史記録を残し、美しい手漉紙とその製法を保存しなければならない。その行為は、貧村の生活と文化を壊そうとするものへのひそやかな反逆である。私たちを衝き動かしているのは戦争による伝統的文化の破壊への危機意識であるかもしれない。

校門前の村の道に出て、青木幸吉は対岸のわずかに石垣が残るばかりの廃園を指し示した。三椏の花が咲いているのが一層淋しさを募らせていた。

――三郎左衛門の邸宅跡です。元は養甫尼さんの土居屋敷でした。青木はぼそりと言った。

――はあ……。と、私としづは声を洩らした。

成山集落の傾斜地を一番奥へ行くと、はたして必要なのかどうかと思われるほどに小さく短い橋があり、成山橋という名前がついていた。ここまで来ると、下を流れている渓流は一跨ぎできるほどの細流となってしまっており、上流の方を見ると岩と岩との急峻な重畳の隙間から清冽な水が噴き出していた。源頭が近い。

集落の家々や畑のある側の傾斜地から、その橋を渡ると、山桜と墓石群の墓地山へと変容した。生者たちの住むところ、死者たちの住むところが、谷を挟んで別れていた。朝夕、古い祖先たちは子孫たちを見守り、子孫たちは祖先たちを敬って挨拶をするのであろう。

青木幸吉は老齢の森木や妻しづを気遣って、段々畑のように造成した墓地山をジグザグに登る細道で時折立ちどまった。

見渡すかぎりの山桜の花々の下、その群立する樹幹と、夥しい墓石群と、躑躅（つつじ）の灌木（かんぼく）とのなかを登りきって抜けると、大気がひろがり、そこが峠であった。大きな石碑が建っていた。

見上げるその石碑の表面には『紙業界之恩人新之烝君碑』と刻まれていた。

裏面は以下のようである。

傳説云新之烝君ハ伊豫國宇和郡日向谷村人慶長初年頃成山村ニ來リ抄紙法ヲ傳フ後帰國ノ途次安喜三郎左衛門之ヲ坂峠ニ要シ斬殺スト蓋シ抄紙法ノ秘密ヲ保チ村民ノ利益ヲ保護セントスル戰國時代ノ風習ニシテ然リ其後土佐ノ製紙業ガ長足ノ進歩發展ヲ見ルニ至リシハ君ノ盡力與テカアリ社會ノ同情君ノ一身ニ集リ春秋ノ香花永ヘニ絶ス追懐ノ至誠凝テ記念碑ト化シ君ノ功績ヲ不朽ニ傳フ

大正五年九月

萱中雄幸撰

石碑を載せている台石の側面には「発起人　安喜喜代香　成山校長萱中雄幸　成山惣中」と刻まれている。そして別の側面には「新之丞君碑多額寄付者」とあり、「土佐紙業組合」「土佐紙株式会社」などという名前の次に安喜喜代香（あききよか）、萱中雄幸（かやなかまさゆき）と並んで十数人の村人の名が金額とともに刻まれていた。大きな台石の裾に小さな石柱が建っていて、そちらの方がはるかに多額の寄付者の名前が刻まれていた。

私、しづ、藤本、森木、そして青木の五人はその前に立って頭を垂れ合掌した。私が顔をあげて石碑の裏側へまわると、他の者たちも同じように動いた。碑文を見あげて読みはじめると同時にしづが筆写をはじめたが、

――これも、書き写したものを後でお送りします。と森木が言った。

私は碑文に向かってふたたび合掌して頭を垂れた。今日の土佐の紙業界の隆盛を招来した恩人・犠牲者の慰霊のための石碑である。この成山村にはいまだに多くの祟り伝説が生きている。私はさらに深く頭を下げた。

あたりを、少時、静寂が包んだ。

――この安喜三郎左衛門とはどういった人物なのですか。先程、お宅では安芸国虎次男とかおっしゃってましたが……。それに、この碑文には肝腎な方のお名前がありませんね。と、唐突に妻のしづが言った。

石碑とそのそばに立っている人びとに一層厳粛な静寂が覆った。

――お気づきになられましたか。と青木幸吉が言い、つづけた。国虎次男ということと、この

碑文に養甫尼さんの名前のないことが、問題なのです。

——女の私にはやはり女性のことが気になります。七色紙を創製したという養甫尼さんのお名前がないのはいったいどういう訳なのでしょうか。麓の森木さんのお宅で七色紙の現物を拝見しました。荒々しい男らの謀略と殺戮の時代にあって、どのような魂の力で、あんなにも美しい七色紙を創ることができたのか。深い、本当に深い、心を静かに揺さぶられるような衝撃と感銘を受けました。と、しづが言うと、

——養甫尼さんは、なにもかも、失いました。この碑文からはついに名前を失ってしまいました。奪われたというべきかもしれません。と青木は静かに言った。

——この安喜喜代香という人物が安芸三郎左衛門の子孫の方ですか。としづが訊いた。

——そうです。安芸喜代香さんには成山村の皆がお世話になりました。しかし喜代香さんはこの生まれではありません。お父さんの市郎（いちろう）さんの代に成山村から杓田（ひしゃくだ）村へ下りました。喜代香さんは安政四年、自由民権思想運動家の植木枝盛（うえきえもり）と同じ年に生まれています。若い頃は自由民権運動家として活躍します。この人は、板垣退助（いたがきたいすけ）が岐阜遊説中に刺された時、同行してその場にいました。事件があった時、板垣の胸部を兵児帯（へこおび）できつく縛って出血を防ぎ、助けます。この時、板垣は、馬鹿な奴っ板垣を殺したちいくか自由は死にやせんぞ、と弱々しい土佐弁で洩らしたと後に証言したのは安芸さんです。青木が話した。

——へえ。と思わず私は洩らし、格調高い漢文調ではなかったのですね、とつづけると、

——はあ。としづが感嘆の声を洩らした。

——安芸さんの活動は多岐にわたっていました。自由党機関紙の東京新聞主筆を務められたこともありました。県会議員、県会議長、高知県衛生会会頭、高知教会長老、高知県教育会会長などを歴任し、北海道に渡って、北海道開拓の北光社社長を務められたこともあります。坂本直寛（さかもとなおひろ）さんのように実際に北海道に渡って、上下関係のない労働と信仰の理想郷をつくるという夢とは合わず、広大な土地を譲って手を引きました。まあ、この地方の社会的名士でしょうか。しかし、生涯、安芸さんを自縄自縛に陥れて、東京から土佐に帰ったのも、北光社から手を引いたのも、この仏が峠の新之丞斬殺伝説でしたでしょう。安芸さんは孤軍奮闘、祖先の疑惑解消、名誉挽回、汚名返上のために命懸けでした。しかもその闘いは成功します。何度も、何度も、伝説に関する文章を書いています。と、ここまで青木が言うと、

——大正八年十一月に、安芸三郎左衛門は藩祖山内一豊公と並んで贈位されました。従五位です。と、藤本史郎が言った。

——なんと。私は吃驚（きっきょう）した。

——それはまた。としづが大きい声で言い、つづけた。安芸三郎左衛門とその安芸喜代香さんは、土佐が長宗我部から山内へと移る激動期と、幕藩体制から維新を経て国会開設、言論の時代へと移る激動期と、似たような変動の時代を生きていますから、二人の養甫尼さんに対する姿勢には共通したものがあるかもしれませんね。安芸喜代香さんの仏が峠に関する文章があれば、養甫尼さんのこと、三郎左衛門のこと、新之丞のこと、仏が峠に関与する人々と事件の真相が隠されているかもしれませんね。しづが言い終えると、青木と森木はしっかりと顔を見合わせた。そ

れに気づいて私と妻も顔を見合わせた。

青木と微かな頷きで応じあった森木が、

——しづ先生。そう、思われますか。と言った。

——似たような状況に置かれますと似たような反応を示すものじゃないでしょうか。しづが答えた。

——寿岳先生。と森木は私たち二人に語りかけた。実は、幸吉さんと私は何年も前から仏が峠の伝説の真実を探ってきました。祟りなどということが現実にあるとして、成山村の場合、その正体は何なのか、それを求めて調べてきました。史実として何があったのか、それを知ることができましたら、祟りの正体もまた解明されるかもしれません。二人で役割分担をして、私の方はもっぱら図書館通いをして古軍記、古文書を渉猟して、戦国期の安芸三郎左衛門を探索しました。幸吉さんの方は、はじめ、明治大正期の安芸喜代香さんの生活と思想の全般を調べはじめました。彼は成山村を代表する立場にありますから、安芸邸へは度々出入りしておりました。生前の喜代香さんとも、喜代香さん没後は義清さんとも懇意にしています。そう、森木謙郎が言うと、青木幸吉が話しはじめた。

——義清さんは婿養子というお立場があったにもかかわらず、私たちが伝説の真相を調べているのを知ると、全面的に協力をしてくださいました。まず、持ち出し禁止という条件付きではありましたが、安芸家の書斎を私たちに開放してくださいました。どの本を読むのも自由でした。安芸喜代香さんの日記、と言うよりも安芸家の日記『吾家の歴史』の閲覧も許してくださいました。さらに、それだけではなく、私たちの稚拙な調査を見かねてか、一役買って出てくださいました。それはご自身の願望でもあり責務でもあるとおっしゃって、直接伝説には関わりのない部分、しかし根っこのところで無視できない部分、人間安芸喜代香を形成したものは何かについて書いてくださいました。と言い、一息入れてから、つづけた。

――調査を進めていきますと、伝説とは少し離れますが、安芸喜代香さんの政治家としての側面、特に自由民権運動期や国会開設以降のことなども、『吾家の歴史』だけでは十分でなく、同時代の大物政治思想家の日記なども必要になってきました。安芸家には植木枝盛さんの論文草稿的な日記『無天雑録』はありましたが、もうひとつの正真正銘の日記はありませんでした。それは、元東北学院教授で土佐史談会会長の松山秀美（まつやまひでみ）先生が所蔵されておりました。さらに、衆議院議長や同志社社長を務められた片岡健吉（かたおかけんきち）さんの日記なども閲覧の必要に迫られました。そのことを安芸義清さんに相談しますと、紹介状執筆を快諾してくださいましたが、いっそのこと三人で松山さんのお宅、片岡さんのお宅へ行きましょうということになりました。さらに今度は、それなら、政治家としての義父安芸喜代香について、特に植木枝盛との関係については前々から関心があったから、その方面については自分に調査と執筆をさせてもらえないかと義清さんから申し出がありました。その部分を義清さんが担当してくださったら、私の方は、先程しづ先生がおっしゃいました、安芸喜代香さんが『土陽新聞』などに、伝説に関して直截（ちょくせつ）的に書いた文章の中身について専念できますから大助かりです。

――はあ。片岡健吉、ですか。成山村に来て、板垣退助や片岡健吉の名前を聞くことになると

は驚きました。と私は言った。すると妻のしづが、

――そうですか。植木枝盛、ですか。『東洋之婦女』の著者ですね。と感嘆の呟きを洩らすと、青木幸吉が言った。

――義清さんは繰りかえしおっしゃっていました。自分は安芸家に婿養子に入った身ですから、仏が峠の伝説に関することは安芸家先祖伝来の言い分を踏襲し継承していくだけです。虚偽でも捏造でもかまわない、このことは揺るぎません。このこととお二方が調べていることは別次元のことですから、調査の経緯と傾向と結果にたいしていっさい注文はつけず、口出しはしません。そのかわり、私に何も尋ねないでください。私は、私個人の想いを述べる立場にはありません。安芸家にも私にも遠慮は無用です。私もまた他者の見た伝説の真相を見てみたいです。そう、おっしゃってくださいました。

――公平公正な方ですね。と私が言うと、

――立派な態度ですね。としづが言った。

――調べつくしましたが、肝腎のところは想像するしかないのかもしれません。と森木が、

――その想像の方向性は摑めたと思いますが、結局のところ、養甫尼さんと三郎左衛門にしか分からないのかもしれません。と青木が、それぞれ慨嘆を洩らした。

仏が峠の上に少時の沈黙がつづいたが、森木謙郎がそれを破った。

――実は、今、三人が書いた三冊の帳面を持っております。しかし今これを読んでいただく時間的余裕はないでしょうし、手漉紙調査のお仕事の旅の途中では無理でしょうし、後

で、古文書を転記したものといっしょにお送りさせてもらいます。もっとも、いつもお忙しいでしょうから、ざっとお目通しくだされば十分です。と言った。

——ちょっと拝見させてください。と私が言い、

——どれほどの分量なのでしょう。としづがつづけた。

森木謙郎が風呂敷包みを石碑の台石の上に置いて、ゆっくり解くと、同じ体裁の帳面が三冊現れた。森木の動作と同時に、私としづはボストンバッグを足許に置いたが、青木幸吉が黙ったまま台石の上に置き換え、

——養甫尼さんも喜びます。と低い静かな声で言った。

私としづは銘々が帳面を手にしてさらさらと捲り、三冊それぞれの分量を確認した。

——今、ここで拝読いたします。しづが言った。

——私たち夫婦は揃って速読が得意です。と私が言った。四人ともが笑顔になった。

二　国虎次男探索——第一の帳面〔森木謙郎しらべがき〕

永禄六年の秋のことである。吉田伊賀介重康が安喜備後守橘国虎の領分安喜郡和食馬上の城を襲撃して奪った。国虎は憤激して大兵で馬上を取ることを議す。一条兼定が国虎と元親を和睦させた。

この当時、東に安芸国虎、西に一条兼定、この両名家に挟まれた中央部に長宗我部元親、この三人三家によって土佐は三分されていた。

長宗我部にとって安芸、一条両家は戦いにくい事情がある。これまでの相手とはその勢力が桁違いに強大である、ということだけではない。第一に、長宗我部の台頭に非常な危機感を抱いた両家は相提携をした。第二に、安芸国虎の妻は一条兼定の妹であり、しかも一条は父長宗我部国親が救命養育された深い恩義がある。安芸と戦をはじめれば背後から一条が攻めてきて挟撃される。

安芸の始祖は、天武天皇白鳳元年壬申の乱で土佐安芸郡に配流された蘇我赤兄である。その家系は一千有余年もの間つづき、土佐国守護職、押領使、大領職などの役に就いた者が多く、隆盛をつづけている。正応元年に分知があって、本家は橘氏安芸を唱え、分家は蘇我姓畑山を踏襲する。

土佐一条家は九条家から出た公家である。文明の乱の時、一条教房が子の房家と共に土佐国幡多郡畑本庄に来住した。摂関家である。辺境土佐においては後にも先にもない貴種である。

前述のような事情で大層戦いにくい相手ではあるが、元親の肚の底には、これら名門旧家の威勢を畏怖しながらもその旧弊な澱みへの侮蔑の念があったであろう。

長宗我部元親の少年期は陰で姫若子と呼ばれて冷笑されるほど柔弱であった。初陣の本山戦の時、家臣秦泉寺豊後に、

「本山は先祖の敵、父の仇である。勝負を決したい。しかし自分は十八歳にもなってまだ十分な働きをしていない。鎗で人を突くにはどこを突けばよいか」

と訊いた。

「眼を突かれよ」

「眼を突けなかったらどこを突けばよいか」

「それでも眼を突かれよ」

と、秦泉寺はなにがなんでも目を突くという気概で闘えと答える。

わずか五十騎で二千騎の敵本山軍の中央を撃破してしまうのはこの直後である。

さて、長宗我部元親と安芸国虎との戦いである。それまでにも両者のあいだに小競りあいや激突はあったが、決戦となったのは永禄十二年七月の戦いである。

七月十六日、長宗我部元親は出馬する。後に従うのは以下の者たちである。吉良左京進親貞、香宗我部左近太夫親泰、久武内蔵助親忠、桑名弥次兵衛親重、江村孫左衛門俊光、その他

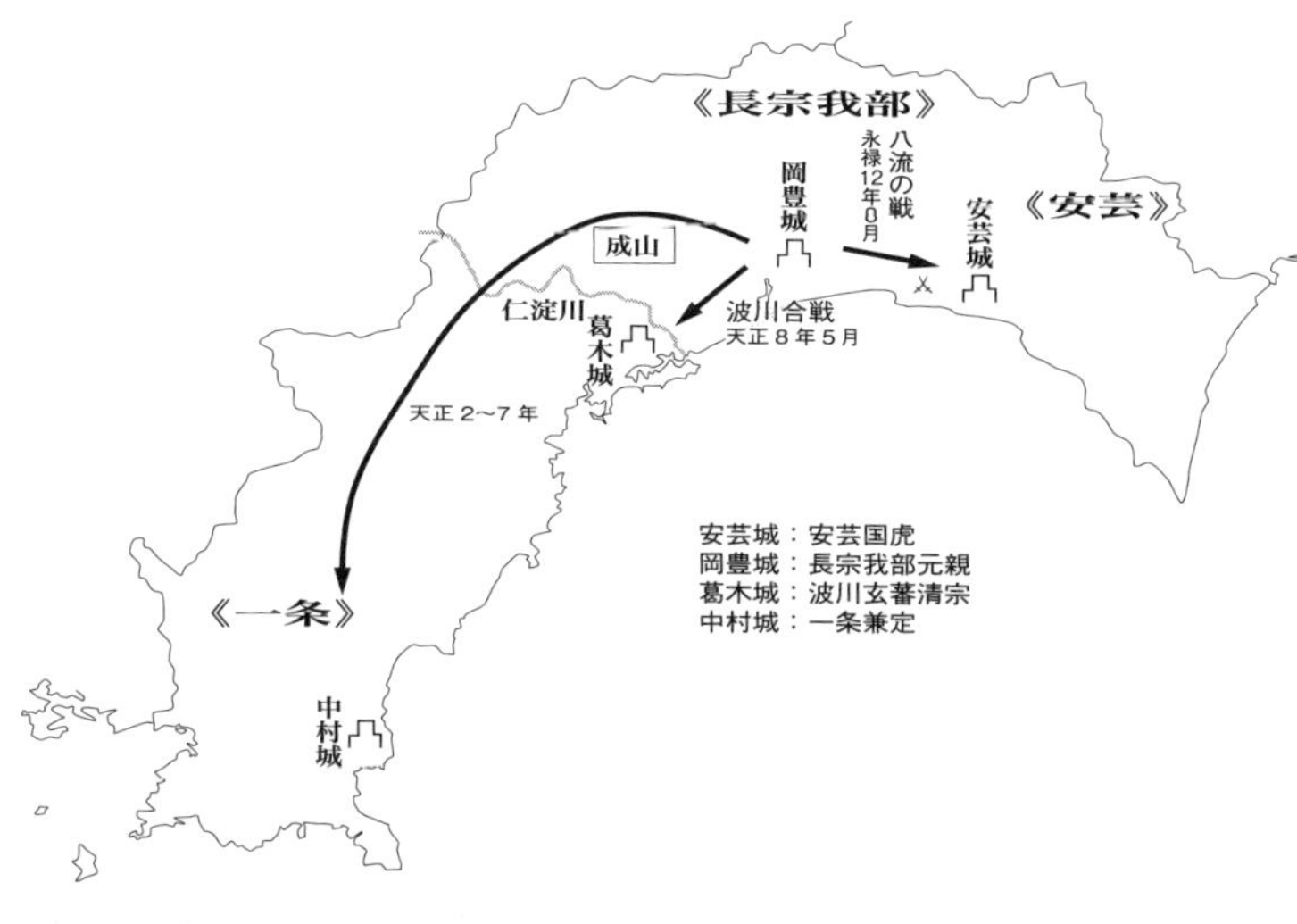

に城持十二人、総勢三千余騎である。

安芸城に向かう道は海岸沿いの一本しかない。元親率いる長宗我部軍は香宗我部左近太夫と吉良左京進を先陣として、姫倉城の姫倉豊前守、同右京へと押し寄せた。姫倉軍は百八十人が櫓の上や狭間の陰より矢を射て、三の城戸を開けて、三百余騎が打って出る。長宗我部軍は動揺し、乱れ、散って、引いた。しかし、姫倉の初戦の僥倖ともいえる勝利などは、あまりにも多い長宗我部の寄せ手に蹴散らされて、姫倉豊前守は安芸へ向かって落ちていった。

つぎの金岡城は和食にあったが、黒岩越前五百騎が籠もっていた。長宗我部右兵衛親武、比江山掃部助の二千余騎が押し寄せ、揉みに揉んで攻めたが、黒岩は持ちこたえて三日三晩戦闘はつづいた。しかし、やはり長宗我部軍の圧倒的な勢力を前に黒岩軍の兵士の討死多く、ついに黒岩越前は金岡城をあけて安芸へと後退した。

この和食に宿陣した長宗我部軍は二手に分岐し、

本隊は海岸沿いに進むが、もう一隊は迂回して小谷四郎右衛門の手引きで安芸城背後へと山中深く分け入る。江村孫左衛門俊光、山川五郎左衛門兄弟、福万備中父子、別役一党、二百余騎である。その山は樵さえ滅多に通らず、馬も鹿も猪も通らぬという難所である。小谷党の者らは岩にしがみつき木の枝にすがり、夜のうちに小谷に着いた。

この「小谷」の位置であるが、安芸の平野を流れる安芸川のいくつかある支流のうちのひとつの細流のうんと上流、三辻森と妙見山のあいだの麓にある。十八日の払暁、小さな集落に火をかけ、山の上、森の中、渓谷の底、あちらこちらに旗を立て、喚声をあげた。この奇襲に狼狽し、長宗我部の軍勢を過大に判断してしまった安芸陣中は動揺してしまった。赤野の沓が崎より八流の北を東へ、小谷、稗尻を経て、内原野へと移動した。内原野は安芸城の北である。

ここで安芸城から黒岩越前が百騎を率いて討って出、岡豊の軍勢目がけて真直ぐ突進した。長宗我部軍はあちらこちら放火をして散らばっていたので、この不意の反撃に狼狽したが、江村山川福万の七、八十騎が黒岩に向かって集中攻撃をした。「火出る程」の戦闘と古軍記に記されている。そこへさらに、放火のために散在していた長宗我部軍が引きかえし、凝集し、江村らに加勢した。黒岩越前は敗走して安芸城へ戻る。——以上が峻険な山越えで安芸城背後から攻めたその戦いの状況展開である。

一方、長宗我部軍本隊に押された安芸備後守国虎の軍三千騎は八流の砦に入る。

この八流という場所は、南は海、北は断崖絶壁の高山、そこを細い一本道が通っている。その道に鹿垣、逆茂木を構築している。常日頃から長宗我部軍十万騎が攻撃してきても安芸へは入れまいと皆豪語していた。そこに、安芸城から早馬が来る。長宗我部軍二、三万が山越えにて攻撃して来、城下は猛火に包まれているとの報告がつぎつぎと寄せられる。既述のように、背後の山から押し寄せた長宗我部軍の実数は二百騎である。

平野弥之助祐明は安芸備後守に言う。北村左近と我らに少し兵を残し、殿は早々に安芸へお戻りください。そこで国虎は六十騎を残し、三千余騎とともに安芸城へ戻る。

残留した平野と北村はこの八流砦を死守しなければ末代までの恥、それが無理であったなら互いにここで討死しようではないかと言って笑い、厖大な敵軍が現れるのを待った。

長宗我部元親は八流の砦を望見して、

「敵陣は意外と薄く見える。伏兵がいるに違いない。軽率な戦をしかけてはならない」

と下知した。しかし田中新右衛門、福富隼人、一宮神主飛彈守などが、いつまでもこの膠着状態をつづけ耐えていても仕方がないと、逆茂木を引き抜き鹿垣を壊しにかかると、北村と平野は散々に矢を射た。寄手が多勢なので徒矢がなかった。二時ばかり激戦はつづいた。

北村は平野に向かって、

「ここはこれ以上持ちこたえられない。味方が少人数であることを長宗我部軍に見破られぬうちに山より下へ討って出て、戦況好転すれば元親を討とうではないか」

平野は応えて北村に言う。

「我らは山の繁みにいるのであるから敵は人数を摑めるまい。ここを持ちこたえることこそ肝要である」

そこに長宗我部軍の田中新右衛門が鹿垣二重を破壊して、
「安芸の平野、北村は腰がぬけて動けぬか」
と挑発の大声を吐いた。北村も平野も我慢ならず、安芸勢は捨身で攻撃を仕掛けた。長宗我部軍は田中新右衛門、廿枝三郎左衛門など屈強の者ら四十三騎が討たれ、二丁ばかり退いた。安芸勢も七人討たれ、北村も軽い負傷で、本陣へ退いた。

この様子を見た長宗我部元親は、
「敵は小勢である。休ませるな。攻めよ」
と大号令を発した。一宮(いっく)神社の神主永吉飛騨守が先頭を切って突進し、北村と対峙(たいじ)した。剛勇で名の通った二人は、突けば止め、斬りかかれば受け流し、しばらく闘いはつづいた。北村が飛騨守の左の耳より鼻の先まで切ってその太刀を引きあげようとした時、飛騨守が長刀を立てて北村の内甲を突き、そのまま首を取った。平野もまた福留隼人に討たれた。

北村と平野が討死した途端に、残兵は総崩れになって戦場から消え去った。恒光(つねみつ)新左衛門、宗武(むねたけ)源四郎、光国(みつくに)弥三郎、宗円(むねまる)八郎左衛門、大野内蔵丞(おおのくらのじょう)、松田島(まつだじま)新右衛門などが討死をする。長宗我部軍が一気に攻めかけ追撃すると、安芸の二千余騎はひたすら退くだけ、後ろを顧みることもせず、我先に落ちていった。

——これが、戦国期における土佐の合戦でもっとも後世にまで語りつがれることとなった「八流崩れ(やながれくず)」の顚末である。

黒岩越前(くろいわえちぜん)、有沢石見(ありさわいわみ)などは穴内(あなない)城、新庄(しんじょう)城に籠もった。新庄は八流より安芸城下へ六十余町に位置している。海辺から断崖絶壁が屹立し、その下の細かい砂の道は人馬も思うようには動けない。そういう険阻な場所、波打際あるいは岩と岩のあいだに逆茂木を構築して数百挺の鉄砲を備えた。長宗我部軍は進めない。

ここまでくれば敗戦の覚悟を決めねばならず、安芸城の安芸国虎は一子千寿丸十三歳を呼び寄せて言った。

「このたびの戦は敗北がつづいており、我軍は穴内城と新庄城に籠もった。お前は畑山兄弟とともに阿州へ落ちのびて、矢野備後を頼り、本懐を遂ぐべく時節を待って人を集めよ」

「自分はすでに物事の善悪を悟ることのできる十三歳です。父上の討死を見捨て、人に指をさされては、将来の道は開けませぬ。ご最期の御供をいたしたい」

と息子は言った。

「そのように言う息子を自分は誇りに思う。しかし心を静め慥かに聞くがよい。姫倉、金岡、八流の城々は破れたが、今はまだ穴内、新庄の城は堅固である。しかし大軍を率いての合戦はすでに不可能な事態になってしまっている。父子一所に討死してしまっては誰が家を再興するのか。この理が分からず父に背くなら七生までの勘当である」

と父国虎は言った。

「仕方がありません。仰せに従います」

息子は泣きながら応えた。

安芸の平野は太平洋に向かって開いている。流れる安芸川の上流、ほとんど源流域に近いあたりは畑山川という名称である。畑山という地名の場所もあり、ここには安芸の分家畑山が居住している。千寿丸はこの畑山へ向かって安芸川、畑山川と遡行し、正藤、中の川、から山越えをして伊尾木川上流影野に出、さらに別役経由で阿波へ逃亡した。

小谷四郎右衛門の裏切りと先導によって、江村、山川、福万、別役らの二百騎が内原野に出現すると、安芸勢はすっかり動揺してしまった。長宗我部軍への誤った過大視により、結局天然の要害である穴内、新庄の両城をも捨てて、全軍が安芸城に籠もることになってしまった。全軍といっても籠城したのは二百に満たない兵員である。いったい「八流崩れ」で敗走した兵士たちは何処へ消えてしまったのであろうか。

安芸城に籠もった国虎は、有沢石見と黒岩越前に向かって吐く。

「小谷と専当が旧恩を忘れ、返り忠して敵を是まで引き入れてしまった。せめて奴らの首を見てから自害したい」

それを聞いて有沢と黒岩は共に打って出た。

「小谷、専当はいるか」

と叫びながら探し求め、縦横無尽に駆け巡って奮戦する。

「小谷はどこにいる。出てきてこの黒岩の首を取れ」

「専当はおらんか。出てきてこの有沢を打ち留めてみろ」

と喚いた。岡豊勢七千余騎は波打つように揺れた。

有沢と黒岩は百七、八十騎を討った。しかしついに小谷と専当は現れず、見つけだせず、安芸城へ引きあげた。最期の近い国虎はわずかに気を晴らした。

――安芸城中に横山民部という男がいる。これが、城中の井戸に「鴆毒（ちんどく）」を入れる。終日戦って咽喉（のど）の渇いた兵士たちは井戸水を汲みあげてがぶがぶと飲む。皆悩乱して、悶絶した。勇猛な安芸国虎も戦闘意欲を失い、残兵を助け守るために一刻も早く自害すべきと覚悟を決めた。

国虎は黒岩越前に、

「北の方と安野（あの）姫を幡多一条家まで送り届けてほしい」

と頼む。

「承知しました。ご安心ください」

と黒岩は答え、有沢石見に向かって、

「殿の御最期の御供を致されよ」

と言った。

「自分も、北の方様、安野姫様を送り届けたならここに戻って、かならず後を追うので待っていてくれ」

と依頼する。

「おう」

と有沢は答える。

安芸備後守国虎は長宗我部元親の許へ使いの者を行かせた。自分の命運は尽きた、城を出て浄（じょう）貞寺（ていじ）において自害したい、ついては軍兵の命を助けてやってくれまいか、と伝えさせた。

元親はこれを聞きいれ、国虎自害の後は諸軍悉く助けることを約束する起請文を書いて渡し、攻め口を開いた。今までともに戦ってきた兵たちは安芸城から出て去った。

北の方と安野姫は、国虎の鎧の草摺にすがりついて、私たちもいっしょに参りたいと懇願して泣いた。

しかし安芸国虎は有沢石見ひとりを供に城を出て急ぎ浄貞寺に入ると、静かに念仏を唱えて一文字に腹を切り裂いた。国虎を介錯したあと有沢は、腹十文字に掻き切り、首を掻き落とした。遺骸は坐ったままの姿勢であった。

安芸城陥落、安芸国虎自害、安芸家は滅亡した。

ここから阿波へ逃亡した「国虎一子千寿丸」の後を追いたいところであるが、土佐の戦国争乱期においてもっとも美しい名を後世に遺した黒岩越前の凄絶な闘いがここからはじまるので、少しそちらを追いたい。黒岩の孤軍奮闘を外してしまったら安芸滅亡を語ったことにはならない。


彼は城外へ駆け出て、囲繞した長宗我部の軍に向かって叫ぶ。

「自分は黒岩越前という者であるが、御陣へ申したきことがある」

敵陣より一騎が駆けてきて、

「何事であるか」

と問う。

「謹んで申しあげる。すでに備後守国虎は自害されました。北の御方は一条殿の御息女でありますから、ここに放置することはあまりに痛ましい。御供致し中村へ送り届けたい。この旨、長宗我部元親殿にお伝え願いたい」

黒岩は訴えた。

長宗我部軍の一騎が引きかえして元親に伝えると、

「よろしい。急ぎ送り届けなされよ」

と元親は許諾する。

黒岩越前は喜び、小舟を準備して北の方と姫君を乗せ、順風を受けて幡多中村の一条殿まで供をして送り届ける。舟を捨て、大急ぎで安芸に向かって引きかえす。

その途次、香我美野（かがみの）の平野部で、黒岩越前は長宗我部軍の兵士らと遭遇し捕えられる。元親は、その者に手出しをするな、召せ、と命じる。二人は対面する。

元親—今、幡多より帰られたか。海上恙（つつが）なく送り届けられたか。

黒岩—ご温情を賜りましてまことにありがたく、こんな嬉しいことはありませんでした。御台所（みだいどころ）、姫君、ご両人を送り届けることができましてございます。

元親—おぬし、安芸へ帰ったとしても、立ち寄る所もないであろう。この元親に奉公致されてはいかがか。前よりも厚遇させてもらうぞ。

黒岩—まことにありがたいお言葉を賜りましてこんなに嬉しいことはありません。安芸滅亡の今、仰る（おつしゃる）通り私には立ち寄る所もありません。ただちに岡豊へ御供いたしまして、御奉公いたしたく存じますが、主君備後守殿最期の時にも間に合わず、その上、御台所、姫君を一条殿へ送り届けましたことを、せめて位牌にご報告いたし、一七日の法事を遂げてその後岡豊へ祗候いたしたく存じます。

元親―神妙の志、であるなら急ぎ安芸へ戻られよ。心静かに法事を遂げた後、いつでもよろしい、岡豊へ来られよ。

黒岩―かしこまりました。

黒岩越前は鄭重に礼を述べてふたたび安芸へ向かって帰ってゆく……。

去っていく黒岩の後ろ姿を見送りながら、吉田大備後は涙を流し、そばの者らに洩らした。自分には黒岩の心がよく分かる。今は我らが元親様の勧誘要請を受けたが、あの漢はけっして降服したのではない。まず見ているがよい。黒岩はたとえ餓死の危機に陥っても我らの軍門に降ることはあるまい。戻ってはこないであろう……。

そうであろうと言う者もいたが、人間餓えれば心も変わるという者もいた。吉田は黒岩を不憫に思い、そしてその後の様子を知りたいとも思い、簡単な食事を調え、家臣横田三郎右衛門をして、黒岩のところへ届けさせた。

安芸に帰り着いた黒岩越前の前にひろがっているのは、城郭も民家も焼け落ちてしまった無惨な光景であった。ながく住んできた自邸界隈も同様で、その場所さえ分明しない。妻子の行方を尋ねようにも人影がない。黒岩は涙を流しながら浄貞寺へと急ぎ、主・安芸備後守国虎の菩提を弔った。

そこに横田三郎右衛門が供の者に雑餉を持たせて来訪し、この使いの趣意を述べた。

「厚誼を忘れず、このような事態に陥っている者に懇志を賜り、なんとお礼を申し上げてよいやら分かりません」

　と言って黒岩は喜んだ。そして、

「明日は亡主の一七日でありますから、法事をすませた後、心静かに返牒しようと思っています。それまでは休息をなさっていただきたい」

　と黒岩は頼み、横田らを寺院のそばで休ませた。

その後、一七日を執り行い、黒岩越前は横田三郎右衛門を呼びだして静かな語調で述べた。

「急ぎ帰って宮内少輔（元親）殿にお伝え願いたい。この度は御恩を蒙り、北の方様と姫君を幡多一条家まで送り届けることができました。また亡主安芸備後守国虎の祭奠を心のままに執り行うことができました。深く感謝申し上げます。――早速岡豊に参上しまして御奉公致したく存じますが、宮内少輔殿は大勢を召しつかわれておられますのに、安芸備後守国虎殿のそばには有沢石見ひとりしかおりません。このまま黄泉の旅に立たれますとさぞや淋しく、またなにかと御不自由であろうと痛ましく存じます」

　と言い、つづけて、

「譜代相伝の主君見捨てがたく、後より追い着きたく、仏前にて切腹致したく存じます。一家の誼に、貴殿の御手によりなにとぞ介錯をお願い申しあげます」

と黒岩は三郎右衛門に鄭重に懇願した。

「押し肌脱ぎ、腰の差し添え抜き持って、左の肩先に突き立て、右の袴際まで引き付け、又太刀を左に取り直し、右の肩先に突き立て、左の袴際へ引きつけ、仏に向かひ合掌して、念仏高声に唱ふる所を、横田首を落とす」

「碧叟久岩禅定門と謚しける。主君国虎は八月十一日に生害あり。黒岩越前は同十八日に、亡主の一七日の追善をなして殉死をぞしたりける。前代未聞の事なりと、惜しまぬ人はなかりけり」(『土佐物語』)

これが安芸城落城の顚末であり、浄貞寺での安芸国虎自害後の黒岩越前の追腹の様子である。

土佐のこの時代の軍記でもっとも早期のものは、長宗我部元親三十三回忌にあたる寛永八年の高嶋孫右衛門正重による『元親記』である。「安喜陣之事」として叙述されている部分は約五百五十文字ほどの簡略なものである。肝腎なところは「廿四日めに城を攻落す。則城主腹を切、又七日めに黒岩と言者追腹を切」とだけ記されている。

そのつぎの寛永十九年の『南国中古物語』は「安喜落城付黒岩義死の事」として約三千文字である。

この『南国中古物語』よりも後の『土佐軍記』は「安喜退治」として約一千五百文字である。万治二年の『長元記』は約四百五十文字である。

天和二年の『吉良物語』では「秦氏大略吉良名跡断絶ノ事」として約二百五十文字である。

宝永五年の『土佐物語』は、「姫倉・金岡落城付り小谷・専当返り忠の事」約二千八十文字、「八流崩れの事」約二千百六十文字、「安芸国虎最期の事」約四千七百二十文字、「国虎の北の方幡多へ送り届け付り黒岩の事」約二千文字、合計約一万九百六十文字である。

記録と物語の違いはあるが、他の軍記と比較してもこの安芸城落城、安芸滅亡の部分だけを見ると、『土佐物語』が圧倒的に多い分量である。

安芸国虎の「一子千寿丸」を阿波の三好河内守長治の家臣矢野備後の許へ逃亡させる場面を見たが、その部分を描いたどの軍記物にも、その時「次男」もいっしょに逃げたと記したものはひとつもない。「次男」とはいうまでもなく、『紙業界之恩人新之烝君碑』の碑文のなかにその名を彫りこまれた「安喜三郎左衛門」のことである。

安芸城から脱出して土佐の山中深く逃げこんだ「一子千寿丸」のあとを追わなければならない。「次男」が現れるかもしれない。


—— * ——


「土佐国紀事略編年」（中山巌水）のなかの安芸城落城の記事は以下のようである。

「安喜ノ城陥ル。国虎浄貞寺ニ於テ自殺シ、有沢石見守殉死ス。国虎ノ族畠山孫之丞、国虎ノ嫡子千寿丸ヲ奉シテ潜ニ柳瀬山ニ奔ル。黒岩越前守、国虎ノ妻女ヲ送テ一條家ニ往キ、還テ国虎ノ墓前ニ殉死ス」

そして元亀二年のこととして、

「安喜千寿丸、柳瀬山ヲ出テ、阿波国ニ走ル」

と記されている。つまり父国虎に命じられて安芸城から畑山兄弟と共に逃亡した千寿丸は、土佐山中に二年ほど隠れていたようである。

安芸の分家に畑山があり、越後守元氏がいる。この元氏の長男が内蔵尉、その息子が右京介、さらにこれにも内蔵次丸という息子がいる。元氏の次男は右京大夫である。千寿丸が阿波の矢野備後の養子になって矢野又六郎と名乗り、中富川の合戦で討死した時、右京大夫は最期を共にする。元氏の三男は左近尉元康、その息子に重房と元利がいる。

『安芸文書』という安芸家の歴史の正統的記録書がある。この大冊は「應徳貳年霜月拾二日」、平安時代の記事からはじまっている。安芸城落城、安芸家滅亡の場面は後半に出てくる。

まずその「あとがき」を見ておきたい。

「○影写本安芸文書六冊は、東京大学史料編纂所の架蔵にかゝる。その第六冊の奥書は左の通りであって、これに依り史料編纂所が本文書を架蔵するに至った事情の一斑がわかる。

土佐国土佐郡鉄砲町安芸実輝蔵本

明治二十一年三月内閣修史局編集長重野安繹

○安芸文書は永禄十二年、長曾我部元親に滅された安芸国虎の子孫に伝領された文書と思はれる。その大部分は土佐国大忍庄（おおさとのしょう）（香美郡、夜須川、香宗川沿岸一帯？）に関するもので、年代は平安時代より江戸時代初期にわたりこの地方における土地経済史の研究には、不可欠の資料を提供するものであろう。

○本書は、近沓村落自治史料研究会が、高知県の研究調査を行うにあたり、その研究資料として、許を得て史料編纂所の架蔵本を謄写に附したものである。」

この文書の所有者は成山安芸家・安芸喜代香ではなく、「鉄砲町」の「安芸実輝」である。安芸城落城、千寿丸阿波逃亡討死、畑山父子兄弟の動向などについて述べられた部分の記事を見ておきたい。

「　覚

私先祖古ハ安芸一族ニテ御座候正応元年正／月ニ兄弟知行配分仕其後□門家ト中代々相／伝リ私曾祖越後代迄安芸郡並大忍之内ニテ／知行三千石余到所持大忍夜須番頭仕候然所／ニ永禄十二歳ニ安芸備後守ト長宗我部元親／不和ニ罷成合戦仕候処ニ備後守打負及落城／之時備後守私曾祖

越後ヲ召寄譜代相伝之侍／共過半心替リ元親ニ降参候事所存之至ニ候／ヘトモ不及力ニ候備後守子歳十三千寿ヲ阿波／国ヘ退申度候ヘトモ幼少故阿州ヘ立退候共／養育可仕□ノ無之候間越後父子之者共連退／候得ト被申候故越後世悴三人（内蔵尉・右京大夫・左近尉私祖父）右三人／之内内蔵尉左近尉安喜ニ残シ置越後右京大／夫二人阿州ヘ附参其後千寿ハ三好旗下矢野／備後ト申モノゝ聟ニ成名ヲ改又六ト申候安／芸備後守自害仕候時内蔵尉左近尉兄弟ハ阿／州ヘ落行又六ニ奉公仕候長宗元親阿州ヘ発／向之時分矢野備後並又六討死被仕候時私曾／祖越後右京大夫父子一所ニ討死仕候其後内／蔵尉左近尉ハ三好ニ奉公仕罷有候処ニ元親／家老ニ野中三郎左衛門ト申モノハ内蔵尉親／類ニテ御座候此者申様ハ元親ヘ降参仕候□／先知被遣候様ニ肝煎可申□達而〔□〕見仕候／ニ付阿州ニテ元親ヘ随安喜ヘ参候ヘトモ右／之首尾□畑山一在所知行□被宛行候故内蔵／尉儀阿州ニテ討死可仕処□古江ヘ参ヶ様之／身体ニ罷成候□口惜次第ト常〻□□元親御／聞候而起請文被申付一先御免被成候其後天／正十七年八月九日ニ安喜番頭岩神左衛門進／方ヘタハカリ寄セ内蔵尉父子□終切腹被申／付候其砌左近尉ハ又阿州ヘ落行暫罷有其後／安喜ヘ罷帰畑山安喜ノ川ハ古与越後代迄三／百年及住所仕候故譜代筋目之者共数御座候／ニ付古江ヘ寛永十九年十二月九日ニ八十／六歳ニテ相果申候右之通ニ御座候ニ付私代／迄モ罷有候以上

寛文七年九月廿七日　　安喜兵右衛門」

――人物の動向を再確認しておきたい。安芸備後守国虎と長宗我部元親の安芸城攻防戦の時、国虎の依頼により畑山越後守元氏は次男右京大夫とともに国虎一子千寿丸を守って阿波へ逃れる。その時、元氏長男内蔵尉と三男左近尉は安芸に残留していたが、安芸城落城、国虎自害後は阿波へと後を追った。

元氏と次男右京大夫は、矢野備後の婿となって名を「又六」と改めた千寿丸に仕えていたが、中富川の合戦でこの四人ともが討死してしまう。

以後長男内蔵尉と三男左近尉は三好に奉公していたが、内蔵尉親類、長宗我部家老の野中三郎左衛門の世話で畑山へ戻る。ところが内蔵尉は敗残の身を恥じて、自分は阿波で討死すべきであったと内心の鬱屈を洩らしてしまう。

その慨嘆の声が元親の耳に届いてしまったので、彼は起請文を書かせられる。天正十七年八月九日、騙されて、内蔵尉、その息子右京介、さらにその息子内蔵次丸は詰腹を切らされる。

その時、元氏三男左近尉は阿波へ逃亡、後安芸へ戻り、寛永十九年十二月九日八十六歳で逝った。永禄十二年の安芸滅亡から七十三年後である。その畑山左近尉の孫である安喜兵右衛門が「覺」を認めたのが、安芸滅亡から約百年後の寛文七年九月二十七日である、というようなことが叙述されている。寛文七年には「畑山」が「安喜」と改姓されていることが確認できる。

『安芸文書』には千寿丸が阿波へ逃亡する途次の模様を記した以下のような部分もある。

「　千寿ハ十八歳ノ十二月九日（矢野備後並又六）於阿波正木戦死／永禄十二年七月ニ千寿安芸ヲ御退被成時人数上下九／人ニ而一門阿州へ御越天気悪敷大水ニ而安芸之内／蘇我ニ御滞留ニ而同所之宮へ御刀等神納被／成由天気同雨ニ而赤松越ニ而阿州へ御通リ／此時安芸ノ川落倉ニ而日

数九日御滞留宿／ニ此時内蔵尉殿御手うつしニ而脇指ニ腰御／置被成
□□□此時別役ニ御置自分于今持伝」

千寿丸の実在性と阿波への逃亡の史実性の確証となるであろう。

畑山三代の詰腹、実際的には謀殺を聞いた家の者ら三十六人は、欷泣（ききゅう）しながら評議し、香宗我部親泰を討つために安芸城へと向かった。親泰は精鋭二百余人をもって防戦させた。三十六人の者らは死を覚悟の行動であったので、一歩も引かずに突き進み、全員討死した。

岡豊城の長宗我部元親は、「義有り勇有り」と讃嘆して、畑山の者らの討死の場に卒塔婆（そとば）を立て、その霊を弔った。その場所を「卒都婆が本」という。

ここまでくると、畑山越後元氏の三男左近尉元康という漢の印象が鮮やかになってくる。それは、安芸国虎の妻と娘を幡多一条家まで送り届けて、ふたたび安芸まで戻って追腹を切った黒岩越前守や、国虎の介錯後殉死した有沢石見守などと比肩すると思われる。

安芸で元親に敗れて阿波へ逃げ、阿波で元親に降服して畑山に帰るが、元親の掃討策の牙が剝きだされると阿波へ逃れ、ふたたび畑山に帰るが、元親の兵に何度も攻撃されるその度に斬りぬけてしぶとく生きのびていく。この漢の生への執念は、自分が安芸の一族の最後のひとりだという悲壮なまでの血の危機意識であろう。

もし千寿丸に弟がいたとしたら、長宗我部の畑山への追撃とは比較を絶して執拗かつ熾烈（しれつ）なものになったであろう。畑山左近尉元康よりも優先して徹底的に追討をするであろう。つまりこのことは、安芸国虎次男の不在、千寿丸の弟の非在を意味しているのではないのだろうか。恥も外聞もない。逃げて逃げて逃げぬく。生きて生きて生きぬく。生きのびて、自分の血を守ることが至高の自己課題である。この豪胆さには土佐らしい明るさが見えてくる。この元康は長宗我部元親支配下の土佐でついに生きぬくのである。そして安芸氏を称え、土佐に山内が入ってくるとこれに仕え、畑山村庄屋として慶長十五年まで務めた。忠右衛門、次左衛門と継承され、ついには山内家の直臣にまでなっていく。分家畑山によって安芸家は再興される。

畑山左近尉元康は生前に、しかも山内が土佐へ入る前に安芸へと改姓した様子であり、その正統性は歴然としている。実際に国虎次男が存在し、生きのびていたとしたら、畑山の安芸への改姓はないであろう。

もうひとつ別の「安芸」、成山(なるやま)村の三郎左衛門家友は、実は生前に安芸を名乗ったことはなく、それは二代目市右衛門からである。『山内家史料』などにも「成山三郎左衛門」と出ている。彼が逝去したのは寛永十一年十月、七十三歳の時とされている。

畑山左近尉元康の逝ったのが寛永十九年、八十六歳の時であるから、成山三郎左衛門よりも八年長生している。ということは、三郎左衛門の息子市右衛門が父親没後数年のあいだに「安芸」に改姓したとすると、まだ正真正銘の「安芸」左近尉元康は健在であり、歴とした「安芸」家が存在していたことになる。

何故、成山三郎左衛門のまま、成山市右衛門のままではいけなかったのであろうか。何故、市右衛門は安芸に改姓したのか、しなければならなかったのか、その事情理由こそは仏が峠の伝説の核心を孕んでいるにちがいない。

——さて、畑山から安芸へ、成山から安芸への改姓まで急いだのだが、安芸城落城後、阿波へ逃亡した千寿丸の最期を確認しておきたい。中富川の合戦である。『土佐軍記』『長元物語』『長元記』などにこの合戦記録は簡略に記されているが、ここでは主に『土佐物語』を参照したい。

阿波中富川の合戦は、安芸城落城の永禄十二年八月からは十三年後の天正十年八月のことである。千寿丸の弟の姿を見ることができるであろうか……。中富川合戦における千寿丸・矢野又六郎の最期まで見ておかなければ安芸家滅亡の顚末とは言えまい。

養甫の夫・波川玄蕃清宗が謀反の疑いをかけられて自害させられたのが天正八年三月七日、波川合戦波川家滅亡が五月二十七日、養甫尼が一子千位（千味）を抱いて成山村へ逃げこんだのが翌二十八日未明である。

中富川合戦はその二年後である。つまり中富川合戦の時にはすでに養甫は成山村で暮らしていて、養甫「尼」となっていたであろう。彼女が阿波で生存している国虎次男・三郎左衛門を呼び寄せた、その呼びかけに応えて成山村へ来た、というのが成山安芸家の主張である。

その言い伝えが正統性を持つのは国虎次男が実在していた場合である。もし実在していなかったとしたら、成山三郎左衛門は何処か他所から成山村へやってきた得体のしれない者であることと、二代目市右衛門が「成山」から「安芸」へと改姓する理由の根幹とを暗示しているのではないだろうか。何かの重大な必要に迫られてのことであると推測できる。

――天正十年八月二十六日、長宗我部元親は、吉野川河口から三里ほど遡行したあたりの黒田の原へ二万三千余騎の兵を押しだした。これを聞き知った三好隼人正保（まさやす）は撫養（むや）の勝興寺表に本陣を構え、三好備前守二千余騎を先陣として中富へ出る。川より六町ほど退き、鎗衾（やりぶすま）を造って、敵が渡河しようとするのを待ち構えた。

この合戦の舞台となった撫養の位置は海辺であり、すぐ目の前に淡路島がある。この四国の大河吉野川は北側の山の麓を流れているが、河口の平野部には縦横に細い川や水路や溝が流れていて、湿地帯といってよい。

長宗我部軍の先陣香宗我部親泰の馬が中富川へ乗り入れると、後続が大挙して進み、眩しいほどに真っ白な水飛沫（みずしぶき）が沸騰するように立ちあがった。三好備前守は二千余騎を並べ、驀地（まっしぐら）に突進した。敵味方入り乱れ、火花を散らして戦った。その勢いに押されて後退する自軍の兵に向かって親泰は、

「かかれかかれ」

と怒声を張りあげた。

怒声の主を大将と見て三好方の武者二騎が攻撃をしかけたが、親泰は鎗を取って左右の敵を突き刺した。この日の三好方の軍（いくさ）奉行は矢野伯耆（ほうき）で、彼は親泰の姿を見て好機到来の幸運をよろこび、鎗で突きかかった。親泰は応戦し、膝を突かれるが、少しの停滞もなく矢野伯耆を馬上から

突き落とした。それへ郎等下司彦之丞が走り寄って首を切り取った。

この戦況に三好の全軍は叫喚とともに香宗我部親泰目がけて殺到した。万事休すの危機に陥った親泰に気づいた吉田左衛門佐と孫助の兄弟は、群れ襲いくる敵のなかへ微塵の逡巡もなく突進し、縦横無尽に三十四五騎を薙ぎ倒した。

その勇猛に辟易した阿波勢が怯んで散ったので、兄弟はその隙間の場に寄ってほんの一息入れたが、ふたたび夥しい阿波兵が四方から押し寄せてきた。兄弟は左右に分かれて剽悍に暴れ、斬ってまわった。すると渡辺亀太夫という男が吉田孫助の前に現れて名乗り、二人は熾烈な闘いをつづけた。亀太夫は八箇所の深手を負ったが死にはせず、孫助は討死した。

左衛門佐は大勢の阿波勢を追い散らし、元の場所に戻ったが孫助の姿はなく、馬ばかりが駆けまわっていた。左衛門佐は落涙し、呻吟を洩らした。自分たち兄弟は片時も離れることはなく、戦場においても駆ける時も引く時も一緒であったから、孫助の生死も分からぬという事態は耐え難い、なんとしてでも捜しだそうと、厖大な敵兵のなかへ駆け入り、四方八方目の前に現れる敵を斬ってまわった。

ふと見れば阿波兵が四五十騎丸く塊りになっている。もしかすると孫助が包囲され生け捕りにされているかもしれないと思い、その集団目がけて真直ぐ駆けこんだが、孫助の姿はない。孫助は討たれたのであろう、もはやこれまでである。

彼は馬の鞍笠の上に立ちあがり、大叫喚を挙げる。

「我は土佐国の住人吉田左衛門佐孝俊と申す者である。我と思わん方々は出合いくだされ」

すると山田陸太夫という漢が名乗って駆け出、二人は激しく切り結んだ。陸太夫は十七箇所傷を負うが深手ではなく、左衛門佐の方は大勢の敵と戦ってきたので疲れ果て、動きも鈍重になり、ついに山田に討たれた。

黒岩掃部種直が敵を鎗で殺してその首を取り、立ちあがろうとした時、後方から阿波の兵が襲ってきて彼の諸膝を斬り落とした。俯せに倒れた掃部は押さえつけられ、首を掻き落とされた。阿波の兵は掃部に取られた主の首と、掃部の首とを揃えて腰に下げ、その場を去ろうとした。

それを目撃した中内木工右衛門は黒岩掃部の息子玄蕃に知らせた。玄蕃はすぐさま一文字に駆けながら、

「親の敵、遁がさん」

と叫びながら追撃した。阿波の兵は振りかえってふたつの首を投げ捨て、剽悍な動きで飛びかかってきた。玄蕃はその攻撃をかわして、刀を左肩から右脇腹まで斬りこみ、倒れる途中で首を刎ねた。二つの首に親の首を添えて持ち帰った。

前方で戦闘がはじまったのを見た長宗我部元親は旗で合図をし、二万余騎は川へ駆けこんだ。吉野川は人馬に塞き止められて川水が両岸に溢れ、まるで陸上の道を進むようであった。長宗我部軍二万余騎が向こう岸に駆けあがると、全軍ますます勢いを得て突き進んだ。

三好隼人正保も応戦し、敵味方入り乱れた。両軍数千挺の弓と鉄砲を打ち、弾丸の飛ぶ音、弓の飛翔する音、軍勢の罵詈雑言阿鼻叫喚、剣と剣、鍔と鍔との激突音擦過音、騒音は川面に反

響し増幅し爆音へと膨らんだ。

やはり三好は小勢であったので押されに押され、後退し、動揺した。それを看取した元親は今こそ絶好機到来と絶叫して鼓舞し、間断なく指示を繰りだした。三好勢は陣形を崩され、兵は四散し、敗走した。

——この三好軍の崩壊の惨状を描いたつぎに、『土佐物語』は千寿丸・矢野又六郎の最期に触れている。

「その中に矢野伯耆入道、その子備後守・同(おなじく)又六郎、大勢の中へ駆け入って、切死(きりじに)にそ死ににけれ」

「この又六郎と申すは、土佐国安芸の領主備後守国虎が一子、千寿丸と言ひしが」

と述べ、つづけて「又六郎」の説明に入る。

安芸城落城の折、父国虎からお前は阿波の矢野一族のもとへ落ちよ、時節を待って父の仇を討てと命じられた。矢野に一女あり、又六郎を養子婿にして家嫡とした。養父養子ともに討死した。

中富川合戦は始まったばかりであるが、千寿丸・矢野又六郎は討死してしまったので、これ以上戦闘の状況を追うことはやめたい。

軍記にも、『南国中古物語』にも『土佐国紀事略編年』にも、『安芸文書』にも、安芸国虎一子千寿丸・矢野又六郎は登場する。彼の実在に微塵の疑義もない。しかし、「安芸国虎次男安芸三郎左衛門家友」はこれらの古文書、古軍記のどこにも現れてこない。

――実は、国虎次男の実在を主張する成山安芸家が唯一の証拠とするのは自家の家系図だけである。

― * ―

成山安芸家に伝わってきた『先祖覚書』なるものがある。

「安喜左京之進（安喜備後守橘国虎近族、安芸落城之時戦死）――安喜三郎左衛門家友幼名鉄之助（安喜備後守国虎之二男。幼少ヨリ近族安喜左京進養子ニ契約之由。然ニ鉄之助八歳之時安喜落城ニ付、家士ニ被助阿州江立退幽居之処、高岡郡波川之城主波川玄蕃允後室養甫尼ハ秦元親娣也。根元安喜与長宗我部ハ由緒之訳ヲ以、密ニ阿州江通辞被招帰、成山村之内横藪与云所ニ住居云々）」

文中「允」は「あたる」、「与」は「と」と読むのであろう。

この成山安芸家の家系図によれば、安芸国虎次男は「近族安喜左京進」のところへ「養子ニ契約」とのことである。

そして「根元安喜与長宗我部ハ由緒之訳」は、長宗我部元親の娘を妻とした一条六代目内政と、元親の妹養甫尼とは甥と叔母との関係になり、安芸国虎と峰子（一条）の「子」三郎左衛門と内政は血のつながりはないが従兄弟となる。さらに、長宗我部は秦姓であるが、波川と安芸（畑山系）とは同じ蘇我姓であり、波川に嫁した養甫尼は蘇我姓である、これが「由緒」の意味である。という解釈がほぼ定着している。

この『先祖覚書』に登場してくる「安喜左京之進」なる人物はいったい何者であるのか。安芸国虎が岡豊城を攻撃した時、上夜須城主吉田重俊の押さえとして「安芸左京」らに三百騎を与えたという記録があり、この人物であろうという想定がある。

『南海史略』（松岡毅軒）「巻上」

「七年、使諸将攻元親、留安芸左京囲重俊于夜須。分隊為ニ、一隊自国寺前、一隊自布師田村側、並向岡豊」

とある。さらに、これらの謎解きの史料として『参考土佐軍記・巻十一』の記事中の成山安芸家の『先祖覚書』がある。

「一安喜備後守上祖父若祝守と云。其子左京進曰。其子大和守畢。其子又左京進と云、其子総領

孫右衛門、二男三郎左衛門。子市右衛門と云。子又市右衛門と云、次男務兵衛と云。／（略）／一安喜と申名字ハ総領一人ならてハ名乗不申候。下々ハ大畠と成共、在津と成共、山本卜成とも面々数奇々々。／一名字之上字ハ友と云字ヲ可書。寛文卯月八日／安喜次郎兵衛／大畠市右衛門殿　同務兵衛殿／右安喜市右衛門蔵。次郎兵衛不知何人云。務兵衛者仕国老孕石頼母為与力士、今家絶焉」

ある研究家によれば、「名字」は名前のこと、「上」は「下」の誤字、「若祝守」は「若狭守」、「大和守」は畑山系の「大和守元明」である、との指摘がある。

まず正統的定説的な安芸本家と畑山分家の系図を掲出してみる。

蘇我赤兄……実信
- 安芸知信……備後守元親—山城守元泰
  - 泰親（早世）
  - 国虎
    - 千寿丸
    - 安野姫
- 畑山康信……元明—元氏
  - 内蔵尉—右京介—内蔵次
  - 右京大夫
  - 左近尉元康
    - 重房
    - 元利

これに前述の成山安芸家の言い分『先祖覚書』を加える。

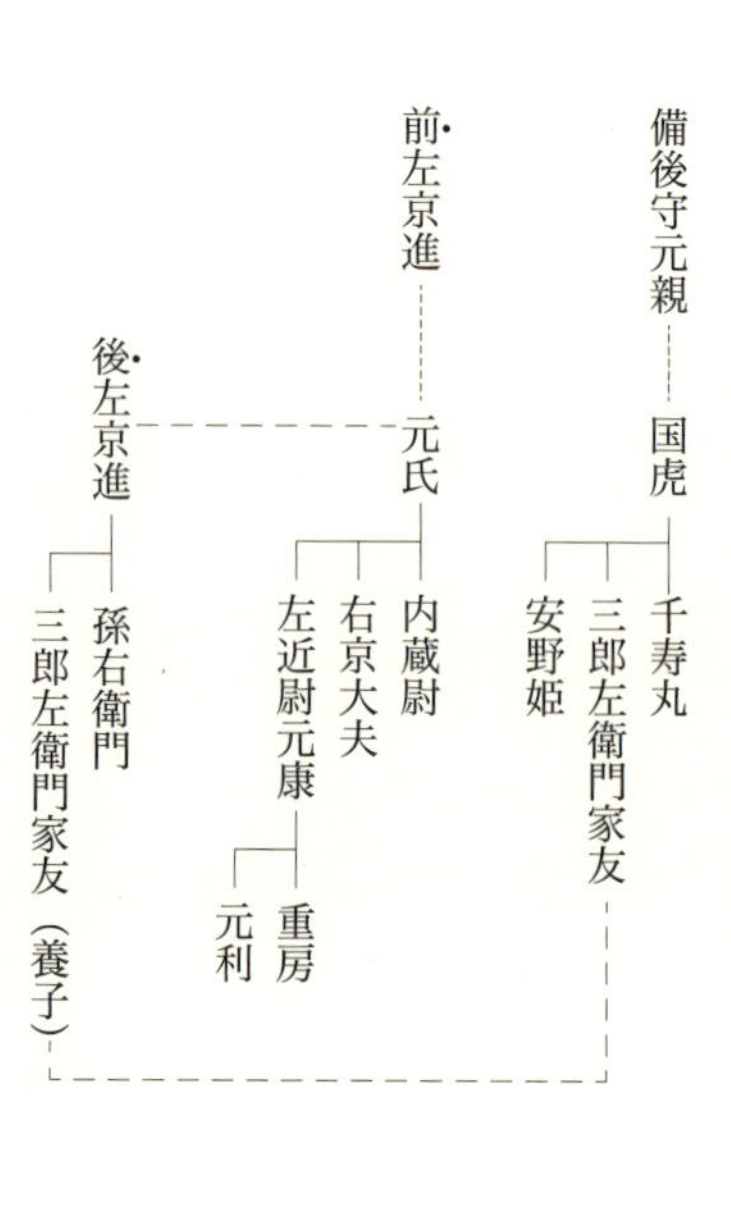

前左京進といい、後左京進といい、虚構を実在化しようとする際に生じる滑稽な無理を感じる。畑山越後守元氏は次男右京大夫とともに国虎一子千寿丸を守って阿波へ逃れた人物である。郷土史研究家たちにおいては「前」左京進の存在に否定的である。

年齢を見てみたい。安芸国虎は天文十年誕生である。父山城守元泰が逝ったのは天文十三年、国虎三、四歳の頃である。この時期、実務的後見人となったのが元氏で、国虎が十七歳に達した弘治三年までつづく。元氏の年齢が判然としないのだが国虎よりもかなりの年長であったと推測できる。

この弘治三年生まれが、安芸千寿丸、畑山左近尉元康である。成山安芸三郎左衛門は寛永十一年十月に逝去、その時七十三歳くらいであったというから、生年は永禄四年頃ということになる。つまり、千寿丸と左近尉元康よりも三郎左衛門は四歳くらい下で、三人は同世代である。

少し疑問に感じられるのは、左京進には孫右衛門がいるのに何故国虎次男を養子に迎えたのかという点である。この長男は早逝したのであろうか。「養子」には不自然な印象がある。そして『南海史略』中の「安芸左京」が「安芸左京進」と同一人物であるとの史料も、安芸国虎と結びつく史料も、現在まで未発掘であり、接点の証明はなされていない。つまり、安芸国虎と安芸三郎左衛門家友はいまだにつながっていないのである。

『参考土佐軍記』の著者中山厳水は成山安芸家の『先祖覚書』を掲出したすぐ後に「此譜妄説無稽」と書き記している。

地域歴史研究家たちも否定的、第一肝腎の『安芸文書』に「国虎之二男」の片鱗の影すら見えないということがすべてを語っているのではなかろうか。

——＊——

つぎは波川滅亡を見なければならない。

——太平洋から土佐中央部の仁淀川河口に入って二里半ほど遡行すると、流れが大きく湾曲する、そのあたりが波川（はかわ）である。対岸が伊野（いの）であり、椙本（すぎもと）神社のそばの谷に入って山を登っていくと成山村である。波川の仁淀川河原に立つとはるか彼方に成山村の優婆が森が見える。

長宗我部国親の子は以下のようである。長男元親、次男親貞・吉良左京進、三男親泰・香宗我部左近大夫、四男親房・島弥九郎、嫡女吉良（嫁）、次女十市（嫁）、三女波川（嫁）、四女津野（嫁）、五女（他腹）となっている。

この三女が養甫である。波川滅亡の天正八年五月の鎌田城（葛木城出城）合戦で討死をした長男弥次郎清秀が十八歳であったと伝承されているので、波川玄蕃清宗と養甫の婚姻を永禄三年頃と推定できる。

波川には銅鐸出土の記録があるから、すでに弥生時代にはこの地に権力が存在していたことになる。蘇我の紋は三つ巴、波川近くの小村神社の紋も三つ巴、ここの神殿には「金銅装環頭太刀」がある。つまり、波川家は余程古い。しかし領地は狭い。

大河のそばでもあり、古来より湿地帯で渇水ということがない。この地は渡船場として土佐各地の物資交流点であり、ここを渡らなければ西土佐へ行くことはできない。長宗我部国親あるいは元親にとって必要不可欠な要衝地である。

長宗我部が土佐統一をなしえたのは波川と婚姻関係を結んだからであり、さらに四国制覇をなしえたのは阿波池田「羽久地」（白地）を獲得したからである。「阿・讃・予三ヶ国の街にて候へば、是より諸方へ御馬を向けらるるに於ては、四州御手に入る事程候まじ」、このように豊永の住人小笠原中務が元親に言ったと『土佐物語』にある。白地という地名の場所はかならず地形上四方八方へと道が通じている。仁淀川の河畔の波川も戦略的に似たような重要地点で、幡多一条と戦うにはどうしても仁淀川を渡らなければならず、ちょうど渡河地点になるのである。

　養甫が成山村に住むことになったのは、実兄元親に波川家を滅亡させられた結果、わずかの家臣とともに対岸の波川領地の最深奥部の山奥へ逃げこんだからである。では何故長宗我部は波川殲滅戦をしかけたのかといえば、波川玄蕃清宗に謀反の計画があったからとされている。

　——永禄十二年、安芸城を攻めて安芸家を滅亡させ、長宗我部元親は土佐の国の東半分を手中に収めた。仁淀川を境界として西半分は一条氏の支配であり、両家は土佐を二分して対峙した。長宗我部は四方八方膨張をつづける。

　元亀元年。元親の弟・吉良親貞、戸波の城を攻撃、取る。

　元亀二年。元親、本山を攻める。本山親茂降服。高岡郡津野領主津野勝興降服。佐川松尾城主中村越前守惟宗信義降服。黒岩城主片岡降服。日下葛原城主三宮降服。久礼城主佐竹義直降服。西影山城主藤原宗勝、本在家城主藤原宗澄、窪川城主藤原宣澄、新在家城主藤原貞清、志和城主藤原宗茂、降服。

　天正元年。九月、一条兼定、政治を嫡子内政に譲る。後、兼定、傍若無人、国人はこれを愁えた。土居宗珊は諫言するが、兼定は宗珊を殺す。老臣らは謀略計画を元親に通じる。

　天正二年。一条家老臣ら、元親と謀って兼定を豊後に追放する。一条家に内紛が勃発する。元親はその乱に乗じて一条内政を長岡郡大津の城に移した。吉良親貞を中村の城代とした。このことで一条の旧臣ら多くは抗議しはじめた。依岡右京進、小島出雲守らは、彼等不満分子を討って乱を鎮めた。

天正三年。元親、使いを惟任日向守に派遣して、子千雄丸のために一字を織田信長に請うた。信長一字を与えて信親と名乗らせた。伊予国宇和郡御荘の領主御荘越前守、法華津の領主法華津播磨守則延ら、一条兼定入道とともに土佐に侵入。幡多郡宿毛の城を落としさらに進んで具同村栗本の城に拠る。元親、大軍を発し、渡川（四万十川）において合戦をした。伊予の軍、おおいに乱れ、狼狽して国に帰る。渡川合戦である。

天正四年。正月、冬、伊予国河原淵の芝一覚政景一党、魚成、曾根ら元親に降る。曾根援兵を元親に請うて、床崎（五十崎）を攻めてこれを取る。

天正五年。二月、一条兼定入道、幡多郡奥屋内村の篠田宗圓に倚りてその村に入る。城を築いて津島弥三郎・越智通続入道宗雲を置き、中村を攻撃せんと画策する。元親これを聞いて二城を築き、奥長門守、芝一覚とをしてこれを防御させる。一覚敗死して、宗雲の威勢が盛んとなる。時に宗雲が家老鴨原右馬左衛門、その弟助兵衛、篠田宗圓ら、鴨原の婿久礼勘十郎のために殺されてその軍は攪乱した。これによって宗雲陣を収めて津島に帰った。七月、谷忠兵衛忠澄をして中村の城代とする。

――この年、養甫の娘菊が元親の養女となって三滝城主紀親安に嫁す。長男弥次郎元服。

天正六年。九月三日、養甫に千位（千味）誕生。

天正七年春。元親、久武内蔵助親定（親信）をもって南伊予二郡の軍代とする。二月、親定伊予に往く。五月廿五日、親定、軽兵を率し夜陰に乗じて伊予国三間兼近の高森城を襲い、土居清良の伏兵のために戦死する。佐竹太郎兵衛、山内小外記、首藤俊光ら、ともに戦死。

この頃、伊予国宇都宮遠江守元綱の家老、同国大津（大洲）の城主菅田直之、元親に降り援兵を請い、八幡城、鍛冶谷城の二城を攻めてこれを取る。さらに湯築城の河野通直が大軍を発して菅田直之を討った。直之は援兵を元親に請うた。元親、波川玄蕃頭蘇我清宗をして直之を救わせた。直之、清宗らは、しばしば通直とその城下において戦った。通直、ついにその兵を収めて帰って行った。

この時期、伊予国来島、平岡の海賊ら、幡多郡の海辺を侵略して資財を略奪し子女を拉致して去った。さらに、元親、一条兼定の近臣入江左近をして兼定を豊後国において殺害させた。左近、兼定の館に行って昔話を語り、兼定の就寝を見計らって刺す。兼定、驚愕して抜刀し左近を斬る。君臣ともに死ぬ。

天正八年五月、波川玄蕃頭、謀反露見し、玄蕃薙髪入道して阿波国に出奔する。元親、香宗我部親泰に命じて自害させる。

この月二十四日、浦戸城から葛木城（波川城）へ使者があり、三人の息子に切腹を申しつける。これを拒絶し、波川合戦が起きる。波川の一族らは鎌田城に籠る。元親、鹿敷右近、勝賀瀬越後をして波川を攻撃させる。

二十八日、城はついに落ち、一門ことごとく戦死する……。

——ここまで、安芸滅亡後、長宗我部軍が西土佐へ進撃する経緯と、波川家滅亡までを、古軍記をもとに見てみた。

時期を少し遡ってみる。

天正七年五月、元親が絶大な信頼を寄せていた右腕・久武親信が南伊予宇和郡での土居清良との戦いで討死をする。伊予の軍の将兵も久武を畏敬していたので、亡骸を荼毘に付すための休戦時間を設けた。前代未聞のことである。この久武の死によって長宗我部元親が極度の不機嫌に陥り、誰某にたいしてというのではない憤怒に燃え、悩乱したであろうことは容易に想像できる。

伊予大洲城の菅田直昌、直之兄弟と道後湯築城主河野の戦闘に、長宗我部元親は波川玄蕃に救援を命じる。波川兵千二百は善戦し、苦戦した。波川玄蕃は、我々波川軍の背後には長宗我部本隊が控えているぞ、という蜚語を流すという姑息な手段を取ってしまった。このことが中国の小早川軍を誘発する結果を生む。小早川隆景の大軍八千余が長浜に上陸して河野軍と合流し、一万三千余に膨らんだ。波川と菅田は籠城戦に入った。

敵軍のすべてが圧倒的に多く、強く、優れていた。波川の全軍は疲労困憊、このままでは全滅必至という時、波川玄蕃は小早川隆景の前へ行き、自分の首と引きかえに兵士の助命を申しこんだ。敗北である。玄蕃は生かされて帰還した。

天正八年二月下旬、元親からの使者として実弟次郎兵衛と五郎太夫が玄蕃の許へ来て、阿波海部城の謀反勃発を伝える。波川玄蕃は香宗我部親泰への援軍に出る。——海部城の謀反などは到底ありえないことを十分承知しながら、玄蕃は出立した。しかも、援軍の兵数は三十騎という元親の軍令であり、陸路を行けという指図である。兵は疲労困憊する。親泰のもとに着き、玄蕃は切腹させられる。覚悟の上であった。

軍記としてはもっとも古い『元親記』には以下のように記されている。

「当国波川謀叛之事」

「此波川には幡多山路の城を預おかれしか、不届の子細有て被召上、又波川へ帰住す。其不足にて謀叛を存立□。方々廻文を廻すといへとも、至同心者無之と言り。大津の城に御入候し一条殿、連判に被入申迄也。兎角此仕合なれハ、謀叛も不調令露顕、波川首を刺、高野へ入んとて阿州海部迄越しを、親泰へ被言越、海部にて腹をきらする也」

つまり波川玄蕃清宗は長宗我部にたいして「不届の子細」があり、山路城から波川へ戻され、そのことで不平不満が募って「謀叛」を企て、「廻文」をして露見したというのである。

その「不届の子細」を『土佐物語』で見てみる。

「一条家滅亡の後は、元親の下知として、幡多郡の城々或は預け又は番の士を籠め置かれけり。中にも山路の城は波川玄蕃預かりてぞ居たりける。玄蕃は元親の妹婿なれば人皆重く饗応しけり」。

「玄蕃いつしか心侈り、酒宴博奕淫乱を事とし、鷹狩り鹿狩りに日を暮らし、諸士に対して無礼を尽くし、郷民を虐げ、万我意に任せて行跡へば、上下爪弾きをしてぞ疎みける。元親この由聞き給ひ、大きに怒って山路の城を取り上げ余人にぞ預けらる」

すんなりとは受容できない印象が残る。親子兄弟のあいだにおいても疑心暗鬼、謀略、殺しあいが珍しくない時世である。酒色、賭博、狩猟、傲慢など、これらの欲望と放縦こそは勢力拡張の原動力のひとつとして機能したはずである。

移封、更迭、さらに権威権力を剥奪しついには抹殺する理由はもっと他にあるようである。第一、四国を統一しようという勢いの元親の下にあって、明確な証拠品となる物・廻文などを通信手段として取るであろうか。元親の目の前に証拠を差しだすような愚行を、波川玄蕃ほどの武将がするとは思えない。

――長宗我部元親が波川玄蕃を抹殺した理由は五年先に出現している……。

波川家滅亡の天正八年の頃から五年後、豊臣秀吉は四国長宗我部にたいして降服を迫る。元親はその気はないと伝える使者に谷忠兵衛（たにちゅうべい）を起用する。帰還した忠兵衛は阿波白地（はくち）の城にいる元親に報告をする、いや諫言をする。

「上方は武具も馬具も新しく」金銀で光り輝き繁栄しています。「馬は大きく」、「武者は指物（さし）や小旗を背にしっかりと差していかにも」勇壮です。「四国の武者は、十人のうち七人までは小さな土佐駒（ごま）に乗り、曲った鞍を敷き、木製のを掛けている」。「十のうち一つとして上方と対抗できるものは見当たりません」

天正十三年四月二十四日、豊臣秀吉は激怒して四国に兵を出す。

羽柴秀長三万余騎、堺の浦より淡路福良(ふくら)に渡る。

三好秀次(ひでつぐ)、近江丹波の兵三万余騎を率して尼崎(あまがさき)より淡路岩屋(いわや)に渡る。両軍淡路洲本(すもと)で合流し、阿波椿泊(つばきどまり)に着く。

宇喜多秀家二万余騎、讃岐屋島(やしま)に渡る。

毛利輝元二万余騎、備後三原に布陣する。

吉川元長、小早川隆景、三万余騎、伊予国に渡る。

同年七月二十五日、講和成り、長宗我部元親ついに羽柴秀長に降る。十月二十日、元親、大坂に行き秀吉に謁見する。元親は歓待され、饗応され、「鬼葦毛の馬」を賜ったばかりではなく、人質につれていった津野親忠(つのちかただ)もともに土佐へ帰ることを許される。

長宗我部の親子は土佐に戻る。待ちわびていた者らは皆安堵して、大いに喜んだ。翌日、家老、諸侍が集まった。一番目に腰の物を見せる。二番目に黄金百枚を見せる。三番目に鞍を置いた葦毛馬を引き出した。


「諸侍手を打て、上方と言国ハいかなる国なれハかやうの馬有そと、立廻り見物する。日頃土佐駒の長一寸の馬計見付たる国なれハ、長五寸の馬を見て舌を震ハすも理也。梨地の鞍・鐙を見て、光る物ハ何そといふ」

と、『土佐軍記』にある。

引用文中の「寸」は「キ」と読む。「長一寸」「長五寸」の意味は以下のようである。中世では日本馬の体高は四尺を基準とし、それ以上は「寸」で数えたらしい。たとえば「丈八寸」は「四尺八寸余」前後の体高である。これを超える馬は「八寸（やき）に余る」と呼ばれ、大型馬を意味している。この『土佐軍記』中の「長一寸」「長五寸」は、土佐駒と上方の馬との体高の途方もない差異の強調なのである。

長宗我部元親は内心忸怩（じくじ）たるものがあったであろう。あやつの、波川玄蕃清宗の言っていた通りであった……。本州各地と四国土佐の貧富の雲泥の差を、軍兵装備の雲泥の差を、戦闘戦略の雲泥の差を……。この馬を見よ。これが馬なら土佐駒は馬ではない、犬猫である。土佐駒が馬ならこれは馬ではない、龍虎である。戦にはならない。

つまり、種々の軍記が伝える波川玄蕃謀反の内実は、本州中国の小早川軍の神々しいまでに華麗な武具と馬具、神々しいまでに大きく見上げる馬体、神々しいばかりに威風堂々とした小早川隆景の姿を見てしまったことである。四国土佐の戦が子供の喧嘩であることを見た。長宗我部軍の「土竜（もぐら）の如」き滑稽で哀れな貧弱さを見た。今や四国全土に席捲（せっけん）しようとする長宗我部元親と、その手足となって奮戦している軍兵と、そのなかの自分自身のはっきりとした限界の姿を、波川玄蕃は見たのにちがいない。その限界の姿は、周囲を海に囲繞された四国と同じ形をしていた。

謀反などはなかった。あったのは波川玄蕃の戦意喪失である。戦の結果としての敗北の姿がはっきりと見えていて戦をつづけていくことは無理である。波川玄蕃は長宗我部元親に壮麗豪胆な小早川軍のことも、隆景の人物の大きさのことも報告をしていたであろう。さらに言ったかもしれない、数年後、上方の秀吉のもとから帰還した谷忠兵衛が元親に向かって述べた諫言とそっくり同じことを……。元親の耳には玄蕃の言い訳にしか聞こえないが、上方の凄さは情報によって見当はつき畏怖の念を抱いていたから、このまま土佐国内で波川玄蕃の戦意喪失の話をしたい放題つづけさせるわけにはいかない。生かしておくわけにはいかない。

阿波海部で波川玄蕃が切腹させられた後の状況は、『元親記』によれば以下のようである。

「波川兄弟三人、二男次郎兵衛・三男五郎太夫事ハ、元親卿の馬廻に有し故身上赦免と有処、兎角一類之者可相果の条口ハ一所に可罷成と申請て、鎌田の城へ取籠。波川嫡子弥次郎、其外家令之者共一所に籠居候つるを、天正八年五月中旬に押寄、不残果されし也」

弟たちや息子たちの結束の強さを見ると、この兄・この父は全幅の信頼を寄せられていたことが分かる。波川玄蕃の自害後、弟たちは兄の遺骸を受け取りに行き、波川本願寺に埋葬した。岡豊城を去る時、馬廻り役であったこの弟たちは高らかに言った。

「兄が切腹になった以上、我らなんの面目あってこの世に生きながらえようか。すぐに討手を出されればよい。怖れながら矢一本を射てから腹を掻っ捌きます」

二人は白昼堂々と岡豊城を出て波川へ向かい鎌田城に籠った。――やはり謀反計画などはなかったと推測できるのは、それが事実であったなら兄討伐をかならず馬廻り役のこの弟たちにやらせたであろうからである。そして、元親の酷薄な性格とこれまでの戦の仕方から見て、二人を城から無事に出すことなどはありえない。

波川合戦を吉田孝世（たかよ）の『土佐物語』を参考に辿ってみる。成山村に関する興味深く不思議な人物が登場する。

波川合戦場の東には仁淀川が流れ、南は岩山、西は要害堅固な地形である。鎌田城のなかでは長宗我部軍の襲来を前に、老いも若きも集まって酒宴を催し、歌って踊って騒いだ。やがて、岡豊から来た長宗我部軍に近郷の兵士らが加わって、城を取り囲んだ攻め手は見る見るうちに膨らんだ。

波川玄蕃に柿内丹後入道阿運（あうん）という叔父がいた。昔は玄蕃の扶助を受けていたが、老齢になり子もいないので、法体（ほったい）となって伊予の山岳地帯に籠って念仏三昧の日々を送っていた。「この頃所用の事有て土佐の成山（なるやま）へ来」ていた時、長宗我部と波川の合戦に遭遇した。急ぎ成山村から麓の仁淀川河原に下りていくと、すでに長宗我部の厖大屈強な軍兵が「鎌田の切り通しまで打ち囲みて、土居に入る」隙間もない。

阿運は思案を巡らせた。決断は早かった。他に方法はない。長宗我部の陣へ行き、畏（かしこ）まって大将に懇願する。

「自分は日下（くさか）の老人ですが、あの城に一人息子が籠もっております。甘言に乗せられたにちがいありません。我が子ながら勇猛な男で、まるで「盲者（もうじゃ）の杖を失ひたる心地」がいたします。城に入って誘い出し、味方にして城内の案内をさせたく存じます。どうか私を通して鎌田城内へ行かせてほしい」

と、涙を浮かべて頼みこんだ。これを聞いた大将は、

「翁の気持ちはもっともである。城へ行って伜（せがれ）を誘い出してくるがよい」

と言い、囲みを解いて阿運を鎌田城へ入れた。大喜びで土居の内に入ってきた阿運を見て、玄蕃長男弥次郎は驚き、

「この合戦は急に起きたことですのに、いったい誰が大叔父上に知らせたのでしょうか。それにこの厖大稠密（ちゅうみつ）な長宗我部軍の囲みをどうやって入ってこられたのでしょうか」

と問うと、阿運は経緯を話し、さらにつづけた。

「自分がもし伊予の山中にいたままこの合戦を知らなかったら、生涯自分の不運と迂闊（うかつ）とを口惜しく恨みつづけねばならないところであった。用件があって成山村に来ていたことは、まことに僥倖でありまた不思議なことである。ここで討死することはよろこびである」

波川弥次郎は大叔父に鎧、太刀、長刀などを渡した。阿運はそれらを身に着け、陣頭に駆け出て大声で叫んだ。

「自分はつい先程、大将軍のご温情により城に入ることができました坊主であります。昔は波川の家臣でありましたが、歳老い暇乞いをして、この頃は伊予国の山中に住んでおります。所用で成山村に来ておりましたところ、この合戦を知りました。この戦に加わることができまして大いに喜んでおります。本当は自分には子はおりません。主君と共に討死いたしたく、先程は大将軍

を欺いてしまいました。どうぞ私の皺首を取ってください」

阿運は敵軍に「破って入り」、「生死は知らず七八十人ぞ薙ぎ伏せ」た。が、やがて老体は息切れがし、足腰も重くなり、腕の動きも鈍くなってしまい、ついに討たれた。

宝永五年成立の吉田孝世筆『土佐物語』は、題名に表れているように物語であって、他の軍記のような史実記録ではないのであろう。

しかし、阿運という老僧の存在感は重厚である。そして同時に、奮戦ぶりを叙述する部分に「不思議」という言葉が出てくるのだが、たしかにその存在は「不思議」な雰囲気に包まれている。成山村に来ていたのが偶然であったとしているが、そこが何故成山村であったのかは触れられていない。阿運が実在の人物であり、この奮戦討死が史実であるとしても、さらに一層「不思議」な印象は残るのである。

もし阿運が創造の人物であり、奮戦討死が創作であるとしても、何故吉田孝世は阿運を造形したのか、その発想の源は何なのか、そこに「不思議」があり、また「不思議」の解答があるように思われる。このことは後に触れることになるであろうが、阿運も養甫尼も新之丞も「僧」であるという共通点があり、しかも三人ともが成山村の者からみれば外から入ってきた人物であり、阿運は討死、養甫尼は死を連想させる突然の不在、新之丞は峠で非業の死、というのも酷似している。

阿運が実在の人物であるとして、彼が山奥の成山村にいて波川合戦のことを知ったのは、麓から村へ登ってきた者の口からか、仁淀川河原から立ちのぼってくる軍勢の声を耳にして坂の峠に立ち、はるか下方の河原を埋めつくした蟻の大群を鳥瞰したからであろう。

この『土佐物語』の「波川合戦の事」の末尾あたりに、「千味は幼なければ母抱いて成山へ落ち行きける」と、まるで合戦最中に逃亡したように記されているが、実際にはそのようなことはない。信長の妹・市とその娘たちのように、この母子は開戦前に仁階弥衛門などに守られて成山村へ向かったであろう。それがこの時代のこういう場合の道義的慣習である。母子が成山村に着くとそこに阿運がいたということかもしれない。

山深い成山村の坂の峠に、養甫が幼い千位（千味）を抱いて佇立し、はるか彼方の眼下の仁淀川河原に展開する戦況光景を目にした時、再起不能と思われるほどに心を痛めたであろう。ゆったりと流れる仁淀川の対岸の波川の村は、陸続と渡河して押し寄せ雪崩れこむ長宗我部軍、兄元親配下の弘岡城主吉良の軍団が、瀕死の虫に群がる蟻のように浸蝕し凌辱していった。阿鼻叫喚が大地を響かせて地霊の咆哮のように聞こえてくる。方々から煙が立ちのぼり、それが成山村の森の樹々にまで這いのぼっていた。青く澄明な仁淀川の水は、波川の地を境に真赤になって太平洋へ流れていった。かつて夫や子供たちと安穏な日々を過ごした波川の村と河原は奈落の様相を呈していた。

玄蕃の弟・次郎兵衛は「十文字の鑓提げ糟毛なる馬に打ち乗り、古落に支えたる敵の中へ駆け入り（略）縦横無尽に突いて廻」った。

もう一人の弟・五郎太夫と、寺田源助、深瀬浪之助、勝賀瀬治部、同右京、横田畤之助、横山岩右衛門なども「一度にどっと打って出」た。真夏の炎天下、兵は入り乱れ、組み伏せ組み伏せられ、殺し殺される男たちの群れのなかに激突する刀の火花が陽光のなかでも鮮やかに飛び散った。「血は涿鹿の川をなし紅波楯を流し、皆一足も退かず、枕を並べて討死す」。

波川玄蕃には四人の男子があった。長男弥次郎、二男虎王、三男千位（千味）、他に側女の子一人である。弥次郎は十八歳になるこの側女の子を呼び、お前がここで死ぬことはない、生きのびて「我々が後世を弔へ」と理をつくして諌め、伊予に落ちのびさせた。

行先は、養甫の娘・菊の嫁ぎ先、南伊予三滝城主紀親安のもとである。――後、紀親安は波川玄蕃の謀反に加担したとの理由で長宗我部元親に攻め滅ぼされてしまう。三滝城落城の折、菊は愛馬に跨って燃え盛る火炎のなかへ駆けこみ、夫の後を追った。この菊の決断と行動は、母親養甫の気質あるいは躾の片鱗を体現している。親安と菊の長男正親は長宗我部元親の人質であったが、岡豊城のなかで斬首された。

「側女の子」は、今度は三滝城から逃亡するが、慶長五年には土佐伊野村に帰り、町田助左衛門と名乗る。庄屋を勤め、御用紙漉家となる（はるかな後世、町田家は高知において隆盛していく）。

二男虎王は十歳である。塀を乗り越えてくる敵を鑓で突き殺した後、仁淀川の河原を落ちていったが、「大内の弥三の瀬」を渡っている時、深みに入って溺死した。

長男弥次郎は櫓の上から凄惨な戦いの状況をしっかりと見、味方のことごとく討死するのを確かめ、もう思い残すことはないと覚悟を決め、最期の支度をした。広い庭に大幕を張り、大桶に水をたっぷりと溜めた。そして門を開け、敵兵を入れさせた。その敵を追いまわし追いつめて斬り、「太刀なまれば桶の水にて押し洗ひ」、また斬っては「押し洗ひ」、ついには大勢を追い払って、幕の内へ入った。最早、これまでである。弥次郎は割腹して果てる。「天正八年五月廿八日波川一族絶え果てぬ」。

　これにつづいて『土佐物語』はこう記している。

「千味は幼なければ母抱(いだ)いて成山(なるやま)へ落ち行きけるが、幾程(いくほど)なく早世(そうせい)す。母は尼になり慶寿養甫(けいじゅようほ)と号し、元親より百石の知行を与え置かれけり」

―*―

　養甫が千位を抱いて成山村に逃げたのは、渦谷(うずのたに)付近の昔も今も流路の変わらない浅瀬を渡ったところ、麓の仁淀川河畔の鳴谷(なるたに)からである。沢伝いの登攀(とうはん)であった。千位の誕生は天正六年九月であるから、まだ幼児である。高森山を迂回するように山腹の杣道を登って村に辿りついた。その時、この母子を長宗我部家よりの付人・仁階弥衛門(にしなやえもん)が守っていた。成山村に入ってからの母子の生活は成山本村の土居屋敷で営まれた。信仰生活の拠点とした常福寺がすぐそばにある。

　天正十八年の『長宗我部地検帳』における「土佐國土佐郡成山村地検帳」は「天正拾八年拾弐月拾六日」から「天正拾八年拾弐月拾九日」にかけて行われている。『紙業界之恩人新之烝君碑』に関与する人びとについての部分を見ておきたい。

「成山本村　養浦(ママ)様御持」、「横藪　養浦(ママ)様御持」となっている。成山村九十七石、波川村秋山村中島村などに数筆ずつの土地、合わせて百石余である。成山村には手作りの土地が十四筆、合計一町七反三十五代分、他に千位の土地や桑畑がある。注目すべきは桑畑であり、このことは彼女によって養蚕がなされていた証拠であり、糸の草木染をしていたと推測できる。

つぎに千位である。横藪村のなかの「大谷」の部分にある。

「同しノ西東へ入廻谷川かけて
一ヽ壱反弐拾代　出三反三拾壱代弐分　内　卅壱代弐分下屋敷
四反廿代下夕
同村　ちい居
同　　し　」

「同村」は「横藪村」、「同し」は「成山名」のことである。この記事によって十二歳の千位健在が確認できる。その場所が何故、坂の峠（後の仏が峠）を挟んで、土居屋敷のある成山本村とは反対側であるのかは、「ちい居」に隣接して「五郎九郎居」とあることが暗示している。

「大谷　　同村　五郎九郎居
一ヽ三拾六代弐分　下ヤシキ　同　し
同しノ東谷横道かけて　同村　手作

一ゝ弐代　出拾五代　　同　し　」

「西分」

「同しノ北ノ上西岡川道ノ下　　同村　五郎九郎作

一ゝ六代　出五代弐分

　　下　　同　し　」

土居屋敷の母親のそばで千位をいつまでも育てていては軟弱になると危惧して、養甫尼が息子を離したのであろう。「五郎九郎」は千位の守役、養育係であり、この男が三郎左衛門ではないのかという説がある。

つぎに仁階弥衛門の住居である。

「横藪村」

「ナカヤ内外かけて

一ゝ拾三代　出弐十六代三分　　内　十代三分下タ

廿九代下ヤシキ

同村　弥衛門尉給居

同　し　」

これが「作」となると数箇所にある。

「横藪村」
「カキノ桑留西ハ神谷東槇谷カキリ　同村　弥衛門尉作
一ゝ弐拾三代　出壱反三代　同　し　」
「同しノ東チ　同村　弥衛門尉作
一ゝ三代五分　下　同　し　」
「同し上　同村　弥衛門尉作
一ゝ八代弐分　下　同　し
同し上　同村　同し作
一ゝ拾七代　切畑　同　し
同しノ上　同村　同し作
一ゝ三代　下　同　し
同しノ上　同村　同し作
一ゝ弐十壱代　下　同　し　」
「ノチノヒラ　同村　弥衛門尉作
一ゝ三拾代　切畑　同　し　」

「井ノ谷　　　　　　　　　　　同村　弥衛門尉作
一ゝ三代　切畑　　　　　　　　同　し　」

仁階弥衛門には他に波川村と蒲田村に五筆ある。
つぎに彦兵衛である。

「成山本村」
「ヲカヤシキ　　　　　　　　　同村　彦兵衛居
一ゝ四拾五代下山畠ヤシキ　内　十代荒
　　　　　　　　　　　残　　同　し　」
「キシロ谷　　　　　　　　　　同村　彦兵衛作
一ゝ三代三分　下　　　　　　　同　し
同しノ下　　　　　　　　　　　同村　同し作
一ゝ壱反　切畑　　　　　　　　同　し　」

「新之丞」は尾崎彦兵衛とも久万彦兵衛ともいい、名前にも曖昧性が付随しているのだが、成山村には二人の彦兵衛がいたという説がある。このことも、『地検帳』で見るかぎり一人である。ひとつは「居」、もうひとつは「作」、これは住宅地と耕作地の表記であって、住んでいる家が二軒あるわけではないであろう。

さらに、彦兵衛の住居は優婆屋敷への細道（実際は道とは言えない）の入口の下手にあって（つまり横藪）、仁階弥衛門と成山三郎左衛門のそれぞれの住宅とともにその入口を囲んでいた、と言われてきたのだが、『地検帳』によれば住居地も耕作地も成山本村である。実施が「天正拾八年拾弐月」であり、山内一豊が土佐に入る慶長六年からは十一年も前である。後年、何かの事情で本村から横藪へ転居したか、特別な小屋でも建てたのであろう……。

ここまで『地検帳』を仔細に見てきても成山村に三郎左衛門の名前は表れない。しかし似たような名前なら登場する。

「成山本村」
「同し北ノ上　同村　三郎二郎作
一ヽ壱段　切畑　同　し　」
「ツケイキノサコ　北成山村　三郎二郎作
一ヽ拾六代　切畑　同　し
柳ノサコ　同村　同し居
一ヽ拾五代　出三拾五代勺　内四拾代下
下ヤシキ　残　同村　同　し　」

共通しているのが「三郎」だけで、住居地が北成山村であることを考慮すると、三郎二郎を三郎左衛門とするには無理がある。

ただしかし、成山本村、北成山村、横藪村のたいして多くもない人名のなかのどこかに三郎左衛門が隠れ潜んでいることは確かである。

時期も病名も不明であるが、千位は早逝する。兄元親に、夫も義理の弟も息子たちも娘も殺されて、最後に残っていた末子をも失ってしまう。養甫尼の悲痛な衝撃は想像を絶するものがある。戦乱の時代の四国土佐のなかの寒村の、わずかに遺されている歴史のなかでは、この後も養甫尼は正気で生きつづけている。それどころか、ここからが養甫尼の凄絶とでもいうべき自己鞭撻の闘いがはじまる。村人の暮らしの維持向上のための手漉紙の生産および七色紙の創製へと、彼女の魂は凝縮し深化し結晶化していく。この後数百年にわたって成山村の人びとを飢えさせることのない物づくりの知識技術を創造していくのである。そしてそのことを通じての村人の教育もまた彼女の重要な仕事であったろう。

千位がまだ生存のあいだは波川の血は健在であり、波川家再興の可能性は残されている。しかし千位が亡くなってしまうと、母子を守りあるいは後を追って成山村へ逃げこんだ波川家臣から見て、養甫尼の立場は微妙に変容していったであろう。たとえ実兄長宗我部元親を仇敵として怨んでいても、成山村にたった一人残された彼女の軀のなかを流れているのはまぎれもなく長宗我部の血なのである(このことは、後に新しく土佐に入ってくることになる山内家から見ても同様である)。

地検帳によって養甫尼の成山村における生存居住という史実性は証明されるが、さらに日裏神社の棟札がある。それには、

「奉新造上棟土州朝倉郷成山村法皇神御宝殿文禄三年甲午九月廿九日寅時大願主秦氏慶寿陽甫尼公」

とある。

日裏神社の棟札にはもうひとつ残っていて、それには、

「元和五年己未五月十二日大願主成山三郎左衛門橘氏家」

とある。

つまり、その時期と様態は不明であるが、まちがいなく成山村の領主は養甫尼から成山三郎左衛門へと移っていったことは分明する。

成山安芸家では昔から、初代成山三郎左衛門が養甫尼に招かれて成山村に来たのは天正十四年であると伝承されてきた。彼の逝去は寛永十一年十月、享年七十三歳であったというから、逆算すると生年は永禄四年頃と推測できる。安芸城落城の永禄十二年は八歳頃である。成山村の養甫尼の前に現れたのが天正十四年とすると、二十五歳頃である。実際に国虎次男だったとすると、

実に十七年間の逃亡生活ということになる。天正十三年八月、長宗我部元親は豊臣秀吉に降服し、土佐一国に戻されている。成山村来村はこの翌年ということになる。土佐の長宗我部の治世は安定しているにしても、四国全土に席捲している時期よりも、成山村へ入りやすくなっていたのであろう。

成山安芸家が伝承し主張するところによれば、四国山中で逃亡生活を送っていた三郎左衛門が成山村に来たのは、養甫尼が山の森のなかの彼の居所を知り得て連絡をし、招き寄せたということである。しかし、そのような情報収集力と機動力が山中寒村の敗残女性にはたしてあったであろうか。天正十年の阿波中富川合戦での「安芸国虎一子千寿丸」・「矢野又六郎」討死以降はさらに一層三郎左衛門の居場所の探索は困難であったろう。

むしろ、波川合戦の模様と養甫の逃亡先が成山村であるのを知ることは、「国虎之二男」であろうが、出自不明の流浪人であろうが、波川の残兵であろうが、三郎左衛門の方が容易である。つまり、養甫尼が探して呼ぶことよりも、三郎左衛門の方から成山村へ押しかけていく可能性の方がはるかに高い。

安芸城陥落後の長宗我部による畑山左近尉元康への執拗な掃討策から考えて、自分が実妹に与えた成山村に「国虎之二男」が潜伏しているとしたら、その情報収集力からして元親に分からないはずがなく見逃すはずもない。敵を殲滅することの徹底性から見て、元親がこれを生かしておく可能性は零である。「国虎之二男」のみならず、成山村の老若男女すべて、土佐駒犬猫鶏鼠にいたるまで動くものはすべて殺しつくすであろう。

成山安芸家が、三郎左衛門が成山村に来たのは養甫尼に呼ばれたからであり、養甫尼に呼ばれたのは「国虎之二男」だからであるとするのは、血のつながりはないが叔母甥の関係だからという理由を誘引するためであろう。『安芸文書』やその他種々の軍記で分明してくるように、「国虎之二男」の存在の可能性はほぼ零である。とすると、叔母甥の関係ではないことになる。実際は、呼ばれてもいないのに他所から成山村に入ってきた赤の他人かもしれない。そのことを隠蔽するための捏造の可能性もある。

養甫尼と阿運と新之丞の共通性について既述しているが、ここまでくるとその列に三郎左衛門を加えても不自然ではない。新之丞と三郎左衛門はなんとなく似たところがある……。仏が峠の新之丞斬殺事件など実はなかったのだという強力な説がある。

――*――

宝永四年から享保七年にかけて、土佐藩御抱学者緒方宗哲（おがたほうてつ）によって作成された『土佐州郡志』における成山村に関する記述である。山内一豊が土佐に入ってくる、土佐動乱、成山三郎左衛門が一豊に謁見、この頃に仏が峠斬殺事件発生、それからおおよそ百十年ほど後の地誌である。

「成山村
距府城西北三里、村在山上。東西一里餘、南北十五町餘。横藪・本村・北成山三村、合名成山。居民六十餘戸。
横藪　東限槙本村、北限小山村。小谷二、下流為一。
本村　南限小野、北限小山村。小谷四、下流為一。
北成山　南限小野、西限勝加瀬、北限綱付森。

山川

佛之駄於　北限青子登、南限三頭。三頭、吾川郡内小野・神谷・成山、三村相合處。
堂之畝　俚語謂峯為畝、在横藪村西。峯為畝。
噛米石　古目加美石。西渓有大石、形如碓。
湧泉　在村東山下、漑田畝。

寺社

地蔵堂　在本村南。此地昔有成福寺、蓋其本尊。
地主林　無社。在横藪村北、以林岩之處目之。
瀧野宮　無社。在横藪村中、林木岑蔚之處。
天満天神社　在本村北山。
法皇大明神　在村中。
山神　無社。在北成山、林木繁茂處。

古跡

古城跡　在村西、不知何人所居。

舊址　在本村西、秦元親妹陽甫(ママ)者住于此。
土産
紙　製紙数品、楮工若干戸。　桑　」

このような詳細簡潔な記述がつづく。「佛之駄於」というのが坂の峠、仏が峠のことである。新之丞斬殺事件のことは出てこない。

しかし現実に話は伝わり石碑も建っている。なかったことが、あったことになると、どのような現象が起きるのであろうか。新之丞が、殺されていないのに、殺されたことになると、新之丞は生きたまま別人に生まれ変われるのではないのだろうか……。

成山安芸家の初代が生涯「成山三郎左衛門」で通したのは、「成山」でなんの不都合も不便もなかったからである。それでは困る事情を背負ったのは二代目市右衛門である。どうしても長宗我部に滅ぼされた「安芸」でなければならなかったのであろう。そこには、重大事の正統性を獲得する必要性があったのだと推測させるものがある。長宗我部は仇敵でなければならなかった……。

天正十四年に成山村に来た三郎左衛門はまだ独身であったと推測できる。十七年間もの逃亡生活であったとしても、いつも動きまわっていたわけではなく、ある程度の期間は一定の場所に住みついて、また転住しての繰りかえしであったろう。そうであるにしても、「国虎之二男」が二十五歳で独身というのは考えにくい。

長男市右衛門誕生が慶長初年、石碑にあるように新之丞が成山村に現れたのも同じく「慶長初年頃」、この頃三郎左衛門は三十五歳くらいである。

三郎左衛門の妻は、養甫尼の付人仁階弥衛門の娘である。長男誕生が婚姻一年後くらいと見なしても、成山村からおおよそ十年近く経っている。このことは、仁階の子供が娘になるまでに要する年月を意味しているのであろうが、それだけではないであろう。三郎左衛門が成山村に来てから村人の生活圏のなかへ融合して、養甫尼や弥衛門からその人柄への確かな判断評価を得るまでに要した期間もあるであろう。であるなら、やはり発生する疑問は彼の出自である。「国虎之二男」という貴種であるなら、仁階弥衛門が娘を嫁がせるのに十年近くを要するのは不自然である。

この謎の多い男は成山村に定着し、出世をしていく……。

元和四年の、

「正月山内修理亮康豊君等一門家臣三百余人連著ノ名簿ヲ高野山正覚院ニ納レ国檀那タルコトヲ約ス」

において、その列に成山三郎左衛門の名が載っている。

まず、山内(やまうち)修理亮、山内吉兵衛、山内伊豆守が並び、つづいて当時の土佐の津々浦々までの実力者の名前が三百六十三名、列記されている。野野村(ののむら)喜蔵由、野中(のなか)玄蕃直継、百百(とど)出雲忠正、祖父江志摩守成正、孕石小右衛門、五藤内蔵佐為、美濃部兵吉可、青木彌三右衛門、高嶋孫右衛門正重、乾金右衛門、不破彌五内、深尾九左衛門、そして成山三郎左衛門などである。山内一豊との謁見から十六、七年後の記録である。成山三郎左衛門は土佐でも指折りの名士になっていることが分かる。

——この男はいったい何処から来たのであろうか。

——成山三郎左衛門とはいったい何者なのであろうか。

三　「安喜喜代香を問ふ」——第二の帳面〔安芸義清しらべがき〕

私は安芸家の婿養子・安芸義清（あきよしきよ）である。

義父・安芸喜代香の人間性を形成しているものがいったいどのようなものであるのか。そのことを長年思案しつづけてきたが、深い影響を与えているのは自由民権思想運動家・植木枝盛ではないのかと思いはじめている。さらにもっとも深甚な影を落としているのは、板垣退助でも片岡健吉でもなく、実は養甫尼ではないのかと思いはじめている。——基督（キリスト）よりも、である。

——＊——

天正二年、長浜城主山内一豊に仕えた近江の住人植木三郎右衛門は、一豊が遠州掛川に移封されるとこれに従い、さらに高知入部に随ったいわゆる「掛川衆」のひとりである。この人物が植木枝盛の土佐における祖である。

安芸喜代香の祖は、長宗我部元親に滅ぼされた安芸国虎の次男・三郎左衛門家友である。土佐手漉紙と七色紙の生産拠点である成山村は領地である。

二人はともに安政四年の生まれで、植木枝盛一月、安芸喜代香十月である。植木家は土佐郡井口村中須賀、安芸家は父市郎の代で成山村から土佐郡杓田村に下りていて、隣村同士の近所で誕生している。が、当然のことながらそのこと以外の成長過程や家族史環境にはかなりの差異がある。

植木家が小高坂村桜馬場に移転するのは明治十一年九月、二十二歳頃であるから、隣りあわせの生活はながい。双方ともに少年期の学びと遊びと相撲などの鍛練仲間である「邊」について書いているが、その属するところが異なっていたせいか、いっしょに遊んだとかあるいは喧嘩をしたとかの記録はない。

植木枝盛の日記（松山秀美所蔵）は明治六年二月十五日からはじまり、明治二十五年一月三日で終わる。一月二十三日、三十六歳で逝く。つまり、明治時代の前半期である。

約一年三ヵ月後の明治二十六年四月二日、安芸喜代香の日記『吾家の歴史』は始まり、大正十年十二月八日に終わる。明治後半から大正前半である。植木日記と安芸日記を並べると、明治前半期の土佐自由民権運動と後半期の地方名士の日常生活とが浮かびあがってくる。

そしてまた、植木死後にはじまる安芸日記は、次第に「反植木主義」とでも呼びたくなる傾向の生き様が顕著になってくる。契機となったのは基督教入信で、安芸日記の開始は受洗日である。その次の転換点は大逆事件である。安芸は肝を冷やした。

明治前半期と後半期を埋める二人の日常生活記録を検証すれば、その傍流の一滴に養甫尼の存在を確認できるであろう。その傍流は底流であるかもしれない。いずれにしてもその流れは大正五年九月の『新之烝君碑』の建碑へと収斂していく。

安芸喜代香の先祖・三郎左衛門への痛烈な猜疑的批判者として二人の人物がいる。一人は植木枝盛、一人は萱中雄幸である。

何故安芸喜代香が「反植木主義」の方向に進んだのかを見るために、まず植木枝盛の人性および人生を大雑把に辿っておきたい。

以下、引用に際しては原文のままを基本とするが、平易を第一として適宜改変を施したい。そのようなことは些細な技術的問題である。もしかすると「反植木主義」は「反、反基督教」であることが浮かびあがってくるかもしれない。

植木枝盛の人格も思想も宿命も、万延元年六月、四歳時にすべて決まったといっても過言ではない。

父の植木直枝は、高知藩士、五人扶持・切符二十石、品川屋敷弘敷役、祐筆役小姓組などを勤めた。国学者鹿持雅澄に師事、『万葉集古義』出版に功があった。この万延元年六月二十六日、彼は「遠慮」を言いわたされる。つづいて六月二十九日、枝盛の母・千賀が「宰置」を言いわたされる。宅内軟禁である。

理由は、直枝が江戸土佐藩邸弘敷役として精勤中、土佐高知で留守番中の千賀に不行跡があったというものである。直枝は弘敷役罷免、千賀は離縁となって生家に引きとられた。不行跡というのは「暮方柔弱」の振舞い、性的な意味合いである。

——幼児期に、今まで自分のまわりを包んでいた、やさしいもの、あたたかなもの、やわらかなもの、まるいもの、なめらかなもの、うつくしいもの、かぐわしいものが、訳も分からず突如として引き剝がされ、奪い去られたとしたら、その幼児はいったい何にしがみつけばいいのだろうか。幼児枝盛は外界との緩衝材をうしない、剝きだしにされて、丸裸のまま荒野に放置されたも同然ではないだろうか。

この幼児体験によって枝盛の人性および人生、そして志の方向性もほぼ決定された。この母親の起こした性的不行跡は必然的に枝盛の父についての疑問を惹起した。

父直枝の一番目の妻の離縁理由は不明である。子供ができなかったから、妻の不妊が原因であろう。

二番目の妻千賀が枝盛を生んだ時、父直枝は満四十歳、母千賀は満二十四歳の時である。千賀は処罰されて実家へ戻され、母子は引き裂かれる。

三番目の妻亀は夫を早くに亡くし、子供を残して植木直枝に再嫁する。つまり妊娠、出産の経験があるのだが、まだ三十歳にならない軀であるのに、直枝とのあいだにはついに子ができなかった。

まずまちがいなく子のできない原因は植木直枝にある。

——枝盛の父は誰なのか。

生母千賀は勿論のこと、継母亀も、おそらく一番目の妻も、自分の夫に子種のないことを知っていたにちがいない。父直枝も、息子枝盛も、次第に分かってきたにちがいない。実際、そのように考える方が、その後の植木枝盛の思想と生き様とに合点がいくのである。書き残した自由と平等に関する厖大な文章の、尖鋭的で高邁な思想の、あの徹底性、あの孤高性、あの垂直性、果てもない反世俗的上昇志向に納得がいくのである。

自分の本当の父親はいったいどこの誰なのかなどと思い煩うより、いっそ、自分の父は神仏なのだ、いやむしろ父などは無用である、そう枝盛は決めてしまった。

「無天」は枝盛の号である。これらのひたすら垂直に伸張しようとする激越な言葉の根にあるものは、地上的な縁の限りもない希薄さである。これは、——吾に父なし、そんなものは無用である——という植木枝盛の孤立無援を良しとする高らかな宣言である。ただそのことを声高に言わなければならないところに、幼児体験が残した深刻な精神の傷もまたあったのである。彼の自由平等思想はその幼児体験に源泉を有しており、読書思惟や演説聴聞の外部から摂取した知識などは単に敷衍（ふえん）の作用をしたにすぎない。そしてその肉体を生涯にわたって満たしていたものは寂寥である。

植木枝盛の足跡を辿ると、この幼児期の心的負傷は人生全般に底流していたことが分かる。それが象徴的に顕現した一、二の事例を探究しまた検証してみたい。年代順に著作出版物なども見ておきたい。

明治五年、枝盛十六歳の時、『戦ハ天ニ対シテ大罪アルコト雑ヘタリ万国統一ノ会所ナカルベカラザルコト』を発表する。平和を築くために国際的な連帯機関を設けよと、いかにも少年らしい理想を揚言している。個人のあいだの喧嘩が嫌い、集団のあいだの紛争が嫌い、国と国とのあいだの戦争が嫌い。生母の突然の不在から、枝盛の心は何者かからの圧倒的な暴力の痕跡を刻みこまれている。

　明治六年、枝盛十七歳の時、旧藩主山内豊範は土佐の青年たちのなかから優秀な二十名を選抜し、学費支給をして東京の「海南私学」に入れた。そのなかに枝盛の名前もあった。二月十二日、「山内氏の招を以て東京行の命を蒙り、此日平安丸便を以て浪花に至る」、これが厖大な植木枝盛日記の初日の記事である。しかし着京後、「海南私学」が軍人養成学校であることを知り、十一月に退学する。東京から神戸まで歩き、船で多度津に渡り、四国の峻険な尾根を越えて高知まで帰る。

　ちなみに安芸喜代香は訓導として務めていた。

　明治七年、枝盛十八歳の時、島村速雄との往来がある。春、高知に帰った板垣退助の演説を聴き、枝盛は政治家を志した。四月、立志社が設立された。六月十五日付『高知新聞』に「好新堂主人ノ投書ニ曰」が載る。「一切の階級を廃し、以て之が自由の権を与へ」と被差別者への深い理解と深い情愛を寄せ、差別とその基盤になっている封建身分制度もまた暴力であることを、義憤とともに非難し攻撃をしている。十一月十四日の日記には「朝薪を割る。宮地氏母死す」とある。千賀享年四十一歳である。振りおろす斧には過剰な力が籠もり、生母への思慕の哀しみは炸裂したにちがいない。

　明治八年、枝盛十九歳の一月、ついに再度東京へ向かう。前後して上京した友人「海軍省兵学寮島村速雄」とさかんに往来する。進学の模索を繰りかえすが、三月、倒れこむように板垣退助を頼る。板垣は枝盛を子女の家庭教師にするのだが、枝盛は板垣の家族に逢っても一言も口をきかず、また挨拶もしない。人との接し方が分からないこの極端な人見知りは単なる未熟ではなく、幼児期に受けた傷痕が後世の者にも分かる形で表面化した最初である。こいつは馬鹿だという理由で枝盛は馘首（かくしゅ）されてしまう。この頃「明六社会」「演説所」「耶蘇教講経」「三田演説会」「慶應義塾演説会」などに熱心に通う。聴講することが枝盛の独学の方法であった。

明治九年、枝盛二十歳の二月、「猿人政府説」を報知社に投稿する。これを受け取った『郵便報知新聞』の編集者は勝手に「猿人君主」と改題して掲載する。枝盛は東京裁判所において禁獄二月に処せらる。八月、はじめての演説を行う。

こいつは馬鹿だという理由で解雇した植木枝盛の、『郵便報知新聞』に載った「猿人君主」や、出獄後につぎつぎと発表される論文を読んで、板垣はその非凡に驚嘆した。板垣は自分の不明を恥じ、わざわざ自分から足を運んで枝盛を呼び戻し、毎夜訓話した。枝盛は傾聴し、発憤し、自由民権運動に邁進することを決意して、弟子になった。

明治十年、板垣に同伴して帰郷した枝盛は、三月中旬より立志社に出勤しはじめる。精勤しながら、何度も「報知社」に投稿をしたり、片岡健吉や坂本南海男（なみお）や横山又吉（またきち）と会ったり、稲荷新地演劇場演説会で演説をしたり、旺盛な読書をつづけたり、忙殺を極めている。そんな最中、『立志社建白書』第一稿を草した。

「（略）今や深く専制抑圧の弊を鑑（かんが）み、遍（あまね）く公議の在る所を観て国家独立の基本を培殖し、人民の安寧を計らんとせば、民撰議院を設立し立憲政体の基礎を確立するより善きはなし」。この年九月、「明治第二ノ改革ヲ希望スルノ論」を発表している。

明治十一年、枝盛二十二歳の四月、立志社が愛国社再興のための遊説を開始し、四国、山陰、山陽へ植木枝盛と栗原亮一を派出、加賀、紀伊、九州へ杉田定一、安岡道太郎を派出した。
そして、植木枝盛の琴平における五月九日の日記記事である。

「一の坂高松屋に投ず、夜妓阿潑を召す」

——これがこの後の日記に頻出する「召す」の最初の記事である。『廃娼論』を遊廓の二階で書いた、などという揶揄と非難が起きたのも仕方がないかと思われるほど、頻繁に登楼を繰りかえすことになる。女の軀を金銭で買って情欲の処理をしているというだけのことだが、思想と「召す」とに矛盾と乖離とを指摘される。しかし実態はそのような皮相なことではないであろう。自由民権思想運動家植木枝盛よりも一層深く広く、言わば人間植木枝盛を考える時、旺盛な登楼の意味するものはまことに真摯な問題を孕んでいた。

枝盛は娼妓の軀に生母千賀の温もりを感じていたにちがいない。

人生初めての「召す」行為によって、枝盛は、女の軀そのものが持つ優しさを、女の存在の温かさを、情欲行為の快楽と歓喜とを知った。物心つきはじめた頃にはあまりの寂しさに嫌悪し軽蔑していた「暮方柔弱」「宰置」の生母千賀にたいして、その軀にたいして、女にたいして、優しくなり、温かくなり、寛容になり、和解していく自分を見出した。生母が戻ってきたような、奪いかえしたような、愉悦と充足とを覚えた。女の頰も、女の乳房も、女の尻も、枝盛の覚えた感触の懐かしさは激しいものであったにちがいない。登楼は母恋の行為であった。

植木枝盛は娼妓の軀によって、幼児期に奪われた母なるもの、女なるものを回復していく。奪い去られたもの、それは具体的には母という女の肉体の感触と温もりにほかならない。情欲行為によって、枝盛は自分で自分を育て直していくのである。

この頃から枝盛は旺盛な執筆活動を見せ、『人間一生花ノ如シ』『民権自由論』『赤穂四十七士論』『言論自由論』などを出版、さらに創刊された『愛国志林』の主筆編集者として「国会ヲ開設スル允可(いんか)ヲ上願スルノ書」を発表した。『愛国志林』は『愛国新誌』と改題されて、論文執筆発表は凄絶なほどに一気に増えていく。

思索と執筆という精神的な主体性と能動性には、攻撃性と加虐性とを孕んでいて、それは、情欲の膨張を誘発するのかもしれない。

明治十三年九月初め、小高坂村村会規則にも婦人参政権が実現する。「土佐国小高坂村村会並びに上町町会の如きは早く已に世界に先んじて男女同権の実を行ひ、地球の上に在りて男女同権の魁を為せりと。乃ち小高坂村村会並びに上町町会の規則を見るに実に婦人をして少しも町村政権を失はしむるものあるなし」。

このような革命的なことが、明治早期の四国太平洋側の小さな町で達成されていたことに驚く。しかもそのことが、幼児期に母親を奪われ、娼妓の軀で自分を育て直している若者の、歪(いびつ)な精神の激越な闘いによって推進されたことに驚く。

九月十七日の日記には、「夜千日前席にて演舌をなす、男女同権論をのぶ。菊栄妓を召す」とある。男女同権の演説をしたその日の夜に娼妓の軀を買っているのだが、枝盛の肉体において矛盾はなかった。枝盛にとって娼妓は対等もしくはそれ以上の存在なのである。

明治十四年、枝盛二十五歳の夏こそは、土佐自由民権運動史上においても、植木枝盛の個人史においても、もっとも重要な季節となる。一ヵ月ほどの期間の日記を見なくてはならない。

七月。

「二十日　今夜山脇香梅（かめ）女と結婚の礼を行ふ。
廿一日　夜演舌。
廿四日　安岡を問ふ。夜雑喉（ざこ）場山脇に行く、之を婿入となす。
廿六日　夜演舌。安岡来る。
廿七日　招魂祭。夜招魂社に詣る。
廿八日　八幡宮夏祭。
三十日　高知新聞毎日刊行の祝宴を此君亭香雲閣に開く。朕臨幸す。
卅一日　終日新聞社に労す。夕自由亭に行幸して酒を呑み飯を喫す。」

八月。

「一日　今日より高知新聞主幹となる。夜立志社構内演舌場に於て極楽の説をのぶ。
二日　夜上の新地河原に散歩し阪義三等と納涼す。十一時頃より揚輝楼の紘妓三十余名出でゝ踊る。天皇高台に登て之を見る。
三日　天皇、今日より本町自由亭に宿す○得月楼書画会あり、紫瀾(しらん)漁長と之に赴く、遂に妓を徴して酒を呑む。
四日　立志社に行く、憲法を議す。
五日　夜小島稔来る。立志社に于て耶蘇教講義をきゝ、河原に于く。
六日　夜黒原兵作を伴ひ浜躍師両名をつれて此君亭に登り、妓一統を集めて右躍を仕込む。
七日　暑甚矣。夜下河原に行く。偶此君亭妓綵湖等数名に会し相俱に納涼し、遂に富士越に于て書を購ふ。
八日　県庁に于き令に会して学術演舌会のことにつき談判す○夜上の河原に行き揚輝楼妓の躍をみる。
九日　晴。夜此君亭に行く、踊をみる。
十日　盆日。夜各家高く提灯を掲ぐ。夜下河原大人衆也。此君亭妓出来て踊らんとす、果さずして回る。安岡と上河原に行く。
十一日　晴或雨大雨風。
十二日　此君亭に登り尚栄(ヒサエ)等を聘して酒を呑む。
十三日　坂崎と酒を呑む。谷元亨来る。又谷を問ふ。
十四日　自由亭を出づ。
十五日　午后布師田(ぬのしだ)へ行く。

十六日　午后三時より仁井田(にいだ)へ行き、夜小学校にて演舌す。
十七日　新聞社へ行き、立志社へ行き、板垣へ行き、立志社へ行く。河原へ行く。
十九日　坂崎氏留別宴を自由亭に開く、之に赴く。
廿一日　長岡郡懇親会を此君亭に開く、予誘はれて赴焉、又演舌す。夜演舌于立志社。
廿二日　伊野人某来る。板垣退助、谷重喜、坂崎斌、宮地茂春、安喜清香、後藤猛太郎、東北行のために土佐を発せんとす、舟を以て之を送る。各社員皆行く凡数百人。遽にして汽船延期となる、仍て板垣氏等と桂浜に行き遊ぶ。
廿五日　板垣氏等を送るの宴を此君亭に開く、会者百余名、演舌す。
廿六日　板垣氏発す。夜演舌会に臨む。
廿七日　夜吸江橋(ぎゅうこうばし)に上り納涼。
廿八日　小島稔来訪。大風雨幽居。日本国憲法を草す。
廿九日　大風雨。幽居、日本憲法を草す。
三十日　大風雨。雷。」

いったい、何が起きているのか。

結婚をする。新聞主幹となる。外泊をする。酒を呑む。妓と踊る。娼妓を買う。度々新聞社へ行き立志社へ行く。外泊から帰る。板垣一行を送る。日本国憲法草案執筆。これらのことが起きているのだが、実は枝盛が日記に書き記していないことがある。

大きな個人的出来事は結婚であり、土佐自由民権思想運動史上もっとも重要なのは立志社憲法草案『東洋大日本国々憲案』（『日本国々憲案』）起草である。ところが十四日に自由亭を出て自家に帰った時、新妻香梅の姿はなかった。

外泊して遊び呆けている枝盛の姿を山脇家の関係者が見かけたのであろう。憲法草案を執筆中の昂揚（こうよう）と犀利（さいり）に締めあげられた脳髄神経を緩めてやるためには、遊興が必要であったのだろうが、香梅の親戚の者にそのようなことは分からない。香梅は実家に引きとられた。

二十八日と二十九日に「憲法を艸す」とあるが、四日に「憲法を議す」とあるので、植木枝盛はこのあいだずっと構想を細部の文言に至るまで練りあげていたのであろう。そして「朕」とか「天皇」とかの、自分自身にたいして尊大な呼び方をするのは、他の『無天雑録』（自家所蔵）などにも見られる枝盛の垂直的志向の横溢であるが、意識を究極にまで高めて思索を深めなければ憲法草案など書けるものではない。もっとも面倒くさいのは新婚生活、まだ子供のような新妻香梅の存在であったろう。忙殺を極めている理由を説明してみたところで到底理解はできない。外泊と乱痴気騒ぎは専念するための一方途であった。

三日に「遂に妓を徴して」とある。「徴して」というのは「召す」と同義で、娼妓の軀を買って情欲の処理をすることである。では「遂に」とは何であろうか。

この記事以前の「召す」は、枝盛が高知へ帰る二箇月前のまだ大阪にいる六月九日の、「朝心斎橋通街を歩して禅林類集（聚）、伝灯録、人天眼目綱領集、宗統録等を求む代三円八十銭。入交百世を問ふ。夜堀江阿波歌楼に上る、妓小稲を召す」である。八月三日まで情欲の処理をしていないので枝盛にとっては「遂に」なのである。

とすると、すでに新婚生活に入っているにもかかわらず、枝盛は一度も香梅の軀に触れていないことになる。頻繁に登楼していた枝盛は花柳病に罹患していたから、感染回避のために自制していたことも考えられるが、なによりもまだ少女の香梅には枝盛が女性に求めていた肝腎な魅力がなかった。しかし自制などは一時的に可能であっても、ひとつ屋根の下で若い二人が暮らせば情交なしでいつまでも過ごせるわけがない。したがって枝盛は帰宅せず、香梅は処女のままであったろう。

枝盛の性的嗜好は女の肉体の前でまず自分が「子」として感じられなければならない。情交を重ねることで男としての自己成長を求めているのに、目の前に子供が現れて否応なしに自分を「親」としなければならないとしたら、枝盛は興味を抱かなかったであろう。宿命的な性癖である。

このようなことなら、はじめから結婚などしないのが常識的礼儀である。香梅は翌年再嫁して男子を生むが、十九歳で病死をしている。枝盛から受けた精神の傷は命を縮めるほどのことであった。山脇香梅は女としても妻としても人間としても何の問題もなかったのである。

——実家に連れ戻される香梅の後ろ姿は、いつか、どこかで、見たことがある。この光景を、枝盛は見たかったのであろう。こういう事態を自分で起こしたかったのである。「暮方柔弱」で「宰置（くるめおき）」の処罰を受けて実家に連れ戻される生母千賀の背の姿が重なって見えてくる。これは植木枝盛の倒錯した仕返しなのではないだろうか。問題があったのは、幼児期に母を奪い去られて傷ついた枝盛の胸の深層の方である。

幼少期に受けた何者かからの精神的負傷は、かならず成長後に報復してしまうのが人の心の原理なのではないだろうか。たとえ相手が異なっていても、やられたことをやりかえさなければ気がすまない。植木枝盛は第二の千賀を自分でつくって、かつて幼児の自分から生母を奪った側の権力の場に立ちたかったのである。香梅にとって枝盛は悪鬼である。この復権は倒錯である。香梅にたいして理不尽な仕打ちをする自分をどうにも制御できない枝盛の胸の内の、呻吟の声が聞こえてくる。

植木枝盛の『日本国々憲案』は立志社の草稿審査委員会から修正を求められる。彼は国会期成同盟に参加するため十日後に高知を出なければならない。そこで北川貞彦（きたがわさだひこ）のところへ行く。北川は民権結社発陽社社長にして代言人、『高知新聞』などに盛んに教育論を展開している論客である。

このわずかの間に、北川は植木草案の「連邦案」と「抵抗権」「革命権」の過度な部分を後退緩和させ、

「日本人民ハ無法ニ抵抗スルノ権ヲ有ス」。

「日本人民ハ圧制ノ官吏ヲ排斥スルノ権ヲ有ス」。

と改稿修正して『日本憲法見込案』ができあがる。

翌明治十五年四月六日に事件は起きた。「岐阜県御嵩警察署詰御用掛岡本都嶼吉」が四月十日付にて上司に提出した『探偵上申書』によれば以下のようである。

竹内綱が壇上で盛会を謝し、数日の旅の疲れもあるので、会場の乱雑もそのまま放置して帰宿することを許されよ、と挨拶した後のことである。板垣が先頭を進み、その後に「内藤竹内書生三人小室小倉岩田鈴木太田村山外に岐阜自由党一両輩」が退出している時である。「狼狽せし人声あり亦地上に倒るるの響き」が起きた。何事かと岡本が玄関に駆けつけると、「板垣は東面して起ち其左面より出血するとき吾死するとも自由は死せしとの言を吐露」した。

この『探偵上申書』のなかに義父・安芸喜代香の名前は登場してこないが、「書生三人」のなかに含まれているのであろう。安芸はこの時の板垣の「吾死するとも自由は死せし」という言葉を、実際は「馬鹿な奴っ板垣を殺したちいくか自由は死にやせんぞ」という土佐弁であったと、『土佐史壇』一号の「板垣伯岐阜遭難に就て」において記述している。これは大正六年三月二十四日の講演を文章化したものである。

「有志等猶凶漢を叢撃しつゝありしが、時しも群集の中より殺すな〳〵と連呼するものがあった」

「連呼したのを自由党史には内藤魯一氏の言の如く記載されてあるけれども、余の記憶して居る所では慥かに竹内綱氏の声であった」

ちなみに『土佐史壇』一号には他に大正六年七月七日の講演を文章化した「土佐自由党時代青年結社史談」が載っている。「辺」のこと、「致道館（ちどうかん）」のこと、「高知新聞」のこと、そして土佐立志社の胎動期のことを書いている。

「当時各社青年の品性は格別に高潔であった。理想の一方にて、日本に立憲政体を起す先声をあげたは土佐である」

「当路の官憲は自由民権家を視ること真に蛇蝎（だかつ）の如しで、恰も今日の社会党に対する如くであった」

板垣の負傷は左右の胸に各一箇所、左右の手に各一箇所、左頬に一箇所である。刺客の執拗な意志を推測させるが、両手の傷は咄嗟（とっさ）の防御のためであろう。「医師は針を以て胸と掌の疵を縫い合せたれば、取敢へず余は兵児帯を脱して伯の胸部を緊しく繃帯（ほうたい）して辛くも出血を防ぎ、急遽腕車を呼び、板垣伯を乗せて」と、安芸喜代香の同講演文にある。

この時、植木枝盛は高知に残っていた。当日の枝盛の日記は以下のようである。「六日夜立志社、高知新聞社員等余がために送別宴を城西得月楼に開く、妓八重吉を召す」。

この後も毎年のように枝盛の出版はつづく。『天賦人権弁』『政治道徳自由論綱』『慷慨義烈報国纂録』などである。しかし彼の人性および人生を見る際に肝腎な文章は、明治十七年六月のある日の記事である。「散歩海士町を看る、海士今悉く舳倉島に移居し、畑全く挙らず」とある。

これが後の、まるで紙背から枝盛の歔欷が聴こえてくるような代表的著作『東洋之婦女』の源泉になる。

明治十八年、枝盛二十九歳、五月の日記記事は以下である。

「十日　日。五台山に登る。
十四日　米人ナックス、同ブラインアン妻名某並に片岡健吉、坂本直寛、西森拙三等五六名と鷲尾峰に上る。
十六日　本町堀詰座に于て演舌す。
十九日　讃岐人福家、多田両名来訪。
廿四日　日曜。八九日間遊記を書す。」

さらに『片岡健吉日記』（片岡家所蔵）から五月の記事を引く。一日分しかない。

「十五日　米人ナックス氏ニ耶蘇教ノ洗礼ヲ受ル　同日高知教会ヲ立ル」。

つまり『植木枝盛日記』に欠けている五月十五日は高知教会設立の日である。さらに、片岡健吉、坂本直寛、西森拙三など男七名、川田とみ、楠瀬ぢさ、竹内さかよなど女六名、ナックスより受洗している。何故、枝盛は高知教会設立と片岡らの受洗のことを日記に記さなかったのであろうか……。

前日には、ナックスや受洗者数人といっしょに鷲尾山に上っている。人びとの構図としては、指先で軽く押せば彼等とともに受洗という至近距離に植木枝盛は立っている。しかも、元々、枝盛はこの日受洗した人びとよりもはるかに早く、明治八年六月頃から基督教に接触してきたのである。あの島村速雄と往来している頃である。

——三年後の日記、明治二十一年四月五日の記事のある言葉に出くわして、そういえばずいぶん長い間記されなかった言葉があったと気づかされる。片岡健吉らが洗礼を受けている時に、書斎に独りいて沈思していた枝盛のその胸の内がぼんやりと見えはじめてくる。「五日　山本重樹、山田、入交等と芳野に観桜。夜竹西璞亭に飲む、小菊妓を聘す」。以後、日記から登楼の記事は消えてしまう。

この明治二十一年四月五日の「聘す」の前の登楼が何時なのか、日記を遡ると、明治十八年三月、いよいよ大阪から土佐へ帰るという直前、「廿五日　南地若徳妓を召す」という記事にまで戻る。

つまり、同志らが洗礼を受けた明治十八年五月十五日を境に、三年後のたった一度の例外はあるものの、あれほど頻繁に登楼してきた植木枝盛は、金銭で娼妓の軀を買うという情欲の処理行為をぴたりとやめてしまうのである。一方は神に帰依することを誓い、一方は淫蕩をやめてしまう。

いったい、枝盛に何が起きたのか……。

当然のことながら、彼は早くから聖書を繰りかえし読んでいた。そして基督教に強い関心を抱いてきた。その執着が信仰にまで跳躍しないことに苦しんだかもしれない。枝盛をただの関心の場に立ちどまらせたのは、自分とイエスとの近似性である。

第一に、処女マリアから生まれたなどということを到底信じることはできなかった。神の子を宿したというのなら、マリアの膣の奥には神の精子が注ぎこまれたのである。精子は神という何処の誰やらわからない男の男根から噴出した。その、神である父が地上の誰であるか分からないとしたら、イエスという人物はこの植木枝盛と同じではないか。神の男根と、自分の不明の父の男根と、何の差異があるか。

それに、枝盛にとって「処女マリア」の神聖性などは少しの意味も価値も持っていなかった。その本源が神であれ精子であれ、処女であれ非処女であれ、マリアは腹のなかにイエスを身籠ったのである。小さな男性性器をつけたイエスが、マリアの膣を奥から外へと抜けでる出産現象は処女性など無意味化してしまうのである。つまり聖母マリアは生母千賀と何も変わらないではないか。

聖母および生母と重なりあうもう一人の重要な女性が新約聖書には登場してくる。聖母マリアとともにイエスに寄り添って生き、ついに復活の最初の目撃体験者となる元娼婦「マグダラのマリア」である。枝盛の性的に鋭敏な勘は、イエスとマグダラのマリアとのあいだに情交関係を感知していた。元娼婦という経歴と肉体をありのままに受容しているイエスという男を、枝盛は親近感を持ってよく理解することができた。聖母マリアと元娼婦マグダラのマリアと生母千賀とが、女であることによって一体に重なりあう。聖母の膣と、元娼婦の膣と、生母の膣と、何の差異があるか。

しかし天と地ほども異なることが一点ある。マリアは処女で救世主を産んだ聖母であり、マグダラのマリアは基督の情人であり復活目撃者であるという栄光を得ている。しかし生母千賀は、「暮方柔弱」で罰せられ、悲惨な屈辱を死後も生きつづけ、未来永劫（えいごう）の汚辱に陥ったままである。

イエスの肉体の父は誰か。枝盛の肉体の父は誰か。どこの誰やら分からない父であることは同じなのに、いったい聖母マリアと生母千賀のこの差異は何か。このことが枝盛の躓（つまず）きとなったにちがいない。

そしてこの若者が悲壮なのは、生母を聖母にまで引きあげるためには、自分が基督と肩を並べるほどの人物にならなければならないと真剣に考えたことである。

――入信する同志たちを見て、植木枝盛はある覚醒を覚え、そして豁然（かつぜん）として自覚するところがあったにちがいない。彼等が神の庇護を求めてゆくように、自分は娼妓の軀に母という女の慰安を求めていたにちがいない。自分の女遊びは、自分の自由民権男女同権の思想運動と同様、母への思慕の行為であったのだ。その奥底には嫌悪と憎しみのような黒々とした哀しい感情が渦巻いていて、情欲行為の悦楽には求愛的な暴力性が潜んでいたが、この後、女の軀を抱いてもけっしてそれは母への思慕の代理行為ではない。

肉体は、哀しく、愉しく、そして美しい。生殖欲、情欲こそは存在の奥から絶え間なく湧いてくる存続への希求の祈りなのだ。神でさえマリアの子宮と膣とが必要であったのだ。

小さい母、弱い母、哀しい母……。小さい女、弱い女、哀しい女……。後の植木枝盛愛好追随者たちのあいだでも謎として残ったままの、狂気じみた淫蕩とその唐突な終焉のちょうどその境目の時期に、同志らが設立されたばかりの高知教会で洗礼を受けていたという事実があった。この時期頃から新しい女、自覚せる女、読み、考え、書く、知識人女性との交際がはじまったからだという見方もあり、『廃娼論』の準備に入ったから後々非難攻撃の種になるような行為をやめたのだという見方もあり、また翌明治十九年の高知県会議員選挙を前に自粛しはじめたとの見方もある。しかし、枝盛が被差別者や女性の権利拡張や参政権を主張するのは、彼がまだ少年の頃からすでに開始されていたことである。土陽新聞に『廃娼論』が発表されるのがこの年の十一月になってからのことである。

桜馬場の家の、まるで母胎のなかのように温かい色の壁の豪勢な書斎のなか、たった一人での秘められた洗礼式が行われたにちがいない。

彼らは天上の神に帰依する、私は地上の女たちにこの一身一生を捧げよう。

彼女たちは麵麭(パン)と権利を奪われている。

『無天雑録』(自家所蔵)

「耶蘇教は天帝と云ひ耶蘇と云ひ、人間の外に物を置き、又人間を以て天に対し罪業多きものと為し、之を基礎として其宗旨を立て」る。

「唯り仏教に至っては然らず」、「人間を以て天上天下の最も尊きものと為し、人間の外に一物を置かず、又少しも人間を卑下することなし」

「億万の人間皆十分に才智を研磨して之を発達すれば、皆耶蘇の如きに至るべく、且つ耶蘇に勝るに至るべし」


ますます、枝盛の執筆活動は凄まじい旺盛さでつづく。

明治二十年、枝盛三十一歳時の五月「廿三日　此頃東洋之婦女著述に従事す」、六月「廿五日　東洋之婦女、婦女之権利、両著述畢（おわる）」と日記にある。

——さて、『東洋之婦女』に辿りついた。

この著作が実際に出版されるのは明治二十二年九月である。植木枝盛の女性観および男女同権論がどのようなものであったか、それを知るために最適の著書がこの論文である。明治十四年の『日本国々憲案』と並んで、植木枝盛の自由民権、男女同権思想がどのような宿命の坩堝（るつぼ）のなかで培われたかが見えてくる。生母千賀の「暮方柔弱」の幼児体験がどれほど深刻な傷を枝盛の胸に刻みこんでいたか、そのことが見えてくる。

ここで枝盛は、東洋、特に日本において婦女を賤劣（せんれつ）に扱う風習の原因理由として八項目を掲出する。

一、「封建時世が男尊女卑の風習を」、
二、「戦国の時世が之を」、

三、「腕力を専らとする境遇が之を養成」した。
四、「儒教が其風習を」、
五、「仏教が之を増長せしめ」、
六、「神道が之を帮助した」。
七、「専制主義と相牽連（けんれん）して愈々（いよいよ）増長」し、
八、「婦女の自棄が愈々男尊女卑の風習を甚だからしめた」。

として、大略、以下のように論じている。

女性には昔から「七去」という呪縛がある。「婦に七の去るあり」。「父母に順ならざれば去る。子を無ければ去る。淫すれば去る。妬なれば去る。悪疾あれば去る。多言なれば去る。窃盗すれば去る」。

これでは婦女はまるで「奴婢（ぬひ）」、「物品（ぶっぴん）」である。「鞭撻（べんたつ）」せられ、「駆使（くし）」せられ、「棄去（ききょ）」せられ、「放逐（ほうちく）」せられ、極端な場合には「他人をして淫行（いんこう）せしめらるゝことさへ無きにあらず」。

――このように枝盛は日本の婦女の置かれている実態を述べている。この悲惨な現況を改革するためには、まず婦女自身が女性の特性への認識をより一層深めることからはじめなければなら

ない。

婦人は妊娠、出産、哺乳、子供の教育の務めがある。

「婦人にして善良なれば随って善良の児子をも得べし」

「小児は母の再度の生涯也、曰く善良なる母は教師に愈れり」

「人間の成立に於て未だ小児の時より大切なるはあらざるべし。人たるもの斯世に生れて、最も多く感化を受くるは、即ち小児の時に在り。而して今其小児を朝夕に提撕するは、母にあり」

したがって男尊女卑を匡正したい。

第一、「婦女に与ふるに男子と均しき権利を以てせざるべからず」。権利獲得は同時に責任を生む。

第二、「財産相続法を改めざるべからず」。男は資金を得られるので学問をすることも事業を起こすこともできる。婦女は資金が得られないので学問も事業もできない。

第三、「男女は同等の理義を闡明し、社会をして之を肯定せしめ、男子をして之に降服せしむべし」。

第四、「彼の孔孟の教を攘斥せよ」。

第五、「婦女たる者頻りに学問を為し、智識を開き、品行を高ふせざるべからず」。

第六、婦女は「職業を進取するを緊要とす」。職業を持たない婦女は自分一人で生活することはできず、男子に頼らなければならなくなる。すると男子に従属しなければならなくなる。第七、婦女も「社会の交際を広くすべし」。「昼も庭に遊ばず」とは昔からの婦女への訓戒であるが、社会的交際、特に男子との交際を抑制しなければならなかったがために「寡聞陋識(かぶんろうしき)、その甚だしきを極め」、自らの立場地位を下落させてしまった。

——女とは何か、母親とは何か、男尊女卑とは何か、婚姻とは何か、そして婦人の地位向上のために何をどうすればよいのか、男女同権社会を実現するためには何をどうすればよいのか、これらを論じその指針を格調高く述べる……。

——植木枝盛が今まで述べてきたことはすべて生母千賀に関してのことであると、彼の出生の特異性を知っている土佐の民権家たちや「新しい女」たちは気づいていたであろう。そのことを暗示する「逸話」の紹介が、この論文『東洋之婦女』のかなり前の部分で掲示されていたことを想起するであろう。

明治十七年のことと憶えている。自分は東京から東海道を経由して北陸道を巡回したことがある。輪島(わじま)に逗留した時、同伴の者が自分に語った。

その町は戸数七八十、冬季はここに住んでいるが、毎年三月末から九月に至るまでは「舳倉(へぐり)島(じま)」へ移住して漁業を営む。戸長も僧侶も神官も、猫も鶏も移住する。漁業のうちでもっとも盛んなのは鮑（あわび）を採ることである。

鮑を採取するには男よりも女が適しているらしい。女を尊び、女に威勢があることは他に見ることができない。「殊に一奇談とも称すべきは、此の海士町の中にて、若しも婦人が他の男子と不義の交りを為しゝことにてもあらんには、本夫が直に之を処分せず、其の近傍の婦人が寄集って之を譴責する由なり云々」……。

——枝盛の男女同権論の文章の紙背から聴こえてくる微かな声は、生母千賀を庇護し弁護する哀切な言葉から成っている。生母千賀がこの地の海士であったなら、「暮方柔弱」で罰せられたりはしなかったであろうに……。呻吟とも、欷泣（ききゅう）とも、聴こえてくる。お母さん、お母さん、と呼びかける声が聴こえてくる……。

植木枝盛は明治二十三年七月の第一回衆議院議員総選挙において、高知県第三選挙区で当選を果たす。そして片山伊勢（おきみ）と所帯を持つ。

明治二十五年一月二十三日、東京病院にて急死する。享年三十六歳。四月三十日、伊勢が枝盛の息子を産み、弥木栄（やごはえ）と名付けられた。枝盛は倅を抱くことができなかった。

明治三十四年三月、伊勢は私生子を産む。あの世の枝盛に伊勢を責める気持ちなど微塵もなかったであろう。しかし、九歳の弥木栄の目に、母親伊勢は「暮方柔弱」と映らなかったであろうか……。

このような、母親を奪い去られた子として、あるいは家庭から追放された母親の倅という宿命を生きなければならなかった植木枝盛は、土佐の者なら誰でも知っている成山村仏が峠の新之丞伝説と、高野山へ去ったという養甫尼に深い関心を抱いていたであろう。追放された女として、母親千賀と養甫尼が重なりあい、胸の内を巡り、成山村領主安芸家と村民への疑義と反感とを抱きつづけていたであろう。

――＊――

つぎに植木枝盛と安芸喜代香の接触がどのようなものであったかを見ておきたい。

植木枝盛は若い晩年、明治二十四年二月、『国民之友』に「地主諸君は地租軽減の前、先づ小作人に誓ふ所あるべし」を書く。数日後『東京経済雑誌』に、そんなことを言うのならまず「議員植木枝盛君は必ず此宣誓を為すなるべし」という反論が出る。沈黙をつづける枝盛にたいして、三月上旬「植木枝盛氏終に宣誓せず」が載る。枝盛はさらに黙りつづけるが、ついに三月下旬「植木枝盛は田畑を所有せず故に宣誓せざりしなり」を書く。「記者先生よ、筆あればとて、紙あればとて、浪（みだ）りに人を咎むること勿れ、浪りに人を罵ること勿れ」と諭す。枝盛の心境はどのようなものであったろうか。

植木枝盛と安芸喜代香が十一歳になった慶応三年十一月十五日、数々の「せんたく」を終えてやっと大政奉還を成就した坂本龍馬が、次々と大らかで融通無碍（むげ）の発想を生んできたその脳髄を横殴りに斬られた。少年二人が暗殺の報に接した時の衝撃には微妙な差異があったかもしれない。

坂本家は長男坂本権平、長女千鶴、次女栄、三女乙女、そして次男龍馬である。

千鶴は高松順蔵に嫁す。その長男高松太郎は明治四年龍馬の家督相続をして直と改名する。次男の高松南海男は九歳時に母千鶴と死別するが、明治二年十七歳時に伯父坂本権平の養子となって坂本南海男となり、明治十七年十二月、三十二歳時に坂本直寛と改名する。自由民権運動家として、あるいは基督者として、安芸喜代香に影響を与えた人物である。この直と直寛の兄弟は後年北海道に移住し、基督者として伝道と開拓に励む。

坂本権平の三度目の妻は福富倉丞の娘・仲である。仲の妹に錠がおり、才色兼備の娘であったが、彼女は草深い成山村へ嫁ぐのを嫌がった。どうしても錠を嫁に欲しかった安芸市郎は、安芸三郎左衛門家友の代から居住してきた成山村から下りて旭の杓田村へ転住した。市郎と錠との息子が喜代香である。坂本直寛とは義理の従兄弟同士になる。

土佐自由民権運動史上における植木枝盛の出発点は、明治七年三月に高知に帰った板垣退助の演説を聴いた十八歳時であろう。四月に立志社が創立されるからほぼ同時期である。六月には『高知新聞』に「好新堂主人ノ投書ニ曰」を発表する（生母千賀は十一月に死ぬのだが、彼女は息子の文章を読んだであろうか）。そして明治九年八月七日、集思社で初めて演説をする。つまり演説の前に論文発表がある。

一方、安芸喜代香の名前が初めて運動史上に登場するのは、明治十三年九月十五日、稲荷新地玉江芝居における演説会においてで、枝盛からは五、六年遅れている。この時、弁士として登壇したのは、上岡美枝、安芸喜代香、寺田寛、北川貞彦、坂本南海男、小谷正元、坂崎斌（紫瀾）、板垣退助である。安芸の場合にも演説の前に論文発表があって、八月、植木枝盛主筆編集の『愛国新誌』に「時弊論」と「覚卑屈論者之眠」が載っている。

おそらく板垣退助、片岡健吉、林有造、竹内綱などが、

「この安芸いうがは何者じゃろねや」

などと言い、

「彼は私の親戚で、あの安芸国虎次男・三郎左衛門家友を祖とする男です。成山村を領地とし、植木枝盛君とは同い歳です」

などと横から坂本南海男が説明でもしたのであろうか。そして、

「この若衆に演説をやらしちゃりや」

ということになったのではなかろうか。

明治十三年『愛国志林』発刊、植木枝盛は主筆編集者となる。しばらく後、『愛国新誌』と改題され、第一号には坂本南海男の「吾人国会請願者ハ今後何等ノ手段ヲ為スベキ乎」が掲載されている。国会開設の請願を、某地方請願者のように各地各個バラバラの請願を止めて、今後はひとつの同盟を結んで行なうべきである、と論旨は明快である。

第二号には植木枝盛の「幇間論」と並んで、「高知安芸清香」の名前で「時弊論」が載っている。これで見ると、安芸喜代香の最初期の文章を全国的な舞台に載せたのは枝盛である。

枝盛の「幇間論」は、幇間者流の似非自由民権家に要注意という論文である。「最も恐る可く忌む可き者は、故らに我れに随従する者即ち幇間者流にして、最も喜ふ可く親む可き者は、真

実我れに背違する者なり」。「正論家を黜け、帮間者流を採用するは」「痛歎長大息に耐ゆ可けむ哉」。本当の味方は正々堂々の論敵のなかにこそいると述べている。

喜代香の「時弊論」は、もっと若い者の意見を聴いてくれという主張である。「人は老幼を以て軒軽すへき者に非す、英傑秀才の士の弱冠の少年に出るあり」。「高齢の先輩を尊ひ弱年の幼少を賤しめ、年少と老輩の間に一大溝江を設け、厳確なる位格を作る」、「我東方の大病根」「我東方亜細亜の陋習慨嘆に堪へさるなり」。

二人ともまだ二十四歳であり、自由民権運動家たちのなかでは最年少世代であったから、この文章は喜代香の自己主張と枝盛への声援とも読むことができる。

その八日後の日付の『愛国新誌』第三号には、植木枝盛「大石義雄遺族ノ奇談」と並んで、「土州領家郷成山太郎」の筆名で「覚卑屈論者之眠」（卑屈論者の眠りを覚ます）が載っている。

この「領家」は成山村から一山越えた集落で、鏡川支流行川の上流域である。昔から、成山村から高知市街地へ行くには、まず領家へ行って行川沿いに本流へ下り、その鏡川沿いに歩くのが早道である。安芸喜代香の生まれた杓田村は途中にある。

明治になってからの高知県の行政区画成山住所地を見てみると、廃藩置県のあった明治四年、土佐郡第十七区が「領家郷」となっている。なかに、行川村、上里村、針原村、去坂村、葛山村、横矢村、竹ケ奈呂村、領家村、唐岩村、増原村、梅ノ木村、中追村、宗安寺村、槇村、成山村、小山村の十六村が入っている。

明治八年の行政区画の改変では「領家郷」として前記各村に「尾立」が加わっている。

明治二十二年施行の市町村制では土佐郡「十六村」という村名で、「尾立」を除く前記十六集落を含む一村となっている。

したがって、安芸喜代香の論文が載っている『愛国新誌』第三号の時代、明治十三年の成山村はまだ「領家郷」である。土佐の領家郷成山村の男といった意味程度の「成山太郎」という筆名に少しも不可解な点はない。しかしそうであるなら第二号の「時弊論」と同じ「安芸清香」でよさそうなものであるが、そうしないのは『愛国新誌』が全国販売されていたからであろう。毎号同じ名前ばかりが並んでいては貧相な執筆陣と見なされる。主筆編集者植木枝盛の面目に関わる。これは安芸の気配りであろう。

土佐の者には「成山太郎」が安芸喜代香であることはすぐ分かる。しかし東京や大阪や他県の者には分からない。安芸家初代の三郎左衛門家友は生涯を「成山三郎左衛門」で通したから、ある意味において「成山太郎」は正しく、「成山喜代香」と名乗ってもおかしくはない（もし二代目の市右衛門が「安芸」に「復姓」したりせず「成山」のままであったとしたら、仏が峠の伝説の養甫尼関連の「疑惑」は発生しなかったかもしれない）。

安芸の論文「覚卑屈論者之眠」は以下のようなものである。

この年、明治十三年三月に国会期成同盟が結成され、四月、植木枝盛執筆の「国会ヲ開設スル允可（いんか）ヲ上願スルノ書」を、願望書捧呈委員の片岡健吉と河野広中（ひろなか）は出頭して太政官に提出した。これが太政官から突きかえされ、元老院から返却され、ふたたび太政官に出頭提出したりして、約ひと月努力をつづけたが、拒絶されつづけてついに捧呈はかなわなかった。「始末書」が作成された全国の総代人へ通知された。

片岡健吉と河野広中にたいして、何故お前らは「横山正太郎」のように諫死しないのかと非難攻撃する者が現れる。この連中を安芸喜代香は「卑屈論者」と見なして二名を庇い反撃しているのが「覚卑屈論者之眠」である。――谷森書記官とはどのような人物であるか。政府中の一小属吏に過ぎない。論者はこの一小属吏に向かって哀訴しまた生命を捧げよと言うのか。片岡、河野の両氏は九万余人の代理代表となって、国会開設を天皇陛下に奏請する大役を担った大切な方々である。そしてその職務を懸命に努力遂行された。九万余人の有志者は二君に願望を託したのであって、哀訴と諫死とを条件として押しつけたわけではない。「卑屈論者反省せさるへからさるなり」。

二箇月後の『愛国新誌』第九号において、植木枝盛は「成山太郎」を補足援護しつつ一歩踏みこんで、「卑屈論者」への痛烈な反撃をし、さらに問題の本質をはっきりと剔出（てきしゅつ）している。それが「政府ハ天ニ非ス」である。――卑屈論者が哀れなのは政府を天とすることの誤謬（ごびゅう）に気づかぬことである。人民の天はすなわち人民であり、人民の自由である。自由の本文を働かせて国会開設に向けて闘うべきである。横山正太郎を称賛する者がいるが、あんな者は政府を絶対的な天と見なして自害した愚か者である。「自暴自棄也、卑屈奴隷也、豈敢（あにあえ）て称するに足らんや」。「人民は全国人民と示談協議して国会を開設することを図るべし」。

こうして見てみると、安芸の論は鈍角的であり、植木の論は鋭角的であるという印象を受ける。しかし二人に共通しているのは、上願書を持ち帰った片岡、河野を庇う同士愛とでもいうべき侠気である。同時にこの二人は、いつの時代においても政治運動体のなかに起こる離反や裏切りや近親憎悪の痛みの坩堝のなかにいるのである。

安芸喜代香の論文を見てきたが、つぎに、明治六年二月十五日から明治二十五年一月三日までの『植木枝盛日記』（松山秀美所蔵）において、安芸喜代香の名前が登場してくる部分を見ておきたい。特に調べておきたいある一日がある。

義父は晩年のある日、縁側で私と将棋を指している最中、唐突に洩らしたことがある。

「このように穏やかに晴れた日だった」

「はあ……」

「植木さんが訪ねて来たことがある」

「植木枝盛さんですか」

「そうじゃ。後にも先にも、二人だけで会って話したのはその日の一度きりじゃ」

「余程大事な話だったんでしょうね」

「それが、あまりよく憶えていない。――養甫尼の名が出たことだけはぼんやり記憶がある」

「はあ、養甫尼ですか」

「なんにしても、天才が身近なところにいると厄介なものじゃ」

義父は不機嫌な暗い表情になって黙りこんだので、私はそれ以上何も言わなかった。その後、義父の指す将棋は普段とはすっかり変わり、言ってみれば崩壊してしまった。

明治十四年八月二十二日。

「伊野人某来る。板垣退助、谷重喜、坂崎斌、宮地茂春、安芸清香、後藤猛太郎、東北行のために土佐を発せんとす、舟を以て之を送る」。板垣大遊説の出発である。「舟」とあるが、実際は数日延期となって四国の尾根を徒歩で越え、馬立（うまたて）、川之江（かわのえ）と進み、多度津（たどつ）で乗船する。この途中で岐阜負傷事件が起きる。

明治十四年十一月十六日。

「朝里見□□（欠字）来る、乃ち小島稔、安芸清香を伴ひ上総国東金に至る」。板垣大遊説の進捗状況の情報が入ってきたのである。

明治十九年五月二十二日。

「安芸清香、田内和太郎と滝本（たきもと）村に赴き飛泉をみ且之に浴し、布師田（ぬのしだ）に抵（いた）り舸（か）を泛（うか）べ蛍を狩り回る」。これは安芸喜代香と田内和太郎が企画した植木枝盛小慰安遠足であろう。少し前、五月十八日の日記に以下のような記事がある。「高知警察署に召喚せらる、自今一年間高知県に於て政談演説禁止の旨を達せらる、其写如左。高知県土佐郡小高坂村桜馬場六番屋敷住士族。植木枝盛。自今一カ年間当県下ニ於テ公衆ニ対シ政治ニ関スル講談論議禁止候事。明治十九年五月十八日。高知県令田辺良顕」。

明治十九年十一月十一日。
「安喜々代香を問ふ」。たった一行の日記文のこの日こそが、かつて義父が洩らした不可解な一日である。植木枝盛と安芸喜代香の生活、自由民権運動、人生において、唯一、二人きりで会ったことを表記している日である。他はすべて、いつも群集のなか、同志たちのなか、人びとのなかで顔を会わせている。

明治二十年十一月三十日。
「安芸清香上京送別会開筵于得月楼。中学校巡視」。これは三大事件建白運動の際の記事で、十二月一日安芸喜代香離高、十二月五日着京。

この明治二十年九月の『植木枝盛日記』に「建白書出来」とある。これは『三大事件建白書』のことで、枝盛は政府に向かって三件の要求を突きつけている。

「第一某等ガ政府ニ要ムベキ者ハ租税徴収ヲ軽減スルニ在ルナリ」
「第二某等ガ政府ニ要ムベキ者ハ言論集会ヲ自由ニスルニ在ルナリ」
「第三某等ガ政府ニ要ムベキ者ハ外交失策ヲ挽回スルニ在ルナリ」

植木枝盛が憲法草案を執筆作成した明治十四年、そして板垣退助岐阜遭難事件のあった明治十五年の頃が、土佐自由民権運動の頂点であるという見方がある。つまり下降のはじまりである。衰退しはじめた運動が再燃するのは、この明治二十年の「三大事件建白運動」によってである。自由民権運動史上、最大規模に膨れあがった。士族、平民、官吏、商工業者、地主と小作人、農民、婦人が参加したというから、これはもう全階層全人民である。しかも運動は全国に広がっている。

建白書を提出した片岡健吉や坂本直寛らは『保安条例』によって、皇居三里外へ退去を命じられた。彼らはそれを拒否し、投獄される。わずかに遅れて安芸喜代香も投獄される。裁判所の記録が残っている。

「高知県士族／安喜喜代香／右明治二十年十二月三十一日東京軽罪裁判所／ニ於テ処断ヲ受ケタル保安条例違反罪ハ／本年勅令第十二号大赦ニ因リ消滅ス／東京軽罪裁判所／明治二十二年二月十一日検事渥美友成印」

「高知県／安芸喜代香／保安条例第四条ニ依リ／寰(かん)外ニ退去ヲ命シタル処／特典ヲ以テ解除セラル／明治二十二年二月十一日警視庁印」

明治二十二年四月七日。

「晴。車を以て香美郡野市(かみぐんのいち)に至る。風あり、車進み難し。浜吉屋に投ず。二十五銭。上村某、北村浩等来る。演舌会場に赴く。安芸清香先づ演舌、余平民諸君の地位を演舌す。聴衆一千斗。夜懇親会を開く、会する者四十名斗」

明治二十二年四月八日。

「安芸清香、中内庄三郎外二名と大島に赴く。楠目馬太郎（玄）、北村浩、山崎卓巳、先づ演舌、余農民権を演ず」。三百余人の聴衆は雨中に傘をさして静かに聴いた。

明治二十三年六月二十八日。

「午後発、海南クラブに立ち寄り、安芸清香氏同じく稲荷新地より舟を雇ひ、吾川郡諸木に至る。横目辰吾方にて演舌す、大盛会。又横目貞七方にて懇親会。夜二時頃帰路に就き、五時頃帰宅」。この時、聴衆千五百余。

明治二十四年一月十五日。

「来訪人左如。清水平四郎、坂本直寛、安芸清香、高野楠吉、塹江彪、脇田嘉一、藤田孫平、小林万吉、矢野勝次郎」。これは見舞客である。

一月七日、芝山内弥生館における弥生クラブ総会において、植木枝盛は七、八人の壮士に襲われて負傷する。報に接して、安芸喜代香は坂本直寛らとともに高知から上京した。この折の見舞い人の数は、自由民権運動家、新聞各社、通信各社、それらのすべてが来訪していると思われるほどに夥しい。電報あるいは見舞状などは百四十二通におよんでいる。板垣退助や中江篤介は勿論のこと、陸奥宗光や田中正造の名前もある。

明治二十四年十月二十一日。

「朝墓参。坂本直寛、安芸喜代香、武市安哉、都築茂理馬来る」。十月十四日に継母亀が死去し、その弔問である。

以上の十箇所が、長大な『植木枝盛日記』のなかに安芸喜代香の名前が登場してくる日付の記事である。

他はすべて出来事なり事情なりが分かるのだが、ただひとつ明治十九年十一月十一日の「安喜々代香を問ふ」というあまりに簡潔な一行の日だけはよく分からない。何故枝盛は喜代香を「問ふ」たのか。会って何を話したのか。そもそも何故植木はわざわざ安芸の家を訪問して二人きりで会わなければならなかったのか。養甫尼の名前が出てきたらしいのだが……。

このひと月ほど前、明治十九年十月二十四日、紀州熊野灘で英国汽船ノルマントン号が沈没した。高知県人山崎百次郎を含む日本人乗客二十五人全員とインド人火夫らが溺死、船長ドレイク以下乗組員は全員助かっている。しかも神戸イギリス領事館の海事審判が船長ら全員を無罪とした。

さらにこの「安喜々代香を問ふ」の前の日、十一月十日、長岡郡西野地村西の総代坂本直寛外三名が物部川堤防費の件で県庁へ出頭し、知事代理山田書記官と面談する。この時期、坂本直寛と植木枝盛は高知県会議員である。

イギリス船ノルマントン号沈没事故は後に自由民権運動の全国的な再燃をまねき、翌二十年には三大事件建白運動へと進展膨張していく。植木枝盛執筆「建白書」の三大要求を突きつけ、全国の民権運動家たちが東京へ押し寄せる。

そして、物部川堤防費の問題もまた高知城下のみならず七郡全域の全階層にひろがり、土佐自由民権運動史上最大の農民闘争へと突きすすみ、膨らんでゆく。――ほぼ一年後には『保安条例』が出る。

以下、私・安芸義清の想像である。


植木枝盛が安芸喜代香を訪ねたのは、こういう動乱の発端となる事件の起きた直後である。民権家が何時暴漢に襲われるか分からない社会状況であり、昼間の明るい時間帯、枝盛は安芸の屋敷まで歩いた。土佐は高温多湿の土地であるが、十一月十一日、季節は秋で、晴れあがった大気はからりと乾いて爽やかな日であった。安芸邸の応接室で対座し、なんでも一流好みの枝盛は最高級の莨(たばこ)の煙を吹かし、酒も莨もたしなまない喜代香は縁側につづく障子戸をさりげなく開けた。

枝盛は堤防費の件と不平等な条約について、今後の運動の具体的な打ち合わせをした。用件をすませてから、語調を変えて、

「安芸よ」

と、自由民権運動の先輩である枝盛は語りかけた。

少し後輩の安芸は、普段から、何をやっても自分よりも先、自分よりも上、自分よりも深い先輩を「植木さん」と呼んだ。二人ともが濃厚な土佐弁である。

「安芸よ。二人きりで話すのは初めてだな。領地成山村へは行っているのか」

「そういえば初めてですね。村へはたびたび行っています。いろいろと難問続出で管理が大変です。でも植木さん、成山村をご存じなのですか」

「子供の頃から独りでいて静かに考えごとをするのが好きでな。『辺』の連中といてくだらない遊びや喧嘩ばかりするのがつまらなくて、かつての御用紙漉村をこっそり見たくなって一人で行ったことがある。鏡川を遡って、行川で支流に入って、領家経由で成山村へ登った。仏が峠に立って、仁淀川河口そして太平洋を眺めた。横籔の方へ下りて、伊野を通って帰ってきた。あれ以上の絶景は、まあ、四国には他にないだろうな。かつてどこかに文章を書いたことがある」

「はあ……」

「山川は造化の文章なり、名山大川は又其の文章の特絶なるものなり、究理格物山川を踏むより善きは莫し」

「うーん」

「立志此に於てするあり、発憤此に於てするあり」

「はあ。なるほど」

「人は時々高山に登り、大海に眺するを甚だ佳しとす」

「たしかに」

「単身孤影を友とするを常といたし、之を以て得意と為す」

枝盛は一呼吸置いてつづけた。

「成山三郎左衛門は本当に安芸国虎の次男なのか」

「えっ。突然、また、何を……。植木さん、新聞の『履歴』をお読みになったのですね。我が祖三郎左衛門家友は安芸国虎次男です。成山から安芸へ復姓したのは二代目市右衛門からですが……」

「土佐入国をされた一豊公に七色紙を献上するために拝謁したのだから、長宗我部を仇敵とする安芸であるならその時点で名乗ればよさそうなものだがな。入国後の数年間、山内と掛川衆がかなり強圧的で残虐であったことは、土佐の者なら皆知っている。土佐全土、津々浦々で阿鼻叫喚、血煙があがって、酸鼻を極めたそんな時節に、何故七色紙を献上したのかなあ」

「新しい殿様の御前に祗候するのは当然の礼儀ですよ。それに、それまでの成山村の領主は長宗我部元親の妹でしたから、誤解される懼れがあります。絶好機到来、早期に恭順の意志を表しておく必要があったのです」

「必要、か……」

「そうしなければ成山村全体が長宗我部の残党と見なされて、皆殺しにされてしまいます」

「元親の妹の養甫尼は、ちょうどその頃成山村から姿を消してしまうのだから、残党とは思われないだろう」

「植木さん、養甫尼をご存じなのですね」

「土佐の人間で養甫尼を知らぬ者はおらんだろ。それにしても養甫尼は都合のいい時にいなくなったものだな」

「成山村のなにもかもを、畑も家屋敷も七色紙の製法も、我が祖三郎左衛門に譲って熊野へ去ったと伝わっています」

「熊野へ行くというのは死にに行くのと同じこと、熊野へ去ったというのは死んでしまったのと同じことではないのか」

「養甫尼の夫は波川玄蕃清宗で、長宗我部元親に滅ぼされました。つまりこの妹は兄を仇としています。子千位をつれて成山村に逃げこんで生きのびますが、この倅はまだ子供の頃に死んでしまいます。土佐の時世も変遷して、仇の兄も死んでしまい、長宗我部家も滅亡してしまいます。もう、成山村にも土佐にもなんの未練もなかったでしょう」

「それで成山村の領主は養甫尼から三郎左衛門に変わったわけか」

「そうです」

「養甫尼は兄を仇としていたのに、入ってきた山内に長宗我部側の者と見なされたわけか」

「成山村に元親の実の妹がいるかぎり、外から来た山内の目には長宗我部側と見なされても仕方がないでしょう。それに、養甫尼に成山村を付与してくれたのは長宗我部家なのですから、その里が滅亡すれば同時に成山村を失い、新しい領主山内家に返上しなければなりません」

「三郎左衛門が七色紙を一豊公に献上したとき杯と徳利を下賜（かし）されているな」

「我が家の家宝です」

「普通はそれだけだと思うがな」

「といいますと……」

「七色紙にたいしては杯と徳利が見合っていると思うがな。後々七色紙は山内から将軍家への献上品になって、成山村も御用紙漉村になるが、一豊公に献上した時点では珍しい色紙であるにすぎない。普通は、戦いに勝利して、敵の頭の首でも刎ねて、土地を占領せねば、恩賞としての領地は与えまい。自分も魅了されているから、七色紙の美しさを否定はしないが、領地を与えるほどのものではあるまい」

「御用紙漉村となった成山村は大変厳しい掟を強いられます。処刑場もありました。いわば厳重に閉鎖隔離されてしまったのです。山内家にとって成山村はそれほど大切な場所に変わっていきます。七色紙は普通の紙とはまったく異なっていて、それほどの価値があったということでしょう」

「処刑は安芸家の仕事だろう」

「そうです、が……」

「誤解をするな。成山村の手漉紙が傑出しているのは子供の頃から知っている。親父が使っていて、親父が書く文字よりもまずその紙に注目したくらいだ。どういう訳か我家に一揃いの七色紙があって、親父に隠れてこっそりと触れたことがある。なんだか、指先に、おふくろが蘇(よみがえ)ったな……。成山村の紙漉百姓たちにとって養甫尼は恩のある人だが、三郎左衛門はどうだろうなあ。村の指導者が温和な尼僧から、山内の手先の権力者に替わって、百姓たちは生きづらくなったんじゃないのか」

「植木さん、母堂のことで藩に怨みがあるのは分かりますが……」

「成山村の百姓の声を聴いてやらねば、安芸喜代香は自由民権志士とは言えまい。山内家への忠義心などがいまだにあるとしたら、それだけ成山村の百姓たちの苛酷な生活が理解できていない証拠だろう。安芸家が恩義を感じなければならないのは、藩主山内家などではなくて、養甫尼と成山村の百姓たちのほうだろうな。──さあ、安芸よ。やがて土佐においても、日本においても、大騒動になるだろう。忙しくなるぞ。儂には守るべき領地などないから、思いきり自由と民権とを叫ぶことができる。お前にそれがどこまでできるか、それが問われている。第一、お前は成山村で演説をしたことがあるか」

「いいえ、まだ、一度も……」

「お前の声は大きくて、大声演説家として有名で、演説回数も多い。お前が声を大きくすればするほど、民百姓からの声もまた大きくなるぞ。矛盾があったら、成山村の百姓に嗤われるぞ」

「藩祖から三郎左衛門が賜った領地は、代々守りぬいて、つぎの者に継承していかなければなりません。それが生涯の義務であり、百姓共のためでもあるんです」

「成山村を守るために百姓がいるのではなく、百姓を守るために成山村がある。養甫尼は自分の領地を守るために七色紙を創製したのではなく、成山村の百姓たちが喰っていくために奮闘したんだ。安芸家のために百姓がいるのではない。百姓たちのために安芸家がある。お前は成山村の百姓となって自由と民権を叫ぶべきなのだ。まず安芸喜代香は安芸家から解放されねばならない」

「植木さん……」

安芸喜代香が「土佐郡十六村大字成山」の「高橋茂太郎方」で政談演説会を開いたのは、明治二十五年三月三十日、植木枝盛急逝直後といった時期である。会主は高田清吉、弁士は油井守郎と安芸喜代香である。聴衆三百人、会の後、同地日裏神社の社殿で懇親会を開き、五十余人が集まった。まだ受洗はしていない。成山村で領主が「百姓共」「小作共」(『吾家の歴史』のなかの言葉)相手に自由と民権と平等博愛を説くことは難しいことであったにちがいない。生涯演説九百回と称えられた安芸喜代香であるが、成山村での演説はこの一回だけである。


——＊——


安芸喜代香の日記『吾家の歴史』はその題名の通り基本的には安芸家の日々の記録である。「家」の日記であり、植木枝盛や片岡健吉などの個人日記ではない。喜代香留守中は家族の誰かが代筆をすることになっていた。そして、そのこと自体に安芸の「反植木主義」とでも呼称すべき生活および人生の姿勢が表れている。

枝盛生前においては彼の著作に表れた思想に対して、枝盛没後においては片岡健吉の末期に託された『無天雑録』への対応に、安芸喜代香の生活信条が現出していることがよく分かる。植木枝盛は死後もなお安芸喜代香を形成しつづけている。

そのことをさらに検証しなければならない。

この『吾家の歴史』には明治二十八年六月十四日から明治三十六年八月末日までの約八年間の欠落部分がある。この空白のはじめの二年ほどは自由党機関紙東京新聞主筆に招かれて東京で働いていた。そしてこの欠落空白期間中の安芸喜代香の動向の一部は『片岡健吉日記』によって少しは窺い知ることができる。明治三十一年十八回、三十三年八回、三十四年十三回、三十六年七回、片岡訪問を意味する「安芸来」が出てくる。

この空白期間中に安芸喜代香がもっとも関心を持って頭を悩ませたのは「土地」の問題である。自由党や板垣退助の動きよりも地元の、足元の、成山村のことである。日記をつける余裕はなかったであろう。日清戦争従軍記者経験後、高知県内のことが最重要事、最優先事であると主張しはじめるのだが、それは招かれて東京新聞主筆を務めた頃に芽生えた想いであったかもしれない。

東京新聞主筆という重責は戦況報告が評価されての招聘であり待遇である。しかし、日本の中央でありかつ同時に全国を見渡す視点を持たなければならない東京においては、安芸は自分程度の学識と経験と思索力ではまったく通用しないことを痛感したであろう。中江兆民（篤介）や馬場辰猪のような留学経験も語学力も広汎な知識もなく、板垣や片岡のような武人としての戦歴も行動力も牽引力もなく、日本国憲法草案や数々の格調高い名論文を書きあげた植木枝盛のように厖大な読書で培った思索力も創造力も文章力もない。

しかし、四国土佐においてであれば自分にも指導できる仕事と立場を得られるにちがいない。それに、母・錠(じょう)が土佐に帰れとうるさく言うし、先祖伝来の領地成山村を離れるわけにはいかない。これが安芸家に生まれた自分の宿命なのだ。自分が、ではなく、成山村の方が自分を捕えて放さないのだ……。仏が峠の伝説が捕えて放さないのだ……。

安芸喜代香にとっての領地成山村管理は結局のところ土地の問題であり、そこを検証すれば、彼の人間も人生も宿命も、そして仏が峠の伝説の真実も見えてくる。

土佐における土地の問題はまことに複雑である。山内家の統治時代の土佐の耕地には二種類ある。本田と新田である。

本田は山内入国前に開墾されていた土地であり、新田は山内入国後の開墾地である。

当時、百姓は開墾あるいは干拓の許可を藩庁へ願い出る資格がなかった。そこで、適切な土地を見つけた百姓は郷士などに名義を借り、自分の資金と労働で開墾した。それが新田である。耕地および宅地を含んでいる。

百姓は名義借りの謝礼として盆や正月に米を名義人に届けた。この耕地（宅地）を「盛扣(もりひかえ)地(ち)」、その耕作者を「上土持(うわつちもち)」、名義人を「底土持(そこ)」と呼んだ。

その土地に対する公租公課、公用普請、諸課役などはことごとく上土持が直接負担していた。

以上のような長年月の根本実態があるのだが、明治政府は明治六年七月「地租改正条例」を布告し、土地所有者に地券を交付して「一地一主」を強行した。

翌明治七年二月、上土持が底土を買うか、底土持が上土を買うことによって、所有権を一定するように指令した。このようにして新田単独所有者になった百姓に地券を交付し、地租を賦課しようとした。——混乱、紛争が起きた。

土佐の百姓が地租軽減の要求を持って自由民権運動の本流に入りこんだ理由は、地租や諸税のすべてを上土持が負担した新田制度が元凶としてあったからである。本田にたいしての減租が地主を助けることは明白であるが、それが小作料の軽減へと連動しなければ小作人は少しも楽にはならない。つまり基本的には小作料の問題なのである。

ところが、減租をめぐる上土持と底土持の紛争は極めて複雑である。

裁判沙汰になった場合である。

上土持と底土持であることが証拠によって明確である場合、上土持が納税者であるから減租の利益を受けることができるのもまた上土持である。

しかし、盛扣地の上土持であり納税者でもあるのに、地券所有者が底土持であるがために、上土持の主張は否定される判決が度々あった。

その原因理由は歴史の長さにある。上土持は数百年も前の昔からはじまっている。まず証拠書類を紛失している場合が多い。しかも上土がつぎつぎと変転している場合もまた多い。したがって、地券の確固たる証拠性には敵わず、敗訴してしまう。

成山村においても安芸喜代香と「百姓共」とのあいだに揉め事が頻発した。

上土持が底土持にたいして加地子（かじし）を延滞した場合、上土持がその上土に「書入質」を設定して資金を借り入れるか、上土権を売ってしまい、その金で加地子を返済する。その際、上土権を買った者が上土権者となり、売った者はその土地の一季作小作人になる。

明治十四年、高知県は『諭告』を発表する。

「当県盛扣永小作地ノ如キハ本ト地主作人ノ明許若クハ黙諾ニ依リ数十年乃至数百年間其地ヲ小作シ且ツ作株売買等実跡徴証アリテ」

とはじまる。要するに、昔のように皆仲良くやってくれまいかと懇願している。

今のこの時点で明治十四年である。ここまで来て、明治十六年十月に執筆され、明治十七年二月『土陽新聞』に掲載された『履歴』のなかの「百姓共」という、安芸喜代香の憎々しげな言葉遣いに納得がいくのである（この『履歴』という文章については別途青木幸吉が考察中なのでここでは私見を差し控えたい）。安芸と「百姓共」とのあいだばかりではなく、「百姓共」のなかにも本田新田、上土持底土持の関係の葛藤軋轢があった。成山村は大混乱、ほとんど恐慌状態に陥った。

——以後、明治二十九年には「永小作権」制度が設けられたり、三十一年にはこの「永小作権」を民法施行から五十年後に消滅すると規定したり、安芸喜代香と成山村の「百姓共」との紛糾はつづいた。

かつての立志社社長・山田平左衛門ほか十二名の議員が、第十四帝国議会衆議院に妥協案『民法施行法中改正法律案』を提出し、これを明治三十二年、高知選出の議員西原清東（同志社第四代社長）が本会議において提案理由の説明をしたりするのだが、翌明治三十三年三月二十七日公布されたのが『民法施行法第四十七条第三項』である。

「民法施行前に永久に存続すへきものとして設定したる永小作権は民法施行の日より五十年を経過したる後一年内に所有者に於て相当の償金を払ひて其消滅を請求することを得若し所有者か此権利を抛棄し又は一年内に此権利を行使せさるときは爾後一年内に永小作人に於て相当の代価を払ひて所有権を買取ることを要す」

この時点で、東京新聞に勤めていた安芸喜代香はすでに辞職し帰郷していた。成山村の土地問題に対応するためには地元高知を離れていてはどうにもならない。この法案が成立した時、土佐の上土持は大喜びして鏡川原で酒宴を催したりするのだが、喜代香は自邸に籠もって歯軋りをしていた。酔っぱらった「百姓共」の騒ぐ声が遠くから聞こえていた……。

彼は酒も莨も嫌いで、議論を肴にして酒を呑むのが男たちの日常的風潮となっている土佐において、禁酒禁煙運動をはじめる。娼妓を買い、高級莨を喫いながら、全国酒屋会議や租税軽減運動闘争などを指導し、民権数え歌を流行らせた植木枝盛とは、日々の生活の次元からして異質であったが、さらに政治思想となることごとく正反対である。成長過程の環境も正反対、生活も正反対、思想も正反対、容貌までもが正反対であった。

その後、この土佐における新田あるいは上土持の永小作権の問題は、この「第四十七条第三項」程度では不満で納得がいかなかった大石大が、大正九年衆議院議員に当選してからさらに運動を推し進めてゆく。

——安芸喜代香が逝去するのは大正十年十二月十日であるから、彼の生前においてこの問題に対応できたのは大正九年大石大の登場までである。この問題の経緯がこれほどまでに複雑であるのは、ながくつづいた封建制社会の末端にいたるまでの権力支配構造が腐った葉のように堆積しているのを、一枚一枚丁寧に剝がしていくことの至難を意味している。

当然といえば当然であるが、安芸喜代香の人生を根幹のところで縛りつけていたのは、自由民権運動でも基督教社会改良運動でもなく、成山村の土地問題であり、仏が峠の伝説の安芸三郎左衛門であり、養甫尼であり、新之丞である。自己矛盾を抱えたまま、それらの政治活動あるいは社会運動のなかで働くことはずいぶんと生き心地の悪いことであった。うんと後年のことになるが、安芸喜代香が成山村の土地問題の複雑さを単純化する方法としたのは、潤沢な資金で「上」も「下」も買ってしまい、植樹をすることであった。

——＊——

安芸喜代香の心身を雁字搦めに拘束している土地問題は、同時に「家」の問題でもあった。それがどのような重荷であったかを知るためには、明治十九年九月、『土陽新聞』に載った植木枝盛の「日本人、家の思想」という短い文章を見れば分かる。これを読んでいる時、安芸喜代香は胸奥に疼痛を覚えたであろう。さらに憤怒を覚えたであろう。喜代香は、ことごとく、枝盛の言うことの反対の方向へ生きた。

植木は言う。

士族の「家禄」は「純然たる私有品」でもなく、「一代切りの俸給」でもなく、「一種其の家に属したるもの」である。一代が終っても、「継嗣者に別条なく跡目相続被仰付(おおせつけらる)れば」「家禄」を賜る。もし「相続人なく」「事故ありて一家断絶」したりすると「家禄も政府へ召し上げられ」てしまうので、「余程の損を為す」。

そのために、子がなく血統を絶つことは「最も大なる不孝と攻め鳴らし、之を賤しむこと甚しかりしなり」。日本人は祖先を尊崇する慣習があり、子孫がつづかなければ祖先を祭ることもまた絶えてしまう。「是れが為めにも一種特別に家の思想を惹き起したることとなるべし」。

――安芸家は永続しなければならない。三郎左衛門からの血の流れを受け、保ち、子孫を繁栄させることが、人間としての男としての私・安芸喜代香の責務なのだ。そう、内心の抗弁を吐いた。

今の日本は、「自ら一機軸を出し一発明を為し以って其の名を顕はし其家を興す能はず」。そのためか、「我が家の祖先は何某である、吾家は誰の子孫である、誰の血脈であると故々(わざわざ)系図書を作る者あり」。まことに愚劣である。また訳の分からない下らぬ物を先祖伝来の家宝として「珍蔵する者あり」。ひどいのになると「その系図を金を出して」買う大馬鹿者もいる。そういう家宝や系図のない者でも源平藤橘を称し、「何とか由緒ある者の如く装飾弁髦せざるはあらざるなり」。これらのことが「家の思想を惹き起したることとなるべし」。

――成山安芸家の祖は安芸国虎次男・三郎左衛門家友である。系図もある。一豊公謁見、七色紙献上のおりに賜った杯と徳利は家宝である。誰が何と言おうと我家は歴とした名門旧家である。そう、内心の抗弁を吐いた。

人間は生物であるから、当然誰もが自分の血の継承者を欲しがり、自分の子が欲しいという欲望があり、それは本能である。そして一家の断絶を避けることはご先祖様への責務でもある。「然れども後なきを不孝の大なる者なりとし、兎にも角にも子孫は必無かるべからざる義と為し、甚しきは女房に子が無ければ妾を置いて子を取るも妨げずと為して誠に人倫の大本を乱るにまで至るが如きは実にや片腹痛きことと謂ふべし。孟軻老翁も亦何の為めにして此の譫言をば吐きたるぞ」。

――子供をつくるのは私の責務である。安芸家の先祖からの血を絶やしてはならない。子を産めなければ安芸家の嫁として置いておくことはできない。

生物に血統があり系図があるのは分からなくもないが、今まさに生きて在る人間の品格を見ずして、「単に祖先の如何を以って家柄とし家筋が善いと」するのは、「卑屈陋劣の至りと謂はざるべからざるなり」。「人を以って家に属するもの丶如く倣し、人を家の下に位する者の如く倣し、随って人の自由独立を遮碍することと尠からざるなり」。

――ここで植木家が掛川衆の末裔であり上士であること、そして安芸家が慶長郷士であることを想起しておいても無駄ではない。幕藩体制下の土佐山内藩においてこの上士と下士の身分差は大きい。維新の起源がここにあるという見方さえある。つまり、ここでの植木枝盛の「家」からの脱出の叫びは、本来なら安芸喜代香の言葉であるべきなのである。しかし、喜代香は生涯にわたって自家が正統安芸であると主張しつづけ、先祖と家柄に固執しつづけた。

植木枝盛はこの「一種特別なる家の思想」があると「社会を愛する道に妨げを為すなり」と述べていく。「格別に其の子孫を慮るに過甚と為り、彼の吝慳の風習と相ひ伴ふて只だ一概に財を積み子孫に貽さんとし、義心を以て社会に損資せんとするの精神気風甚だ乏しく、若し又子孫なければ必らず養子を為し之をして家を継がしめんとし」、「遺言して其の財を社会に擲つが如きこと能はず」。そしてこう叫ぶ。

日本人よ、「汝ぢが変痴奇なる家の思想を抜き去てよ」。

――こんなことは、植木さん。領地田畑を所有していないから言えるのですよ。と植木生前の安芸喜代香は内心唾棄したにちがいない。そして植木没後は、

――植木さん。あなたは「思想」の主義主張によって妻子を幸福にできましたか。という、内心の厳しい詰問をつづけたであろう。

明治三十六年十月三十一日、衆議院議員、衆議院議長、同志社社長兼校長、日本基督教会伝道局総裁、日本基督教青年会理事長、片岡健吉は逝く。東京新橋の胃腸病院に入院していたが、土佐で死にたいと願ったらしく、七月三十日、故郷四国土佐に辿りつく。十月二十一日水曜日「粥と差身之食を為す」、これが『片岡健吉日記』の最末尾である。

臨終三日前、安芸喜代香に向かって片岡健吉は遺言をする。安芸喜代香筆「片岡健吉先生の逝去を悼む」には以下のような部分がある。

——私は十月二十八日の朝、片岡先生の枕辺へ参った。先生の衰弱は見るに堪えないほど酷い状態で、私の双眸（そうぼう）には涙が溢れた。私は両の手を畳に置いて無言のままであった。すると先生は故植木枝盛氏の稿本『無天雑録』を私に手渡された。そしてこのようにおっしゃった。

——安芸君。これは植木君が精魂傾けた著作です。植木君が出版しようと自叙まで書いていたのに、あのように急逝してしまって、その志を果すことができませんでした。これを君に託しますから保有し保存しておいてください。それと、政治関係の書類を倉庫にしまってありますから、後々散佚（さんいつ）しないように君が保存しておいてください。これが目録です。

「是れぞ僕に命ぜられたるの遺言なりしこと明かなれば、一言一句僕の骨身に徹して堪へられざりし」

自分の死の三日前の遺言で、片岡健吉が所蔵していた植木枝盛の『無天雑録』を安芸喜代香に託すというのは、これは余程の事態である。

安芸は片岡が「保有」「保存」を「遺言」したと書いているが、実際はもっと積極的な懇願なのではないのだろうか。植木が出版しようとしてその志を果すことができなかった『無天雑録』を、君が本にして出してやってくれまいか。若くして逝ったかつての自由民権運動の年少の同志の、その天才的思想家の真髄の籠もったこの論文草稿的な日誌を、生きているうちに書籍化する、それが私の志でもあった。しかし、それができなかった。このまま手許に置いて死んでしまっては、散佚し、ついには消滅してしまうにちがいない。これは植木枝盛という思想家の大切な魂魄（こんぱく）なのだ。どうか私のこの最期の願いを継承し、実行し、植木のために本にしてやってくれまいか。——こういう渾身（こんしん）の遺言なのである。

植木枝盛の『無天雑録』は明治二十九年『自由党党報』第百六号に「十数頁を抄録」されている。これが「抄録」のままであったからずっと気懸かりで、片岡は安芸への遺言としたのであろう。託された安芸は、書籍ではなく『高知新聞』紙上への三十回連載とした。しかも大正三年秋のことで、植木枝盛死後二十二年、片岡健吉死後十一年である。この歳月と発表形態とに、植木枝盛と自由民権思想にたいして安芸喜代香が設けた疎隔の意味がありはしないか。実際、後年このように言っている。

——自由民権思想、あんなものは基督教からの借物に過ぎない……。

―― ＊ ――

明治三十七年十月、安芸喜代香は高知教会牧師多田素と東京の基督教関係の大会に出席した。この折、安芸は平民社本社楼上で開催された「社会主義婦人講演」会へ寄っている。午後二時に開会、婦人来会者十名、講演は安藤兎毛喜、幸徳秋水『娼妓と社会制度』とつづいた。講演主催側の記録に「珍客。自由民権運動闘士安芸喜代香」とあるから、これは幸徳秋水の驚きでもあったのであろう。

安藤兎毛喜は長野県上伊那郡の人物で平民社同人、「火州」と号し『幼年立身之栞』という著書がある。

いったい安芸は何故「平民社本社」のこの講演会に出かけたのであろうか。単純な推測であるが、やはり中江兆民愛弟子幸徳秋水の話を聴きにいったのであろう。当然立ち話くらいはしたであろうし、ただの面識程度であったとしても安芸喜代香と幸徳秋水のつながりが確認できる。接触がこれきりであれば、後年の政治家としての大転換は起きなかったかもしれない。

―― ＊ ――

明治三十八年八月中旬、安芸喜代香は「北光社」の用件で北海道北見国常呂郡野付牛村農場視察のため新高知丸に乗船する。出発後数日を経て、「とっさんより手紙来る」と息子虎彦の文字で喜代香からの来信の内容が記されている。神戸、東京、青森、そして北海道に着いて坂本直寛に会っている。各地から高知留守宅に宛てた手紙が翌月まで転記されて、その内容自体が日記記録となっている。

後のことであるが、安芸喜代香は北光社社長を九年間勤めている。

明治二十五年、植木枝盛が死んだ直後の第二回衆議院議員選挙は政府側の大干渉があって、高知県だけでも死者十名、負傷者六十六名を出した。まるで内乱のようなこの選挙戦を勝ちぬいて当選したもののなかに武市安哉（たけちやすや）がいた。この人物は東京で四十日ほどの議員生活を送ったが、国会にも政治にも失望して「衆議院議員辞職の告示書」を書き、選挙民の了解を得て辞めてしまう。

彼は「高知殖民会」および「規則」をつくり、基督教を基本理念とする理想農園建設のため、明治二十六年七月、土佐から第一次移住者を出発させる。北海道樺戸（かばと）郡月形（つきがた）村浦臼（うらうす）内に「日本基督教会聖園講義所」を建て、「聖園農場」を創設して開拓をはじめた。本格的に入植もはじまり、子供たちの学校もできて、基督教共同体の村落の形態も整いはじめた。ところが、明治二十七年十月、第三次入植者募集の用件で高知に帰ってふたたび北海道に戻る途中、青函連絡船上にて脳充血のため急逝した。

この「聖園農場」の経営を援助するために移住してきたのが坂本直寛で、彼が社長、沢本楠弥（さわもとくすや）が副社長、出資者銀行頭取二名、代言人西原清東（さいばらせいとう）、片岡健吉、そして安芸喜代香らが創設したのが北光社である。

経営の基本方針は、封建的な土地所有形態である地主と小作関係の解消にあり、移住民が土地所有者となることが規定されていた。明治三十年五月、応募百世帯が高知出発、農場は第一訓子府原野五百六十七万坪、第二農場野花南五十一万坪、しかし、開拓は難渋を極めた。

坂本直寛は農場内の開墾と播種作業がなんとか終わったことを確かめてから、副社長の沢本楠弥を社長代理とし、訓子府を離れる。

沢本楠弥は北光社経営に尽力するが、その困窮と健康悪化で明治三十七年土佐へ引きあげる。同農場二百二十一戸は六十二戸に減っていたから、その開墾の苛酷さは地獄同然である。

北光社内の礼拝所は「日本基督教会北見教会」となる。

北光社の大雑把な歴史を見てみたが、北海道に基督教精神による公正で平等な農園を築こうと奮闘したかつての自由民権志士・坂本直寛のある日の姿を見れば、土佐から開拓に渡った人びとの姿もまた見えてくる。苛酷な大自然の猛威のなかでなんとか鍬を振るえるまでになった畑での労働の最中も、胸のうちを苦悩の思いが重く沈殿する。

「友人たちには内閣に入った者もいる。あるいは代議士として活躍している。ところが自分は北海道の片田舎に隠遁している。なんと愚かなことであろうか」

畑の隅に佇立していた直寛は鍬を地面に投げつけ、慨嘆を洩らす。

「ああ、自分はこの地の果てで生涯を一農夫で終るのか……」

これは、宗教者がかならず体験する悪魔の囁(ささや)きの試練であろうか。信仰の揺らぎ、世俗的欲望の誘惑であろうか。直寛はこういう想いに襲われた時、広大な畑のなかでひざまずき、祈ったという。そして、胸の内に静穏を回復するために詩を作ったという。

坂本直寛が牧師になったのは明治三十七年六月である。その生涯を布教活動に邁進して閉じている。明治四十四年九月六日、胃癌で死ぬ。享年五十九歳である。

この人物の、土佐における上土持底土持の複雑で封建的な土地所有形態、地主と小作人という関係を絶つという農場経営理念からは、土佐に住んだまま広大な土地を所有している安芸喜代香はやがて離反せざるを得なかった。小作人を置いて不労所得を得ることができないのである。

(大正七年十一月、北光社の総会が開かれる。安芸は北海道の所有地を黒田四郎に〇万円で売却始末している。さらに出資配当金、社長九年間勤続給料、合計〇千〇百〇十〇円〇十銭を受け取っている)。

——明治三十八年九月二十日、安芸喜代香はこの北海道視察旅行から芸陽丸で高知に帰った。

明治三十九年二月、娘愛鹿(あいか)が受洗した。

明治四十年四月、長男虎彦(とらひこ)が受洗した。十一月八日、皇太子殿下行啓、土佐未曾有(みぞう)の盛観となる。九日、皇太子は紙製花台上覧、買上げにつき、紙業組合頭取清水源井(げんせい)の話がある。そのなかで、「我先祖三郎左衛門が山内一豊に七色紙献上」のことについて触れられて、喜代香は光栄に思い感激した。

――＊――

この年の十月、幸徳秋水は一家で帰郷の途につき、十一月、四国土佐中村に着く。明治四十一年一月一日、『高知新聞』一千号祝賀会が開催される。
幸徳秋水が土佐中村に帰郷したその直後に執筆した「病間放語」がこの元旦付『高知新聞』に載っている。これが無著名である理由はその内容によるものであろう。

冒頭。

「懐しき故山の青年諸君よ、予は土佐に生れたる一個の社会主義者也、漫りに壮志を抱いて他郷に飄零する茲に二十年、宿痾を養はんが為めに幡多郡中村に帰臥せり」。「故山の青年諸君、四十年前封建打破の革命家、二十年前憲政創始の革命家の血液は、是れ諸君の血管に沸々たるの血液なるに非ずや」

一月一日の紙上にこのように過激な文章を載せた『高知新聞』に驚くが、この掲載が安芸喜代香の関与、つまり閲覧了解を経たうえでのことらしいことに一層驚く。

幸徳はまずバクーニンの思想を紹介し、進歩には労働（生産）と思想（学術）と反抗（革命）が必要である。しかし現実は生産が豊かでも資本家に「壟断せられ」、学術は知識層に「独占せられ」、それらが一般大衆にまで行き渡らないのは彼らが反抗しないからである。と、説く。

土佐の「青年諸君よ、高知県は誠に太平也」、しかし日本全国は、そして東洋と欧米の各国は平穏ではない。「幕末当時、民権運動当時に於て、諸君の父祖が遭遇せるよりも、遥かに恐ろしく又勇ましき、革命の怒濤狂瀾の中に立てるものなることを発見せん」。

秋水は四国の果ての中村で叫ぶ。「社会主義は革命主義也」、革命は必要でありまた必然性がある。東洋の革命家は今の政治および社会の組織に絶望をしている。今の国会も選挙も商業も経済も信頼できない。県会議員の選挙程度ですら大金を必要としている。

以下、欧米諸国の革命機運が述べられる。戦争は一部貴族富豪が利益を得るための新市場開拓に必要な領土拡張が目的ではじめられる。その軍備こそは平民を抑圧するための国家政府貴族富豪の武器であるから、労働者が真の自由解放を得ようとするなら、軍備を絶滅させなければならない。世界の多数の平民たちはその利害関係を同等とする兄弟姉妹である。たとえ戦争をしている国同士であってもその平民同士のあいだには何の恩怨もない。戦い、殺しあう理由はない。したがって戦争勃発の時には、兵士は脱走せよ、従軍するな、召集に応じるな、一般労働者は同盟罷工を断行して武器を造るな、戦地に送るな……。

要するにこれは革命扇動の具体的方法論である。

はたして安芸喜代香はきちんと読んだうえで掲載を了解したのであろうか。それとも編集局の責任者の独断で載せたのであろうか。

そしてこの年の六月十日付『高知新聞』に幸徳秋水の「驚くべき警官の迫害」が載る。この冒頭を見れば、当時安芸喜代香が高知新聞社の経営中枢幹部であったことが分かる。

「安芸、富田両君足下、爾後久闊多罪、小弟は今爰(ここ)に我県の筆政を司れる両君に向って日本の立憲治下に起れる一怪事を報道すべき責務を感じ、且つ其光栄を有し候」、というのが出だしである。内容は「当幡多郡中村警察署」への抗議である。「当中村の淳良(じゅんりょう)なる町民」への「侮辱」「脅嚇」「営業を妨害」の具体例を挙げ、自分のような革命主義者は日常茶飯事で慣れているが、そういうことに慣れていない「淳良なる町民」への「陰険手段」だけは我慢がならない。一般大衆を巻きこむなと激怒している。

「両君足下」、「両君の新聞紙に依て我県民に知らしめ、我県民一般の聡明なる批評と判断とを得んことを切望する者にて候、而して両君の人権を重んじ、自由を愛するの深き、亦た小弟の請を容るるに吝ならざるを信じて疑はざる者にて候。／頓首／六月六日／中村町にて／幸徳秋水」

この中村への帰郷の大きな目的はクロポトキンの『麵麭(パン)の略取』の翻訳である。『高知新聞』に載ったふたつの文章の後のほうの冒頭、「安芸、富田両君足下、爾後久闊多罪」の「爾後」が気になる。これは、明治三十七年十月九日東京での「平民社本社楼上」で開催された「社会主義婦人講演」以来、ということを意味しているのであろうか。内容以前にそのこともあって、安芸は幸徳の文章を載せたのであろう。「富田」は富田幸次郎である。

革命扇動文につづいての警察署への抗議文であるため、安芸喜代香は掲載するのに慎重であったろう。しかし「人権を重んじ、自由を愛するの深き」などと言われては、載せないわけにはいかない。とにかく幸徳秋水はかつての自由民権運動の同志中江兆民の愛弟子なのである。それに、その透徹した文章の犀利な煌めきには、もし植木枝盛が生きていたらこのような思想と檄文とを飛ばしたであろうと思わせるものが、幸徳秋水にはあった。

この「驚くべき警官の迫害」を書いたのが「六月六日」、『高知新聞』に掲載されたのが「六月十日」、その十二日後に東京で「赤旗事件」が起き、堺利彦、山川均、大杉栄が入獄する。

七月下旬に幸徳秋水は土佐中村を離れ、東京の組織再建のため上京の途につく。途中、紀州新宮に医師大石誠之助らを訪ね、熊野川で舟遊びをする。さらに進み（途中の伊勢路において秋水が信州長野市南縣町丸茂天霊に宛てた「歌信」を、経緯は不明であるが、俳人茶雷・森木謙郎氏が所蔵している）箱根で内山愚童を訪問する。八月中旬、東京着。赤旗事件の第一回公判を傍聴する。

この年十二月、安芸喜代香の妻・小兎猪が受洗した。

— ＊ —

明治四十二年になるとクロポトキン『麵麭の略取』の翻訳が発行されるが発禁となったり、妻千代子を離縁したり、奥宮健之に爆弾製法を訊いたりするが、十一月には直接行動から著述専念へと、幸徳秋水の心境には大きな変化が表れた。が、時はすでに遅かった。

翌明治四十三年五月下旬には大逆事件の検挙がはじまり、六月一日幸徳秋水は検挙起訴された。

安芸喜代香日記『吾家の歴史』のこの六月の記事は、

「十二日、長男虎彦徴兵猶予の通知あり。

二十三日、汽船にて高岡郡東又へ行く。」

この二日分だけである。驚愕し、震撼した喜代香の様子が見えるようである。この後の夏場の日記記事も激減している。そして、当然のことながらただの一箇所も幸徳の名は登場しない。長男の徴兵猶予の件は、四月に喜代香が役場へ猶予願いを出した結果である。

明治四十四年一月八日、判決が下される。幸徳以下二十四名は死刑宣告（うち十二名無期懲役に減刑）である。二名は有期刑である。

二十四日、幸徳秋水、死刑執行され、午前八時六分絶命した。享年四十歳。

幸徳のつぎは新美卯一郎、奥宮健之、成石平四郎、内山愚童、宮下太吉、森近運平、大石誠之助、新村忠雄、松尾卯一太、古河力作の順で処刑されている。管野スガは翌日である。

ここでこの年この月の『吾家の歴史』を見る。

「五日、家庭新年会。
十五日、幡多郡へ旅行。
十八日、幡多郡より帰る。
二十九日、成山の五人、加持子（ママ）持参。」

一月八日幸徳死刑判決の後、十五日から十八日にかけて「幡多郡へ旅行」というのは何であろう。安芸喜代香は講演で高知県内を日常的に動きまわっているから、わざわざこの時期、暢気に「旅行」になど出かけなくてもよさそうなものである。しかも県内である。「幡多郡」とのみ記しているが、もしかすると秋水の故郷「幡多郡中村」であるかもしれない。普通の旅行であったとは思えない。

巻き添えを食うかもしれないという不安材料が「幡多郡」に潜んでいたのであろうか。

この大逆事件を遡って辿れば、自分が『高知新聞』に掲載許可を出した幸徳の激越な革命扇動文に至りつく……。

それに、安芸日記の日付の間隔が異常に広くなっているのを見ても、この日本中を震撼させた事件が四国の片田舎のかつての民権志士の胸を戦慄させたことがよく伝わってくる。日記の空白部分には緊迫感が漲（みなぎ）っている。実際、喜代香は肝を冷やした。

ちなみに、成山村仏が峠に建つ『紙業界之恩人新之亟君碑』撰文の萱中雄幸が成山小学校訓導兼校長として赴任したのは、ちょうど幸徳秋水が死刑判決、執行されたこの明治四十四年一月のことである。

この幸徳秋水死刑の年の、『吾家の歴史』の十二月下旬の任意の日の、日記中の言葉を適当に羅列してみる。「東元洋服店へ新調代四十八円払う、愛鹿へ衣服新調代と降誕祭贈物として七十円遣る、来年用日記帳購入、教育界忘年会出席、家庭降誕祭、贈物遣り取り、餅つき、墓参、新年飾り、有益なる家庭雑誌なれば『ホーム』を購読することとする、おばあさん（喜代香母・錠（じょう））、洗礼を受ける」。

この日記内容からは、喜代香の深い安堵の吐息が聴こえてきそうである。とにもかくにも大逆事件は無事過ぎ去ってくれた。やれやれという想いとさらに自信と余裕とを感じさせるものがある。同じ自由民権運動に身を投じていたが植木枝盛からは遠く離反し、同じ洗礼を受けて基督者にはなったが坂本直寛のように北海道開拓には向かわず、地元足元での生活の安定を至上の目的として、健康で、働いて、領地成山村の管理をし、蓄財をして、布教をして、まず家族の幸せを守る……。

この自分の生活信条のほうが、植木よりも、坂本よりも、幸徳よりも、より正しい道であったのだ。彼らにできなかったことを自分は着実に成就してきた。「思想」など、何の役にも立たない……。

明治四十五年三月には長男虎彦が進学のため高新丸にて上京した。

四月十日は第十一回衆議院議員選挙の公示日であり、五月十五日が投票日である。この時代、投票権を有するのは直接国税十円以上納税の満二十五歳以上男性だけである。高知県郡部区の選挙結果は以下のようである。

当選―片岡直温(かたおかなおはる)、立憲国民党、二七四八票。白石直治(しらいしなおじ)、立憲政友会、二六六七票。富田幸次郎(とみたこうじろう)、立憲国民党、二二九六票。大石正巳(おおいしまさみ)、立憲国民党、二一三二票。岡田栄(おかださかえ)、立憲政友会、二一〇九票。

落選―土居貞弥、立憲政友会、一四〇三票。安芸喜代香、その他、五一七票。

公示日と投票日のあいだの日記に相変わらず「式」や「会」に出席し、高岡郡、幡多郡、安芸郡へ出張という記事があるが、これはいつも通りの行動である。むしろ少ない。安芸喜代香は衆議院議員選挙に立候補をしたが、そのことも公示日も投票日も記さず、日記内容で見るかぎり選挙運動をした様子がない。

選挙結果が出たすぐ後の五月二十一日に以下のような部分がある。

「晴、青木幸吉の世話にて成山〇〇〇〇より〇地字〇〇〇の畑二十九円にて買い受ける」。

青木幸吉が成山村から下りてきて、

「〇〇が困っちゅうき、畑を買(こ)うちゃってもらえませんろうか」

と喜代香の許へ頼みに来たのである。

日記にはこれ以前も以後も、成山村の者が加地子米を持参したという記事が頻出するのだが、狂奔と言いたいほど成山村の土地購入をはじめるのがこの青木幸吉の来訪以後のことである。成山村の人びとにしても、持っていても仕方のない土地を買ってもらえば助かるし、安芸喜代香の方はこの際「上士」も「下士」も買ってしまえば子孫にこの難題を引き継がせなくて済むと考えたのであろう。

それに、喜代香の父市郎が錠を嫁にもらう条件が成山村を離れて平地に住むことであり、その際に二束三文で手離した土地を買い戻すという気持ちも強くあったにちがいない。

「幸吉。他にも困っちゅう者がおったら言うて来いや」

とでも言ったか、その後つぎつぎと成山村から「百姓共」「小作共」が安芸家の玄関先に現れた。——喜代香は購入地に植樹をした。

選挙前後のこのいつもと変わらぬ日常性はどのように解釈すればよいのであろうか。安芸喜代香は本気で立候補したのであろうか。選挙に関して一言も記さず、当落にも関心のない様子である。第一、立憲政友会でも立憲国民党（大石正巳、犬養毅の憲政本党、島田三郎、河野広中の又新会、片岡直温、仙石貢の戊辰倶楽部、三派合同して結党）でもない、その他、というのは何を意味しているのであろうか。獲得票数を見ても、経験豊富な安芸喜代香に予想できないはずはないのである。

幸徳秋水の革命を扇動するような過激な文章を新聞に載せ、その後の幸徳大逆事件の展開があり、安芸喜代香は周囲から誤解を受けるようなことがあったのかもしれない。この落選覚悟の上でと思わせる立候補は、自分は現議会制政党政治を支持しているという安芸の意思表示であろう。社会主義暴力革命思想などは微塵も支持しない、という……。

大正二年四月には長男虎彦の上田蚕糸（さんし）専門学校への入学が許可され、八月には母・錠が永眠した。

十一月には、山内一豊公銅像除幕式に出席のため帰県中の山内豊景（とよかげ）侯爵へ、著書『山内一豊公』を献上するため散田邸を訪問した。式典には数万人の人出があり、数日後、安芸夫婦は山内家より招待されて饗応を受けた。

大正三年二月、長男虎彦が病気保養のため帰県した。結核であったためか、看護婦がつぎつぎと辞めていくので、つぎつぎと雇わなければならなかった。「鯉薬」などを摂ってみたりしたが、六月八日に虎彦は死去した。息子を失った喜代香の落胆と衝撃は大きかったであろうが、奇妙なことに日記の文面だけ見ると突如として躍動的になる。――この虎彦は、祖母・錠から「虎彦は十五になりたが、十五の涎くりにはなられん、朝も早く起きて」（明治三十七年元旦日記記事）と叱られるような子であった。

十日、自宅にて葬儀を執り行なった。会葬者三百六十四名である。十六日、大掃除をした。畳や建具をことごとく入れ替え、天井裏、床下を消毒した。十七日、引きつづき大掃除をし、虎彦の衣類などをすべて日雇いへ分与した。十八日、葬式代、油屋棺屋へ三十円五銭支払った。十九日、雨天かまわず日雇い四人で大掃除をした。壁も天井も薬品で洗った。

以後、数日をかけて便所、井戸、その他すべて、徹底的に大掃除をした。喜代香は生活信条の第一に健康を置いていた。息子死亡直後からの生き生きとして闘っているようなこの父親には、奇異な印象を抱くが、それは他の家族に感染させてはならないという家長としての責任感と焦慮なのである。「大掃除」と「薬品」で、なにがなんでも安芸家の血・娘愛鹿の健康を守らねばならない。

九月下旬、かねてより、伊予小松出身の浜田義清（はまだよしきよ）を後継嗣に所望していたが、快諾を受けた。自分が元気で生きているあいだに養子をもらい、安芸家の血統を継承させなければならない。「快諾」を得て大喜びした。

十一月中旬、高知教会にて義清と愛鹿（あいか）の結婚式が行われた。この当時、私・義清は須崎尋常小学校訓導であった。

――＊――

今までは私が安芸家へ婿養子として入るまでの義父・喜代香を、植木枝盛や片岡健吉や幸徳秋水との関わりにおいて見てきた。ここからは日記を下敷きに家庭生活の日常を、特に成山村との関わりに絞って見ておきたい。私は安芸義清として、安芸喜代香が守り伝えたい宝を十分に継承できたであろうか……。

大正六年八月二日、日照りつづきであったが、この日は朝から曇っていた。義父は縁側に出て再々空を見あげては降雨を期待していたが、ついに十時頃から降りはじめた。久しぶりの雨で、畑の菜園の緑も潤って生彩を取りもどす様子である。それを眺めながら、

「自分の軀も生きかえるような心地を覚える」

と義父は言い、

「これで成山村の田畑も救われた。金が降る。万歳万歳」

とつづけて、喜んだ。

四日は朝から晴れ渡っていた。早くから妻の愛鹿は飯を炊き、それを握って黄粉をつけ、厚焼き玉子を作って、義父と私の弁当をこしらえた。二人は徒歩で成山村に向かい、十時頃に着いた。一軒の紙漉き農家に落ちつき、茶をもらって早目の昼食を摂った。箸をおいてすぐ二人は外に出、すでに集まっている数人の村人の案内でまず「山の境界」へと登って視、最近購入した七箇所の山林と三箇所の田畑を検分した。

九月二日は曇っていた。朝、成山村の者が大量の梨の実を持参して来た。先日購入したある屋敷の庭の梨の巨木に生ったものである。それを一個ずつ齧ってから、義父と私は愛鹿の作った弁当を下げていっしょに出かけた。行先は十六村役場で、二人は成山村の所有地図を手写した。

翌三日は曇っていた。昨日十六村役場で筆写した所有地の図に、私は彩色して見やすくした。仕上げた時、横で見ていた義父に、

「成山村の田も、少々旱魃（かんばつ）の憂き目には合いましたが、なんとか今年も豊年満作ですね」そう言うと、

「万々歳じゃ」

と義父は笑った。

「金が降る」も「万歳」も、これで順調に我家に加地子米が入ってくるだろうと喜んだだけでは

なくて、これで成山村の人びとも笑顔で加地子米を納めにくることができるであろう、我家にも村人たちの上にも「金が降る」と喜んだのである。

十月四日、まだ夜が明けないうちに成山村のある男が、

「買うてもらいたい山があるがです、検分に来てくだされまいか」

と頼みにきた。義父は、九日には成山村に行って案内人と売り山の八箇所を巡視し、十八日には買い受けた山林を登記するために伊野登記所へ行った。

十一月一日午後、成山村から青木幸吉他二人の男が来て義父の帰宅を待った。夕方になってやっと義父は帰って来た。用件は以下のようである。

「先般、買ってもらった山林の境界へ○が侵しこみで道をつけ、檜も植えつけています。隣地の○○の分も同じ事態です。もうひとつは、本年は秋の長雨のために稲の収穫が意外に悪いのです」

という青木幸吉の「長い長い話」を聞き、義父は不機嫌なまま九時頃にやっと食事を摂り、風呂に入った。成山村における青木の祖は、山内に随伴してきた一族の庄屋役であったというから、義父もなんとなく青木幸吉には弱いところが感じられる。

この夜から一箇月ほど後に、私と愛鹿のあいだに長男・元清、安芸家第十二代が生まれた。

大正七年四月一日、ある出来事が私を激怒させた。成山村の買収地に植えるために購入した杉の苗がかなりの「悪苗」で（これが判明した時点ですでに私の腸は煮えくりかえっていた）、そのために私は伊野村経由で成山村へ登ったものの、山を下りて一度自宅に戻らねばならなくなってし

まった。さらにもう一度成山村へと戻らなければならず、伊野村から登りはじめた。しばらく登るうちに、ありがたいことに後方から足も軽々と青木の人が登ってきた。そこで私は巨細のことを説明し、悪苗植えつけの注意を伝言して、なんとか二度目の登山は免れた。

しかし、本来なら疲れを癒す大切な休日をまるまる棒に振ってしまい、疲労困憊である。私は『吾家の歴史』のなかに「狡猾親爺狸悪苗売」への憤懣をぶちまけた。当然のことながらこの「悪苗売」は高知の業者であって成山村の者ではない。

このことに関して、翌日、義父は成山村に赴き、青木の者への礼と「悪苗」の始末と植えつけの相談をした。

さらに翌日、私の憤慨ぶりを見た上での義父の企画が家庭内ではじまった。「笑い貯金」である。「大笑い十銭、中笑い五銭、小笑い一銭と定む。歳の暮れの餅米代となるはず」とのことである。これは義父が考案した私への婉曲な諫めである。何か面白いこと、楽しいこと、可笑しいことを言って義父を笑わせたら、その程度に応じて義父が貯金をする。そういう、家庭内を明朗にするための約束事である。義父・安芸喜代香がいかに家族想いであったか、家庭の安穏こそが至福であるのだとの信念の持主であるかがよく分かる。

毎年暮れの降誕祭の家族間での「祝品遣り取り」なども、義父にとっては基督降誕を祝う気持ちよりも、一家団欒の時と処を堅持していくことの方がはるかに大切であったろう。何故なら、それこそが自由民権運動の同志や社会主義者などがついに成しえなかった家族の幸福、安芸喜代香の生活と人生の目標であるからである。政治思想的な主義主張を持つ連中からの批判はあったであろうが、一市民としての義父の信念は少しも痛痒を感じなかったにちがいない。むしろ、自分の家族の平穏な暮らしを守れない者に天下国家を論じる資格などない、という確固とした反論を肚の底に持っていたにちがいない。

この月の十九日には著作『通俗教育道話第六巻』の原稿を東京雄弁会へ郵送した。

ここで義父・安芸喜代香の著書と出版社名とを刊行順に記しておきたい。夥しい量の新聞掲載切抜き帳は省く。なかで安芸喜代香名で出版のものは謄写版である。

明治三十九年『土佐之武士道』安芸喜代香。
大正二年『山内一豊公高知開市由来』安芸喜代香。
大正三年『通俗教育道話』大日本雄弁会。
大正四年『家庭百話』大日本雄弁会。
『通俗常識訓話』黒潮社。
大正五年『青年修養訓話』富士越書店矢島誠進堂。
『通俗教育道話』『第四通俗教育道話』大日本雄弁会。
大正六年『第五通俗教育道話』大日本雄弁会。
『土佐自由党時代青年結社史談』安芸喜代香。
大正七年『第六通俗教育道話』大日本雄弁会。

以上がこの時点までの出版書籍である。『教育道話』などは全国的に知られている。この後、大正十年には愛国青年社から『青年修養訓話・上下巻』を出版している。

この年、大正七年五月十九日には、高知教会の礼拝式において牧師代理で説教をした。義父の教会内での立場がよく分かる。さらにこの日は公会堂で大町桂月（けいげつ）の講演があり、義父は司会を務めて聴衆に紹介している。

五月三十日には玉水（たまみず）新地の娼婦らへ教育講話に出かけた。私は所用があって聴きにいくことはできなかった。

――その軀を懐かしがっているように愛してやまなかった植木枝盛なら、彼女たちが面白がったり、笑ったり、納得したり、元気が出たりする話ができたであろう。時々、彼女たちの方が枝盛のほうを揶揄（やゆ）して困らせ、大笑いしたりしながら……。

しかし、莨を喫わず酒も呑まず、おそらく一度も登楼したことがない義父が、いったい彼女ら娼婦相手に何の話をどのようにしたのであろうか。地主富豪で、県議会議長で、牧師の代理ができるほどの高知教会長老で、教育指導者で、新聞社幹部で、北光社社長で、なにかにつけて反植木枝盛で、領地成山村の小作人たちを「百姓共」と記し、雇った女性を「下女」と呼ぶことに少しの疑問も持たない義父が、彼女ら娼婦たちと同じ目線に立って話ができたのであろうか。他にも時折被差別者たちの地区へ講話に出かけているのだが、何の話をどのようにしたのか、彼ら彼女らを理解し元気づける話ができたのかどうか、私には疑問である。――そして、このように批難の言葉を向けてみても無駄なのである。安芸喜代香の胸中深く在るのは安芸三郎左衛門からつづく「家」への責任感だけであって、彼ら彼女ら弱者にたいして理解と同情と共闘意志を寄せる余裕を持たなかったからである。それは後続の私が為すべき任務であるのかもしれない。

八月上旬、義父・安芸喜代香は教育会夏期講習会の講師として井上哲次郎を神戸まで迎えに行った。神戸より井上に同伴して高知に帰り、南学の遺跡吸江寺、兼山神社に参詣し、井上講師を谷時中の墓所へ案内した。

九月十三日、得月楼にて嘉納治五郎歓迎会が催され、出席した。

十月十三日は上天気で、義父と私は成山村へ墓参に行った。安芸家墓所まで辿りつくと「小作共は俟ち受けて」（日記中の義父の文章）おり、

「本年は不作故なので検見をやめてほしいのですが……」

と「泣きつかれた」。仕方なく私たちはそれぞれの田を見てまわった。

――この大正七年の日記記事中の著名人の来県には、義父も関与していることが分かるが、それらの人物にはある傾向が見受けられる。

たとえば大町桂月は、「君死にたまふことなかれ」という詩を書いた与謝野晶子にたいして、「乱臣賊子」「国家の刑罰を加ふべき罪人なり」と非難攻撃した当時の多数体制派の美文家である。

嘉納治五郎は講道館設立の柔道家にして体育教育家であり、「精力善用」「自他共栄」を標榜した貴族院議員、これまた体制派である。

注目すべきは井上哲次郎である。わざわざ神戸まで迎えに行っているのは、義父が「教育会夏

期講習会講師」に井上を選んだからであるが、何故選んだのかといえば、義父が共感し、感服し、あるいは心酔していたからであろう。

井上は、第一高等中学校の教育勅語奉読式において天皇の親筆の署名にたいして最敬礼を行わなかった内村鑑三（うちむらかんぞう）の不敬事件に際し、基督教を激しく非難、宗教にたいして国家の優位を叫んだ国家主義者である。さらに日清日露の戦争に勝ったのは日本の武士道であるとした日本民族主義者である。また「現実」と「現象」こそが「実在」であるとする論者で、「形而上（けいじじょう）」という訳語はこの体制派思想家の創始であるらしい。

高知教会長老で多田牧師にかわって説教をするほどの義父は、かつて『萬朝報（よろずちょうほう）』で幸徳秋水の同僚で「非戦論」を唱え「無教会主義」を標榜する内村鑑三にたいして違和感あるいは反感を抱いていたのであろう。高知県のいくつかの文化教育的領域の指導者であった義父・安芸喜代香の思想傾向がはっきりと見えてくる。

高知出身の大町桂月などもそうであるが、高知全域全階層に急激な反動現象の嵐が起きたようである。坂本龍馬、板垣退助、片岡健吉、中江兆民、馬場辰猪、植木枝盛ら土佐の人々の政治思想潮流の方向が、幸徳大逆事件で堰（せ）きとめられてしまって、横に逸れるどころか逆方向にどっと流れを変えてしまった。井上哲次郎を講習会に招聘することは高知県人の名誉挽回のためであると、義父は大真面目に考えたかもしれない。

十一月下旬、由比邸にて北光社総会が催された。義父は、北海道の所有地を当地の開拓指導者に約〇万円で売却し、始末をした。もともと北海道に移住する気はなく、地主と小作という旧態依然とした農業形態からの脱却を理念とする北光社からは離れるしかなかった。それに、わざわざ遠隔地に土地を所有しなくても、つぎつぎと成山村の「百姓共」が自分の方から買ってほしいと懇願に来る。義父は、出資金、配当金、そして九年間の社長勤続の給料、合計約○千円を領収している。

大正八年三月二十日の朝、安芸家に驚くべき情報が飛びこんでくる。昨日、成山村で山火事が発生したというのである。昨日は風が強く、狭い村において火が出たのであるから、我家の山林も焼けたのではないかと義父は気を揉んだ。自分たちで行ってこの目で確かめるべきと思い、支度をしている時、成山村から青木幸吉が来た。火の手は北成山から燃えはじめ、神谷(こうのたに)へ焼け抜け下りた。成山本村における安芸家の山林は無事であるとの話である。火事の進んだ方向からみて領家(りょうけ)の方にも被害はまったく出ていないであろうと言うと、すぐ青木は成山村へ帰っていった。家族の皆は安堵した。

数日後、義父は成山村へ墓参に行き、所有地の無事を確認した。

六月上旬、義父は伊野村の領地へ植えつけた馬鈴薯の手入れに行った。この領地は、北光社の社長を務めたその給料と配当金で買収した山なので、北光山と命名した。

七月中旬、板垣退助が危篤に陥ったとの号外が出、翌日、板垣死亡の報が出た。義父の胸中には哀悼のほかにどのような感慨があったのであろう。板垣も自分も初志からはずいぶん離れた地点に来てしまったと思ったか、それとも成功の経歴に満足したのであろうか。

——この日記『吾家の歴史』は、大きな国家的社会的出来事と、高知県内における義父の立場を表している活動と、家族の平和な日常生活、そして成山村の土地購入と村人の加地子米持参の記事がほとんどである。

とにかく「会」および「式」出席とそこでの「講話」が多く、演説回数九百というのも頷けるのである。たとえばこの板垣逝去の夏なども連日「講話」であり「講習会」であり、「慰安宴会」「総会」「送別会」「労働会議」などで埋めつくされている。さらに東京、大阪、徳島、松山への出張が多い。

義父・安芸喜代香は『土陽新聞』におびただしい基督教的訓戒文を載せているのだが、その内容は題名に表れている。

「富者に知らざる罪あり」
「子を愛する親と子を教ゆるの親」
「金尊貧卑」
「平民主義は不作法」
「小農救済の一政策」
「国県郡道に果樹を植へよ」
「無くてはならぬ人無くてもよい人」
「慾海の溺死者」

少し高所からの視点を感じるが、土佐一般の読者はどのような読後感を抱いたであろうか。はたして、成山村の「百姓共」「小作共」はどのような読後感を抱いたであろうか。立身出世をした我らが領主の文章を拝跪するようにして読んだであろうか。それとも、そこに矛盾を見て苦々しく思ったであろうか。

この時期の文章、「一家言」中の自由民権思想に触れた一部分を見ておく。

「謂ふまでもなく自由民権の論は外来の新思想に属し此の思想の生み出した立憲政体も亦我国固有のものに非ずして帰する所は皆基督教に感化せられたる西洋の思潮に外ならぬのである」。

つぎは日露戦争中執筆の「家庭教育」のなかの「軍国の家庭」という文章の一部である。

「軍国とは今日の人々が口癖に謂ふ言葉なるが、軍国てふ意味を解したる者は少ない様である。軍国とは平和の破れたる国家を謂ふ義なれば、今や軍国となれる我国の人民は軍人ならずとも敵国に対して戦ひを為しつつある国民であると謂ふことの心得で居なければならぬ」。

「床の間には是非宣戦の詔勅を奉掲し毎朝起床する時は家内一同は打ち集まり主人か主婦より勅語の奉読式をする様致し度者である」。

――時代を問わず戦時下の一国民の言葉はみな似たようなものである。これは多田牧師なども同様であるが、基督教教会および信徒が整合性のある平穏無事な居場所を得ようとする、宗教の側からの政治体制への追従で、やむを得ない方途である。国家第一である。

この年、大正八年十月、県庁からの講演依頼に応じて、義父は連日県内各地へ「節米講演巡行」に出ている。義父留守中、十二月六日の帰宅までの日記記事は私・安芸義清が代筆した。この間、義父・安芸喜代香が生涯にわたり全身全霊をかけて奮闘してきたことが功を奏して、「吾家の歴史」において最大級の慶事が起きた。

「十一月十六日、晴。今日はいかなる吉日ぞ。今朝の新聞紙によれば先代安芸三郎左衛門の御贈位の発表である。家門の光栄何物か之に過ぎん。唯々聖恩の有り難さ感泣の外なし。早速手紙をしたため目下巡講中の父上にも祝詞をのべ、夜に入りては一同心より祝の席を開く。夕刻郡役所より先代につきて問合せあり。昼間、土陽新聞社より来訪あり。因に、昨日発表贈位の方は二府十一県に亘り、其の数百名、内県人は左記の七名なり。

贈従三位　故従四位下　山内一豊（やまうちかずとよ）
贈従三位　故　山内忠義（やまうちただよし）
贈従四位　故　大高坂松王丸（おおだかさまつおうまる）
贈正五位　故　谷重遠（たにしげとお）
贈正五位　故　長岡恂（ながおかじゅん）

贈正五位　故　伊藤和兌（いとうかずさわ）
贈従五位　故　安芸三郎左衛門（あきさぶろうざえもん）」

翌十七日には講演で出張中の義父から歓喜の祝いの葉書が届いた。私は早速、今度の贈位者の墓には勅使の参拝があるので、その案内役として適任者の父上が不在では困るとの手紙を認めて発送した。

『内第八号大正八年十一月十七日　小高坂村長　印
安芸喜代香殿
頭書ノ通リ本月十五日貴家先祖左記名、贈位御沙汰有之候趣ニテ不取敢其旨子孫、伝達方其筋ヨリ通達有之候間及御通知致
記
従五位　故安芸三郎左衛門』

二十二日には成山小学校の訓導兼校長の萱中雄幸から祝いの手紙が来た。
義父は十二月六日に長い講演巡行より帰宅し、十一日に最終回を西豊永（にしとよなが）にて行い、三十五日間にわたる「節米講演」を為し終えた。十四日には堀詰鳳館で活動写真『板垣伯一代記』を家族で鑑賞した。岐阜遭難事件を扱ったもので、若い安芸喜代香役も登場し、活躍する。

大正九年。

一月十日、安芸三郎左衛門贈位につき、系図提出のため、義父は家譜半紙二十枚を謄写した。

二十五日、成山村の取りたて加地子米相場を石につき五十三円と定める。

二十六日、成山村へ本月取り寄せの加地子相場を通知する。

三十日、成山村より○、○、○、○の四人加地子を払いに来る。

三十一日、成山村から青木○○と青木○○とが加地子を払いに来る。

二月十日、贈位の伝達式が行われた。

『秘整　第一五号　高知県／贈従五位安芸三郎左衛門／右ノ者ニ対スル贈位記並ニ辞令書／今般其筋ヨリ下賜相候ニ付来ル十／一日午前十時本庁ニ於テ伝達可相成候／条礼服（フロックコート羽織袴）着用ノ上出頭相成度□此段照会□□／大正九年二月十日
高知県知事官房印／安芸喜代香殿　　』

十一日はよく晴れていたが、強い寒風が吹いていた。阿部知事は大礼服姿で、臨場式は各郡市長なども参会し、知事より左の位記ならびに辞令書を下賜せられた。

『故安芸三郎左衛門／特旨ヲ以テ位記ヲ／贈ラル／大正八年十一月十五日／宮内省／故安芸三郎左衛門／贈従五位／大正八年十一月十五日／宮内大臣従二位勲一等子爵波多野敬直宣』

二十八日、高知県蚕業婦人会総会が開催された。義父は名誉顧問でもあり、講話の依頼も受けていたので出席した。同会より贈位についての頌徳状（しょうとくじょう）と記念品を贈られた。

『頌徳状』

「本会名誉顧問安芸喜代香十代ノ祖三郎左衛門家友ハ安芸城主国／虎ノ二男ニ生レ永禄年間長曾我部氏ノ攻撃スルトコロトナリ、家国覆況ノ難ニ遭フヤ遺孤ノ身ヲ以／テ他郷ニ転シ帰来近親慶寿院尼ノ招ヲ受ケ成山村ニ居ヲ構ヘ遂／ニ抄紙ノ業ヲ創始セラル今ヲ距ル三百有余年ニシテコレ実ニ本県／ノ製紙産額一千万円ヲ起シ海内／ニ冠タルノミナラズ逐年輸出ノ盛大ヲ加フ御家隆昌ノ資源ヲナ／ス蓋シ偉大ナルモノト謂フベシ是／ニ於テカ大正八年十一月十五日其功績ヲ以テ特ニ従五位ヲ贈賜セラル豈（あに）独リ一門ノ栄誉ノミニ止ラ／サルナリ本会□□コノ名門ヲ顧／問ニ推戴シテ光栄ニ浴シ茲（ここ）ニ／記念品ヲ奉呈シテ聊（いささ）カ頌徳慶賀ノ意ヲ表セムトス乞フ／微意ヲ諒セラレンコトヲ／大正九年二月二十八日／土佐蚕業婦人会長／中嶋亶喜」

三月二十日、土佐紙業組合が安芸三郎左衛門の贈位記念式を開催し、義父は招待された。式場は組合二階広間で、出席者は百三十名である。この記念会の様子は土陽、高知の両新聞に報道された。主な出席者は以下のようである。賞状授与者、土佐紙株式会社取締役森木恒之助、高知県知事正五位勲四等阿部亀彦、高知県会副議長上田虎次、土佐紙業組合頭取岩本仙吉……。

——義父の心は天にも昇る気持ちという歓喜に昂揚し酔ったであろう。狂喜乱舞したことであろう。藩祖山内一豊公、第二代名君忠義公と、成山村の先祖安芸三郎左衛門の名が並んでの叙位である。先祖三郎左衛門の功績は言うまでもないが、その名を土佐の現代の世に蘇らせたのは十代の孫・安芸喜代香である。家名を挙げるのにこれ以上のことはない。義父の感慨は計り知れないほど深いものであったにちがいない。こんなことは植木さんにもできなかった……。義父は名誉欲の達成に充足し、至福を覚えたであろう。

そしてその歓喜の片隅にある勝利感がむくむくと沸き立つのを覚えていたであろう。何に、誰に、勝ったのか。「百姓共」「小作共」のひそひそとした伝承に、新之丞に、養甫尼に勝ったのである。「土佐紙業界之恩人」は新之丞でも養甫尼でもなく、我がご先祖様、安芸国虎次男安芸三郎左衛門家友である……。

——ところがちょうどこの頃、この叙位に関して疑義とまではいかないが、祝意祝辞に包み隠した抗議の小声を洩らした男がいた。

この時期の成山小学校校長は萱中雄幸であり、彼の退任は大正十四年三月である。校長は、上田知雄、岡本二龍、千頭源喜、小路吾三郎とつづき、昭和五年から昭和十一年までの校長が尾崎（おざき）精宏であるが、この当時はまだ一訓導にすぎない。

この尾崎精宏に『土佐紙の起原と其沿革の大要』という謄写版の冊子がある。

序文の「清水源井の言葉・高知県立図書館へ納本するの辞」の末尾に「大正九年三月三十日元土佐紙業組合頭取　清水源井識」とある。

三月二十日に土佐紙業組合が安芸三郎左衛門贈位記念会を催し、義父・安芸喜代香は招待され、その後この冊子に『叙言』を寄せた。

『安芸喜代香氏の言葉』

「贈位紀念会を其事務所に開かれ不肖等家属一統は招待を受けて其席に列したるに岩本頭取の頌辞（しょうじ）阿部本県知事の祝辞ありしに次ぎ清水前頭取の祝辞は」とあり、「土佐紙の沿革なる冊子を本県図書館に寄贈し永久に土佐紙史料たらしめんとの盛意を聞知し益々感激の余りに叙言を概記し感激の意を表す」

とある。

発行所が「成山小学校」となっているのだが、これは土佐紙業組合から萱中雄幸に執筆依頼があったものを、自分よりも適任者であるという理由で尾崎精宏に譲ったのであろう。つまり、萱中は成山小学校に赴任後まもなく尾崎から聞かされた仏が峠の伝説と、その尾崎の胸中の熱い塊を知っていた。おそらく義父は記念会の後に刊行された冊子の内容を知らないまま、記念会で趣旨のみ聞いて『叙言』を書いたのであろう。もし事前に読んでいたとしたら、義父が書いたかどうか疑問であるほどの中身である。しかし、この著作は客観性を持った信頼できる研究書であり、尾崎が精魂傾けたことがよく伝わってくる。

先の清水と義父の『序文』のつぎに「紙の起原」「我国の紙の起原」とあり、以下つづく。

三　「安喜喜代香を問ふ」— 第二の帳面〔安芸義清しらべがき〕

「我土佐に於ける紙の起原
御用紙（土佐紙）の起原
彦兵衛の功績
養甫尼の最後
御用紙献上と三郎左衛門の任官
御用紙の保護
三郎左衛門の死と紙業の勃興
七種の色紙及其他重要紙の製法
御用紙製造中の禁令
旧藩時代の紙業地及其盛況
土佐紙の功價（ママ）を得たる理由
維新後の紙業及紙業地
其後に於ける紙業発展の状況と其功勞者
海外輸出紙
紙の総産額
成山部落の紙につきて
八千代紙に就いて

安芸氏の功績
安芸氏の記念碑墓石其他に就きて
稿を終るに当りて　」

この目次のなかで特に目につくのは、養甫尼や三郎左衛門よりも前に「彦兵衛」の名を置き、三人並べて対等性を表しているところである。「御用紙（土佐紙）の起原」のなかに十数項目が設けられ、「九、朱善寺紙の起原」においては「旅客彦兵衛（俗説に新之丞といふ）」と書いている。つづけて「彼れは朱善寺紙の製法に精しかったので三郎左衛門は養甫と謀り」と、共謀関係をにおわせている。さらに「十一、彦兵衛の死」を大きく設け、「三郎左衛門背後より斬り付け遂に惨殺した」と書いている。

その「十三」が「仏が峠の由来」である。

「彦兵衛の斬殺されたと伝ふる坂の峠（一名仏が峠）の斬殺せられた場所の近くでは其後度々不可思議な事件が相次いで起り村人は彦兵衛の祟りであろうと怖れ戦き夜中の如きは此所を往来する者は極めて稀で誠によくない所とせられて居た其後同村岡尾某なる家の病人に亡霊が取り付きて曰く〝自分は伊予国宇和郡日向谷村の者新之丞と言ふ者なること、坂の峠に於て斬殺せられた事、現在の如く埋れ墓にして置く時は屹度当部落に於て凶事が相次いで起こるだろう〟と（猶安芸家に就いても言ったといふ事だがそれ丈けは憚（はばか）って置く）」。

彼はこの『土佐紙の起原と其沿革の大要』のほかのところで繰りかえし「彦兵衛」を称揚している。「我土佐紙発達の為めに人柱となられた恩人彦兵衛」とか、「七色紙の創製は彦兵衛の伝授に端を発し遂に土佐紙の起原をなすに至った」とか、彦兵衛こそが『紙業界之恩人』であり七色紙の創製者であると主張している。

自邸に届いたこの冊子を読んで、

「何とでも言うがよろしい。もう決まったことなのだ。『贈従五位安芸三郎左衛門』は少しも揺らぐものではない」

そう、義父・安芸喜代香は寛容と余裕とで傲然として、私・義清に洩らしたことがある。

「もう、すべて私の願い通りになり、終わりました」

とも……。

「彦兵衛」の名字は「尾崎」である。昔から成山村ではそのように伝承されてきた。成山小学校訓導尾崎精宏は、仏が峠で三郎左衛門に背後から斬殺された「尾崎彦兵衛」の末裔なのである。

自分の先祖を殺した者が「贈従五位」であり、その子孫が全国的にも名の通っている土佐名士安芸喜代香であり、自分はその領地成山村の小学校の一訓導にすぎない。胸の奥に滾（たぎ）っている想いが噴出するのを、尾崎は、どうにも制御できなかったにちがいない。末尾の「稿を終るに當りて」のなかにこのようなことを書いている。「世の歴史的に恵まれて居ると思はれる土地が必ずしも幸福ではない」。

――伝説の発端は、成山村の「岡尾某なる病人」に「取り付き」た「亡霊」の言ったことである。

村人たちは文化十二年に『新之丞為菩提』として小さな「仏体」（尾崎精宏）を造って祠のなかに安置した。その後、天保五年、それに隣接してもう一体『御用紙漉祖師為菩提』として小さな仏体を造り祠のなかに安置した。そのふたつの祠を低い杉の木で囲み、神の狭隘な領域として、村人は朝に夕に畑や庭先に立って峠を見上げては合掌し、峠を越える際にはかならず前に屈んで合掌した。

実は、この岡尾家の病人に「亡霊」が憑依して、異常に詳しい出身住所地まで語ったのがいつの時代であったのか、それが尾崎精宏の文章には記されていない。ただ、今のように「埋れ墓」のままにしておいてはいけないという警告があったのである。この「埋れ墓」がどのような状態の墓であるのか、そして「亡霊」が警告をしたのが何時であるのか、それは判然としない。

「埋れ墓」は文化十二年以前の状態で、警告があったから『新之丞為菩提』が祀られ、それでは不十分なので天保五年さらに『御用紙漉祖師為菩提』が祀られたのであろうか。それとも、このふたつでもまだ不服だと「亡霊」は言っているのであろうか。

「岡尾某なる家の病人」に取りついた「亡霊」が自分は「新之丞」と言っているのであるから、「病人・亡霊・新之丞」は一体と見なしていい。その一体者が領主「安芸家に就いても」何事かを「言ったといふ事だが」、私・尾崎精宏は「それ丈けは憚って置く」、つまり、知っているがここには書かないし、書けないと言うのである。

残念ながら「憚って置」いたのであるから、その意味内容は不明である。それはここで語られているような、「彦兵衛の斬殺された」ことでもなく、「彦兵衛の祟り」でもなく、「自分は伊予国宇和郡日向谷村の者新之丞と言ふ者なること」でもなく、「当部落に於て凶事が相次いで起こるだろう」ことでもない。ここでは緘黙(かんもく)され、秘められ、述べられてはいない。それは「安芸家に就いて」のことである。

尾崎彦兵衛の末裔とされる尾崎精宏は、この小冊子のなかで彦兵衛は「俗説に新之丞といふ」と書いている。つまり、彦兵衛と新之丞が同一人物であるという村の伝承を「俗説」として肯定している。三郎左衛門に殺されたのは私の父祖なのだと彼は断言している。

尾崎家は元来成山村である。その先祖「彦兵衛」は『長宗我部地検帳』の「成山」のところでも登場してくる歴とした実在の人物である。しかも、「伊予国宇和郡日向谷」を領地内に持つ紀親安の家老尾崎宗晴(むねはる)と同一人物であるという伝承が強くある。峠の斬殺は背後から為されたと伝えられているのだが、元家老が相手となると背後からまず一太刀討ちこまなければ勝負にはなるまい。

何故そのような人物が成山村にいたのか。それは、養甫尼の娘・菊の嫁ぎ先が紀親安であったからで、宗晴は菊の最期を母親養甫尼に伝えに来たという。子孫・精宏は先祖・彦兵衛・新之丞・尾崎宗晴の無念を想うと黙ってはいられなかったのであろう。

黙ってはいられなかったのだが、「安芸家に就いても言ったといふ事だがそれ丈けは憚って」、黙っておいたのである……。

いったい、尾崎は我が「安芸家」の何を知っていると言うのであろうか……。
――先祖安芸三郎左衛門への叙位でいわば『紙業界之恩人新之烝君碑』を陵駕し、ほとんどその碑を無意味にしてしまったのだが、まだ執拗に伝説を掘りかえす者がいる……。

―*―

大正九年四月十八日、ずいぶん前からこの日は家族一同で成山村へ墓参に行く予定で、義父は早朝四時頃に起きて、時折窓を開けて空を見あげた。真暗な空から小さな雨が降っている。落胆して、これでは今日は無理かもしれないと二人で話しているうちに、次第に夜が明けていき、空も明るくなってきた。これなら行けるかもしれないから仕度だけは進めようと忙しくするうちに、すっかり空は晴れわたった。

本町筋(ほんまちすじ)の一丁目の停留場で待ち合わせていたのだが、全員集合した親戚の者ら合わせて総勢十一人となった。伊野(いの)村まで電車で行き、それから急峻な山道を横藪まで登った。そこで三郎左衛門の墓碑に拝礼し、その前で全員休憩をして、菓子折りをひろげた。休み終えるとそこから峠に向かって登った。うんと前は休憩場所といえば峠の頂であったが、今そこには目障りな石碑が建っている。『紙業界之恩人新之烝君碑』を脇に見て素通りし、成山本村に入った。墓地山を下りて青木幸吉宅の石垣の下、そして成山小学校の前を横切り、「累世の墓地に参り、列碑に敬礼し」た。それからある農家に入り、あらかじめ頼んでおいた昼食を皆で食べ、皆満足した。

建碑の経験に関して義父は豊富である。その実践経験が一度もない成山村の小学校校長と「百姓共」立案の『新之烝君碑』などはいまだに不愉快である。建てるなら『紙業界之恩人安藝三郎左衛門家友君碑』でなければならないと、ますます強く思っている。

六月下旬、成山村の加地子未納の者や不足の者九名へ催促状を出した。

七月中旬、板垣伯一周忌。未亡人絹子から遺著『立国の大本』贈られてくる。

大正十年。この年に義父・安芸喜代香は最期を迎えることになる。ずいぶん前からそうであるが、この年も一月早々から成山村の土地購入の日記記事が出、それはほぼ毎月つづく。依頼され、検分に行き、購入し、地所の登記をするために伊野登記所に向かう。この繰りかえしである。成山村の地図の所有地に色付けを進めているが、全域を手に入れればこの作業も必要ではなくなるであろう。その日も遠くはなさそうである。

五月下旬、成山村の青木の一人が加地子を紙より取ってくれまいかとの相談に来た。義父はこれを許諾した。

八月に安芸家所有地の杉の木が何本か伐採されるという事件が起き、そのことに関して青木幸吉に調査と交渉始末を任せていたのだが、九月初めに報告に来た。それによれば、

「杉を伐ったのは○○の息子であることが判明しました。ついては、○○は父親として責任を負いますと謝罪に来ました。こちらへもお詫びと弁償にあがりたいと申しております」

義父は、

「そういうことであれば、もうよろしい。賠償金なども貰う必要はない。そう、伝えてくれ」

と言って許した。

九月上旬、成山村の青木〇〇の昨年下半期分の加地子がすべて未払いなので督促状を出した。

二十九日、私・義清は『尋常高等小学校訓導兼校長』の辞令を受けた。

「十二月八日、曇り。今日も元清（もときよ）歯が痛む、愛鹿（あいか）は大久保医へつれていく」。

――これで義父・安芸喜代香の日記『吾家の歴史』は終わる。「元清」は私の息子である。

大正十年十二月九日、義父は自分の父祖の地であると主張する安芸地方、安芸郡西分村（にしぶんむら）の青年会へ講話のために向かう途次、車中で倒れた。

義父が生まれる三年前に安芸家は成山村から杓田村（ひしゃくだむら）へ下りたから、義父の胸の深いところの故郷は、山奥の成山村ではなく太平洋沿岸の安芸地方であったかもしれない。そこに向かっている途中であったから、霊魂はそのまま向かいつづけたかもしれない。何にせよ、成山村の方角ではない。

大正十年十二月十日、逝去。享年、六十四歳である。

――私・安芸義清は、「伝安芸三郎左衛門墓」と同じ敷地に「記念碑」を建立することにした。べつに峠の『新之烝君碑』に対抗するわけではない。安芸家先祖代々が伝承し、義父・安芸喜代香が奮闘の末に達成した叙位のことを石に刻んでおくだけのことである。

義父・安芸喜代香が先祖への疑惑払拭と称揚に努めたのは、連綿としてつづいてきた仏が峠に関する重荷を、自分の代限りで終わりにして、なにがなんでも子や孫には負わせないという家長の侠気によるものである。

仏が峠の斬殺伝説の根幹に関わる人物の祟りがあるとするなら、初代三郎左衛門から喜代香までの累代が伝説に捕らわれつづけてきたその桎梏（しっこく）自体が、その祟りの結果であり実体であったのかもしれない。はたしてそれが「贈従五位」によって達成され完結したのかどうかの判断は、妻愛鹿や子供たちや私の今後の生活と人生次第である。

私はこれを書いている間ずっと、自分の信仰が試されているような心地を覚えた。それは今もつづいている。

植木枝盛は『天狗経』のなかで、

「植木枝盛もて植木枝盛を楽しむなり」

と言ったが、はたして義父は安芸喜代香を愉しむことができたであろうか。

——安芸喜代香はいったい何故安芸喜代香でなければならなかったのであろうか。安芸喜代香でしかなかったのであろうか。その根源は親にも子にも本人にも制御できない「縁」故ではないのであろうか。つまり、自然の「縁」こそは人の生命の基層にあって、存在に先行しており、神の「愛」・仏の「慈悲」を陵駕（りょうが）しているのではないのだろうか。

四　養甫尼抹消――第三の帳面〔青木幸吉しらべがき〕

成山仏が峠の伝説が時代によってどのような変容を見せるのか、安芸喜代香さんが『土陽新聞』に書いた文章と日記『吾家の歴史』によってをそれを辿り探索していきます。

伝説に触れた文章が最初に私たちの前に表れるのは、明治十五年の『高知県土佐国吾川郡伊野村誌』においてです。ただしかしこれを執筆したのは安芸さんではなく、「高知県御用掛山口正徳」です。板垣岐阜遭難事件のあった年です。伝説が土佐一般にどのように伝わっていたかが推測できます。山口正徳が安芸さんに取材をした上での文章であるのかどうか、それは今のところ分明しません。引用に際しましては、原文を尊重しつつ、平易と正確を最優先に適当な改変を施します。

「旧藩政のとき、幕府に献する色紙の類は、専ら此地と同郡成山等に限れり。此地に色紙製造の初めは、今を距ること二百六十余年前、当国高岡郡波川城主蘇我玄蕃頭と称せしもの、長曾我部元親が為に滅亡せられ、其後家成山村に蟄居して在しが、其頃、同国安芸郡某所の城主安芸備後守と称するもの、これも元親が為に滅亡し、其縁者安芸三郎右衛門と称するもの此に来り、右の玄蕃後家と謀り、旅人の遇其製法を知りたるに逢ひ、其製造の伝を受けて、色紙を製して楽となす（右の後家は長曾我部元親の女也。養甫孺人と戒名す。旅人は彦兵衛と云ふもの也。此ものの墓、成山仏ヶ峠と云処にありと云）。其後、右養甫の甥に成山三郎左衛門と云者、旧藩主山内家元祖一豊に献じ、夫より幕府への献品となりしと云ふ」

原文には句読点がありませんが、それを入れてみても落ちつきのない文章であります。おそらく高知県御用掛山口正徳は安芸さんに取材をしてはいないのでしょう。直接会って話を訊いたのであれば、「蘇我玄蕃頭と称せしもの」は「波川玄蕃頭清宗」でしょうし、「安芸郡某所の城主安芸備後守と称するもの」は「安芸備後守国虎」と記したでしょう。けっして「称するもの」などという迂遠な言い方はしないでしょう。

それに、「其縁者安芸三郎右衛門」の「右」は単に誤字誤植なのでしょうか。後ろの方に「甥に成山三郎左衛門」とあります。「其縁者」と「甥」、「安芸三郎右衛門」と「成山三郎左衛門」とは同一人物として使われているのでしょうか。それとも別人扱いなのでしょうか。

成山村における安芸家初代三郎左衛門家友は生前「安芸」を名乗ったことはありません。自分の父親は安芸国虎次男であり、我家は「安芸」であると主張しはじめたのは二代目市右衛門からです。何故そう言いはじめたのか。その必要が生じたからでありましょう。

さらに、何を「玄蕃後家と謀り」、具体的に「旅人」をどうしたのかは述べられていません。括弧に閉じてその名は「彦兵衛」であり、この男の墓は「成山仏ヶ峠」にあると、峠で何かがあったらしいと暗示するにとどまっています。「謀り」という文言に、養甫尼と三郎左衛門とのあいだの濃密な関係、恋情関係を想定する説もありますが、叔母と甥の関係と伝承されていますし、かなりの年齢差も推定されますから、単に短絡的な妄想的邪推でしょう。叔母甥か、主従の関係でしょう。「旅人」は成山村仏が峠の『紙業界之恩人新之丞君碑』の「新之丞」と同一人物であるというのが定説です。

もっともこの明治十五年の時点では碑はまだ建っていません。この当時は、低い杉に囲繞されて、清浄な異時空間のようにしつらえられた静謐な薄暗がりのなか、そこに安置された小さな祠のなかの二体の仏像でしかありません。――二体です。

それに、「後家は長曾我部元親の女也」もあきらかな誤りです。養甫（尼）は長宗我部国親の三女、元親の妹です。長男元親、二男親貞（吉良左京進）、三男親泰（香宗我部左近大夫）、四男親房（島弥九郎）、長女嫁吉良、二女嫁十市、三女嫁波川、四女嫁津野です。子孫もまたこのように伝えています。

「孺人」とは大夫の妻の意味であって、けっしてその字面と音から受けるなにか禍々しい響きの印象とは一致しません。

この『伊野村誌』のなかの成山村仏が峠の伝説の特色は、新之丞という名前が登場しないことです。斬殺事件についても、墓が峠にあるという暗示にとどめ、はっきりとは述べられていません。それに、とにかく全体に文章が動揺しています。「高知県御用掛山口正徳」は一人で成山村に登り、何人かの村人のそれぞれの曖昧で中途半端な知識を寄せ集めたのかもしれません。そして、出来あがった成山村の項は誰もが驚愕するほどの内容であったかもしれません。その原稿を見て、山口の上司あるいは高知県令・従五位田辺輝実は震えあがって書き直しを命じたか、自ら筆を入れたのでしょう。

山口正徳は藩家老・深尾の元家臣であり、後に漢詩人となる人物でありますから、前掲『伊野村誌』のなかの成山村の項のような破綻だらけの文章は書かないでしょう。以下のような憶測をする郷土史家もいます。――『伊野村誌』の製作過程で山口正徳の成山村の部分を目にした田辺県令は吃驚する。田辺は山口を呼びつける。

「この成山三郎左衛門は、この安芸は、立志社で活躍している自由民権運動家安芸喜代香の先祖ですぞ。仏が峠で彦兵衛を斬り殺したなどと、たとえそれが事実で、村の者らがそう伝承しているとしても、そのまま書いてどうするのですか。消しなさい。直しなさい。後で面倒なことになったら困ります」

「県令。そのようなことは、土佐の者なら誰でも知っていることです」

「いいから直せ」

おそらく他人の粗笨な手が入って、成山村の項は原形をとどめないほど雑駁なものにされてしまったのでしょう。そう考えると、安芸喜代香さんにとってまことに好都合な内容になっているという解釈も成り立ちます。

――＊――

つぎに表れる仏が峠の伝説に関する文章は、明治十七年二月十五日付『土陽新聞』に掲載された『履歴』で、執筆者は安芸喜代香さんです。これが安芸三郎左衛門家友の子孫がその来歴と伝説について公然と語り、初めて披瀝した文章です。末尾の「戸長梶浦守具殿」への提出日が前年「明治十六年十月廿三日」となっています。

『履歴』

「私先祖成山三郎左衛門儀（二代市右衛門代に安喜と復姓）元安芸郡安芸村の者にて御座候永禄十二年安芸落城之砌(みぎり)八歳にて家士に被助阿波国江退去致す所当国波川城主波川玄蕃室波川戦役之後尼と成り養甫尼と号（此尼晩年高野江登山）土佐郡成山村に籠居致し由緒有之を以阿波より呼返し共に成山村に住居従是先伊予国より新丞と申者参り此者修善寺紙と申す漉立居申を習得し尼と共に工夫して七品の色紙初申由然□□先国主山内家入封浦戸着城之砌三郎左衛門謁見し国内の模様具(つぶさ)に言上致し此色紙を献上至処甚満足□被思給田 幷(ならびに)成山村総伐畑拝受□（此伐畑は二代市右衛門代に至り百姓共より願出黄紙七十束年々運上致す訳を以百姓共え被遣す）右之色紙直に徳川家江被献上処甚珍敷品にて調法に被思召旨爾来毎歳献上致す処子孫紙品改役に被命右献上紙は百姓共より漉立調達仕候

将軍綱吉公御代奉書到来し向後七品之色紙献上被差止更に黄紙浅黄紙両品漉立年々献上之処文久二戌年江戸表大変革を以右献上被差止之

右七品は朱善寺紙　紫紙　桃色紙　黄紙　柿色紙　萌黄紙　浅黄紙
右先祖代々記載有之通に御座候
明治十六年十月廿三日
土佐郡小高坂村宮前　　安喜喜代香
　戸長　梶浦守具殿」

□は判読不能の部分です。

この一文によって、先祖の出自と、七色紙創製と、徳川家への献上品となる経緯、給田と総伐畑拝領、つまり七色紙献上が成山村領主交代となったこと、「百姓共」との関係推移など、安芸家における伝承の仕方と安芸喜代香さんの認識がよく分かります。あるいは、安芸さんの意図がよく見えてきます。

三郎左衛門、養甫尼、新（之）丞という名前は登場しますが、仏が峠の斬殺事件伝説には触れていません。そして『伊野村誌』には「彦兵衛」であった旅人を「新（之）丞」と明記しています。

さらに、「三郎左衛門謁見し国内の模様具に言上致し此色紙を献上」したことが、「給田幷成山村総伐畑拝受」の契機となり、養甫尼から成山三郎左衛門へと領主が交代した理由を記しています。しかも養甫尼のことは括弧に閉じて「此尼晩年高野江登山」とのみ記され、文章全体のうんと前の「波川戦役之後」のあたりに挿入して、その名前の登場と同時に早々と退場させています。そこに違和と無理な省略が感じられます。

高野山へ登ったということは死出の旅のために成山村を去ったという意味になるでしょう。それは同時に養甫尼が成山村にいられなくなった、居場所がなくなった、去らなければならなくなったということなのでしょう。読む者は「晩年」という言葉から、七色紙創製あるいは献上以後も養甫尼は成山村において長生したという印象を受けます。錯覚への誘導を感じます。

であるなら「此尼晩年高野江登山」の部分はもっと後ろの方、「総伐畑拝受」の後ろ、「調法に被思召旨」の後ろ、「毎歳献上致す処」の後ろのあたりに配置するのが適切だと思われます。しかし文脈はそのどこにも入りにくく構成されています。自然な時代的順序として文章全体の後ろの方に養甫尼は「晩年高野」山へ去ったとすると落着きがいいのですが、しかしそうすると、何か余計なことを書かなければならなくなります。そこで安芸喜代香さんは養甫尼の名前の登場と退場を同時に断行したのでしょう。

いったい、養甫尼が成山村をあとにして高野山へ向かったのは、成山三郎左衛門が山内一豊に謁見し七色紙献上をする前なのでしょうか、後なのでしょうか、その肝腎なところが曖昧なのです。それが曖昧なのは、安芸さんがこの文章作成をする際の意図するところであったからなのでしょう。前であっても、後であっても、謁見献上をしているのが三郎左衛門であるのは、すでに彼が成山村の実権を握っていたからでしょう。が、前と後とでは養甫尼の身の上の意味には雲泥の差が生じます。山内一豊と成山三郎左衛門が会っているその時、山奥の成山村に養甫尼はいたのでしょうか、それとも高野山へ去ってすでにいなかったのでしょうか。

養甫尼の代理として三郎左衛門が伺候したとは考えられません。当時の土佐は戦場であって、代理の通用する時代ではありませんし、第一代理の者に多大のものを下賜することはないでしょう。

安芸喜代香さんは「晩年」を付けることによって、謁見献上の時、成山村に養甫尼は健在であり、新しい藩主から「給田幷成山村総伐畑拝受」つまり成山村の実権を賜ったと言いたいのでしょう。言わば成山村の政権移譲は新藩主の命令であり、けっして三郎左衛門の主体的能動的な行動の結果ではないとしたいのでしょう。その後も養甫尼はしばらく成山村で静穏に暮らし、自らの意志で、なにもかもすべてを三郎左衛門に譲り、円満平和裏に去っていったのだ、とそう言いたいのでしょう。

もしこの時、成山村に養甫尼がすでにいなかったとしたら、三郎左衛門が彼女に去るしか他に前途のないことを迫ったか、追放あるいは他の方法で処置をしたということになるでしょう。けっして平和裏にというわけにはいかないでしょう。

その後の「新丞」の消息も記されていません。

つまりこの『履歴』の眼目は、成山村は第一に養甫尼から、第二に山内一豊から認められて貰ったのだという一点でありましょう。

全体として、自分の父祖よりも前に成山村領主であり、七色紙創製者でもある養甫尼への尊敬の念などは見受けられません。それに比例するように、「百姓共」という侮蔑的な言葉遣いが三箇所もあります。「共」という言葉は明治のこの時代にはどのような語感を孕んでいたのかよく知りませんが、現在とあまり差異はなく、「達」とか「等」とかの複数の意味だけでないことは分かります。仲間意識のような親しみが籠められているとも感じられません。つまりこの安芸さんによって書かれた『履歴』には、元々の領主養甫尼への尊崇の念もなければ、自由民権運動家らしい百姓領民たちへの優しい平等意識もないようです。見えてくるのは執筆者の意図、領地獲得の正当性の主張と成山手漉紙の現況でありましょうか。

明治十六、十七年頃、安芸さんと成山村の「百姓共」に関係がある出来事といえば租税問題です。明治十六年、片岡健吉は自由党臨時大会に出席したその後、滞京党員にたいして、植木枝盛企画の租税軽減請願運動を来春開始することを提起しました。

明治十七年二月、高知県内に減租請願の声が高まります。三月、地租条例公布。八月、奥宮健之ら警吏三名殺害。九月、富松正安、河野広躰ら三十余人、茨城県真壁郡加波山に決起。農村深刻な不況。十二月、民権派土陽新聞と反民権派弥生新聞共同で「窮民賑恤義捐金募集」広告発行、呼びかけ人片岡健吉、島田糺、坂本南海男（直寛）、安芸喜代香ら。

極貧の農民たちの減租請願の声が激しく昂揚し、植木枝盛がその流れを組織運動化して指導しはじめると、安芸さんは自己矛盾を自覚せざるを得なかったでしょう。「百姓共」という蔑称は、領主であり大地主であり富豪である者が同時に自由民権志士であることの撞着から噴きでた苛立ちでありましょう。

ここで安芸喜代香さんの従軍記者の時期について、主に『片岡健吉日記』を基本にして見ておきます。この体験が安芸さんの生活と人生の信条を決定づけたと思われるからです。

—＊—

安芸喜代香さんが土陽新聞社に入社したのは明治二十二年です。県会議員に当選したのは翌二十三年三月です。選挙区は土佐郡、得票は一位坂本直寛九一六、二位安芸喜代香九一一でした。日清戦争従軍記者としての安芸さんの動きは早かったです。明治二十七年八月三日に「支那へ宣戦公布」、八月十七日「戦況通信の為坂崎斌（紫瀾）に替わり渡韓高知丸にて出航」と『吾家の歴史』にあります。八月二十一日「馬関龍田川丸乗船」、八月二十二日「釜山着」、二十七日「釜山発」と進んでいきます。

八月二十九日、安芸さんは仁川に着いてさらに移動しながら、土陽新聞記者従軍免許証を受け取ったり、従来の公使館の従軍免許が無効になって大本営よりの下附が必要となったり、新聞社に依頼していた証が届いたりと、落ち着かない日々を送りながらも、「十二月二十八日『土陽新聞』に通信第二十九回戦報を草す」、これで安芸さんの明治二十七年は暮れています。

明治二十八年一月、安芸さんのこの月の戦報通信は、二日からはじまって三十一日まで十二回の発送となっています。

二月。安芸さんのこの月の戦報通信発の回数は五回です。

以下、『片岡健吉日記』を中心に置いて片岡さんと安芸さんの動きを見、要約して抜き書きしておきます。何が見えてくるでしょうか……。

三月。

「十三日、喜代香、戦報通信を送る。

十九日、喜代香、戦報通信を送る。

二十二日、片岡健吉、従軍許可を受け、翌日、宇品通信部乗船の首尾を整え、午後、後藤象二郎宅を訪問する。

二十四日、健吉、午前中、川上中将などを訪問し、二十五日、午後一時宇品から高砂丸に乗船、五時出帆し、二十六日、午後七時門司に着いた。——喜代香、この二十六日、戦報通信を送る。

二十八日、健吉、午前九時に本船に帰り、十二時出帆する。風波が強い。

二十九日、健吉、午前九時頃朝鮮地方の島を見、十一時三十分頃巨文島を過ぎ、三十日、午後十時三十分頃威海の口に碇泊し、吉松海軍参謀より海戦の話を聴く。

三十一日、健吉、午前六時頃威海衛に入り、九時頃劉公島に上陸し、北洋水師碼頭に着いた。砲台へ行き、隠見砲の射撃を見た。守備大尉三松の案内で丁汝昌の官館を見た。午後一時三十分本船に帰った。」


四月。

「一日、健吉、午前九時頃旅順港の外に着いた。午後三時頃大連湾に着いた。五時頃上陸し、司令部副原少将に面会した。

二日、健吉、午前九時頃谷田参謀長に面会した。朝鮮軍務大臣趙義淵に面会した。午後一時過ぎ出発し、三時過ぎ金州に着き、大山大将を訪問した。――喜代香、戦報通信を送る。

三日、健吉、午後一時頃、大山大将を訪問した。神武天皇御祭日につき大将の案内で宴会に出た。

四日、健吉、午後一時過ぎに行政庁茨木長官に面会し、貴族院議員徳川長岡などを訪問した。

五日、健吉、午後、大山伯を訪問し、三時より竜王寺へ行った。

六日、健吉、午前中、大山伯を訪問した。――喜代香、戦報通信を送る。

七日、健吉、大山大将および貴族院議員長岡氏ら来訪した。

八日、健吉、午前中、大山伯へ暇乞いに行った。十時前、金州城出発、正午大連湾に着く。午後四時安治川丸へ乗込み、営口に向けて航海する。

九日、健吉、午前五時に出帆し、午後一時前、連華島に碇泊する。

十日、健吉、営口川口に着く。三時まで潮待ち、五時出帆した。営口に投錨の際、潮流が急激なので鎖が切れ、軍艦鳥海号に衝突し、ついに沈没した。やっとのことで上陸し、兵站(へいたん)部にて渡辺氏に九名の宿の手配をしてもらった。夜、安芸喜代香氏に会う。――喜代香、本邦より代議士一行、営口繋泊場に着く。片岡健吉他」。

従軍記者への待遇は劣悪であったといいますから、安芸喜代香さんもまた心細かったにちがいありません。そこに、長年の自由民権運動の先輩同志であり指導者であり、基督者であり、衆議院議員であり、なによりも同じ土佐人である片岡健吉が来る。安芸さんの胸は期待で膨らみ大喜びであったでしょう。片岡健吉に同伴すれば戦況取材がしやすく、その情報は質量においてうんと好転するにちがいありません。


「十一日、健吉、午前中、守備大隊長石田渡辺両少佐に面会した。

十二日、健吉、雨天、海城出発は延引となる。

十三日、健吉、安芸喜代香が来訪した。」


二人は合流しました。


「十四日、健吉、午前七時、営口を出発し、一時三十分藍所蔽に着く。午後七時、蓋平に着く。兵站司令部丸井中佐より夕食の饗応があった。

十五日、健吉、午前中、野口参謀より戦争の話を聞いた。九時前、山地中将を慰問した。

十六日、健吉、午前八時、野津大将を訪問した。十時出発し、午後六時南大平山兵站府に着き、一泊した。司令官長谷川少佐より話を聞いた。

十七日、健吉、午前六時、大平山へ登った。七時過ぎ発足し、午後一時前営口へ着いた。入湯した。

十八日、健吉、午前中、三宮式部次官を訪問した。兵站司令官渡辺和雄氏が来訪した。午後七時、正義丸に乗込む。

十九日、健吉、午前十一時出帆した。勝浦川丸も同時に出帆した。本多、安芸両氏も同船した。

二十日、健吉、午前二時頃、旅順港外に着く。八時上陸。兵站部へ行き宿を手配してもらった。鎮遠のドックに上って見物した。

二十一日、健吉、午前八時より安芸喜代香氏ら同伴にて長谷川旅団長を慰問した。行くこと一里余、二竜山砲塁に至る。副官、当時の戦況を詳細に説明してくれる。帰途、長屋大隊を慰問した。この人物は二竜山攻撃の時に功を立てた人である。午後六時、師団長を慰問した。留守兵站病院を慰問した。本日、大山大将当地に来た。」

——ちなみに、俳人茶雷・森木謙郎の話によれば、同時期、従軍記者として劣悪な待遇に耐えながら取材活動をしていた俳人正岡子規は、取材先に困って「芝居見物」をしていたといいます。片岡健吉に合流するまでの安芸さんもまた同様であったことでしょう。

片岡健吉の横に立って、「副官当時の戦況を詳細に説明」するのを聴きながら安芸さんが筆記している頃、従軍新聞記者正岡子規は子供の「芝居見物」をするしかない。これでは戦況報告もなにも仕事にはならないでしょう。彼が待遇の悪さに不平不満を述べると、「記者は無位無官兵卒同様」と言われたということです。その屈辱と憤怒を、詩人は生涯忘れることはなかったでしょう。

歴然としているのは政治家の権威権力の大きさでありましょう。――周囲の軍人たちの下へも置かない好待遇が特に目立ちます。とにかく会う軍人たちが皆幹部です。

片岡健吉は根っから謙虚な人柄であったそうです。たとえば、竹の杖であったとか、尾崎行雄と上座を延々譲りあったとか、監獄で靴拭きを手作りしたとか、教会で当然のように下足番をしたとか、羽織の紐が紙縒りであったとか、いつも質素な身なりであったので宿は劣悪な部屋に通されたが平気であったとか、そのような数々の逸話の伝聞に接したことがあります。

その巡察に「同伴」させてもらった安芸さんは、ただの従軍新聞記者としての取材対象者や戦闘状況の具体的な情報や軍人たちの待遇の仕方の差異に、いっそ滑稽なほどの径庭を目の当たりにして衝撃を受けたにちがいありません。安芸さんはこの「同伴」のお蔭で政治家と新聞記者への世の評価に雲泥の差があることを体験し、このことはその後の彼に深甚な影響を与えることになったでしょう。安芸さんの新たな人生信条への契機となったことはまちがいありません。

「二十二日、健吉、午前九時より本多、安芸両氏同伴にて海軍根拠地長官坪井少将を訪問した。豊島以来の海戦の話を聞く。少将は吉野艦々長にして第一遊撃隊指揮官である。

二十三日、健吉、午前七時に安芸喜代香氏は大連湾行の船に乗り込んだ。九時、川上中将を訪問した。午後、魚雷営を見に行った。

二十四日、健吉、午前九時より砲艦水雷を見る。本日、樺山中将は広島へ出発した。――喜代香、船中にて下痢、吐瀉。

二十五日、健吉、午前、黄金山の砲台を見る。午後、川上中将を訪問した。黒木中将に面会した。

二十六日、健吉、夜分、胃の烈痛を覚える。兵站病院より医員が来た。午後七時より十二時過ぎまで胃部烈痛す。

二十七日、健吉、赤十字社の医員が来、診察を受けた。

二十八日、健吉、雨、平臥。昨日、郵便会社の関屋氏が見舞いに来た。

二十九日、健吉、大風雨、平臥。

三十日、健吉、午前九時、金州丸に乗り込む。午後四時三十分、旅順口を出航した。黒田少将、福島大佐らが同船した。」


五月。

「一日、健吉、波、静かである。

二日、健吉、午前十時、巨文島を過ぎた。福島大佐より魯国の警備の話を聴いた。

三日、健吉、午前五時三十分、下関入口に進行し、六時、馬関に着船した。上陸八時三十分、彦島にて消毒を受けた。九時三十分、金州丸に虎列刺（これら）が発生した。故、船に帰らず。十二時、兵站部へ小蒸気船にて来る。川卯に止宿した。

四日、健吉、荷物が揚がらないので滞在をつづけた。夜、荷物を受け取った。――喜代香、仁川に着く。医師より軽症コレラとの診断を受けた。」

片岡健吉は「虎列刺」の問題で足止めをくっていますが、安芸喜代香さんよりも遅く出発して早く帰朝しています。帰ったら帰ったで忙しくなるのでしょうが、それはまた別の政治活動です。

「八日、喜代香、平和条約批准交換の電報を聞く」

この五月の中旬、俳人正岡子規は帰途船中で大喀血をし、神戸に着くと病院へ直行したといいますから、まちがいなくこの従軍記者体験が命を壊したようです。

「二十六日、喜代香、健康回復。帰朝の途につく。仁川を発す」

——まだ、安芸さんは残っていたのかという驚きを覚えます。安芸さんは骨身に応えたにちがいありません。これら従軍記者としての体験が爾後の生活と人生の教訓を決定づけたにちがいありません。二十九日には馬関に、三十一日は神戸に着いて京都に泊り、六月三日に高知丸で浦戸（うらど）に着いています。

——安芸喜代香さんはしみじみ想い知ったことでありましょう。人間は第一に健康でなければならない。健康であるためには、衛生的でなければならず、丈夫でなければならない。そのためには清潔で新鮮なものをしっかり食べなければならない。食べるためには働いて稼がなければならない。稼ぐためには領地成山村を管理し、職業に就いていなければならない。職業に就くためには人脈がなければならない。人脈を得るためには力を持たなければならない。力を持つためには政治家でなければならない。政治家であるためには選挙に勝たなければならない。選挙に勝つためには票を集めなければならない。票を集めるためには講演と文筆と基督教布教に励んで、人気を得なければならない。

帰朝後、安芸喜代香さんは東京新聞主筆に招聘されました。おそらく安芸さんが戦地からつぎつぎと送った「戦報通信」の秀逸によるものでありましょう。東京新聞は自由党の機関紙ですから、もしかすると「戦報通信」は土陽新聞だけではなく東京新聞にも掲載されていたのかもしれません。いずれにしても、「戦報通信」は具体的で正確で臨場感があって、広範な人気を得たにちがいありません。東京新聞幹部も読者もその記事に瞠目（どうもく）したにちがいありません。衆議院議員片岡健吉の横にいて軍幹部から直接得た戦況情報は、「無位無官兵卒同様」で「芝居見物」をするしかなかった俳人の耳目にはとても入ってこなかったでしょう。つまり、安芸さんにとってこの主筆招聘は衆議院議員片岡健吉のお蔭であったともいえるのです。

東京には弟の繁猪（しげい）さんがいましたから、しばらくはそこに逗留（とうりゅう）して生活拠点としたのかもしれません。

土佐へ帰ったのは、高知県教育会委員に選ばれたためとか、母親・錠（じょう）の執拗な懇願があったからだという理由が伝えられています。実際は成山村仏が峠の伝説から離れて生きてはいけなかったのではないでしょうか。そこに、安芸喜代香さんの宿命の呪縛性があるのではないでしょうか。

安芸さんが、県会議員、県会議長、高知県衛生会会頭、高知教会長老へと栄達していくのは、自身と一族と先祖とをその呪縛から解き放つためには不可欠な闘いでありました。自分が権威権力ある立場に上らなければ、新之丞のこと、養甫尼のこと、仏が峠の伝説のことなどはどうにもならない……。安芸さんはそう考えたのでしょう。

―― ＊ ――

つぎの安芸喜代香さん執筆の七色紙伝説に関する文章は、『土陽新聞』の「土佐立志篇㈢愛山生・安芸三郎左衛門製紙業を起す」というものです。文中「明治十九年五月廿二日西郷農商務大臣は三郎左衛門の子孫に対して其の祖三郎左衛門追賞の典を行はれたり」とありますからこの日以降に書かれたことが分かります。その暢達（ちょうたつ）な文体から見て明治もうんと後期でしょう（安芸家所蔵の新聞切抜き帳には掲載年月日が欠けておりますので、推測するしかありません）。

仏が峠の斬殺伝説の主要人物、養甫尼、安芸三郎左衛門、新之丞などが、安芸さんの視点と手によってどのように描かれているのかを見てみます。

「土佐豈に政治家と軍人の産地のみならんや今日四百万圓の産額を有する土佐紙は実に安芸三郎左衛門の企業に出たり、三郎左衛門は安芸の城主備後守国虎の二男にして幼名を鉄之助と称せり、永禄中家国転覆の難に遭ふや、家士に扶けられて一旦は阿波に退去せしが高岡郡波川の城主波川玄蕃の後室養甫尼とは叔姪の関係ありて土佐に呼び返へされ尼と共に土佐郡成山村に隠れ在る間に天生の楮皮を利用して紙を抄き始め尼は染物を良くし天然の木の葉より染料を採りて製紙に色し七種の色紙をも造出するに到れり。

山内家入国となるや三郎左衛門は自制の紙数種を携へ浦戸城に於て一豊公に謁見し其の製紙を献上す、公頗る嘉賞あり賞として成山に於て田地を賜ひ献品七種の色紙は山内公又た之を徳川将軍家へ献納せられ、爾来三百年の久しき三郎左衛門の子孫は土佐製紙の粗製濫造に流れざる監督を命ぜられ維新の改革まで之を伝承せり。

養甫尼は三郎左衛門を扶け抄紙の業を起したるが長曾我部元親は其の兄にして岡豊に帰城せんことを迫るや切なり、尼は曰く元親は家兄たるも所夫の敵なり同居せば怨恨禁し得られざらん、如かず国を逃れんにはとて終に去って紀州高野山に登り其の終る所を知らず。

三郎左衛門抄紙企業の功績は後世之に依りて生業を得る者限りなく今日高知県の経済を潤沢すること多大なれば明治十九年五月廿二日西郷農商務大臣は三郎左衛門の子孫に対して其の祖三郎左衛門追賞の典を行はれたり。

土佐立志篇は土佐人にして一事業に志ざし家を興し名を為したる者を編輯せんとす諸家祖先の中に此の種の人物あらば子孫其の名を顕はすは追孝の一たる表はす年譜若くは伝説より其の要概

を記録し本社に投寄あらんことを切に希望す／編者白す。」

改行は青木幸吉が行ないました。詰屈した文章の『履歴』と比べると、これが同じ執筆者の手になるものかと疑いたくなるほど、平易で暢達な文章です。この文章には「愛山生」という署名があり、さらに末尾の「編者」は安芸喜代香さん自身ですから、企画編集執筆を兼ねていたのでしょう。「所夫」は「所天」のことでしょうか。

文中、新之丞は登場せず、その名は消えてしまっています。

つぎに奇異に感じられる箇所は「養甫尼は三郎左衛門を扶け」の部分です。先に成山村に来て住んでいたのは領主養甫尼であり、三郎左衛門を阿波から呼び寄せたのも養甫尼であり、成山村に製紙の知識技能を伝えたのも養甫尼であり、糸の草木染を紙に応用して七色紙を創製したのも、そしてそれらのすべてと領地も家屋敷も三郎左衛門に譲って紀州高野山へ去ったとされるのも養甫尼なのです。この部分は逆に「三郎左衛門は養甫尼を扶け」でなくてはなりません。しかし題名の『安芸三郎左衛門製紙業を起す』の通り、主役は三郎左衛門に変わってしまっています。

成山村のすべてを三郎左衛門に譲って高野山へ去った理由を、実兄であり夫の仇でもある元親が岡豊城に帰ってこいと執拗に迫ったからだ、というのには少々無理がありはしないでしょうか。長宗我部元親が本気で妹奪還を思うなら容易なことで、成山村襲撃などは朝飯前のことであったでしょう。

村を去って死出の旅に向かった養甫尼の「其の終る所を知ら」ないのは当然のことでしょうが、何故わざわざそれを書き記すのでしょうか。「其の終る所」は成山村の外であると述べなければならない必要性があったのでしょう。

そしてついつい見逃しそうになるのですが、「三郎左衛門は安芸の城主備後守国虎の二男」と書いていますから、その誕生の時から「安芸」であり、成山村に来た時も「安芸」であり、山内一豊に謁見した時も「安芸」であり、養甫尼が去った後の成山村の領主となった時も「安芸」であった、という印象を抱いてしまいます。しかし、三郎左衛門は生前「安芸」を名乗ったことはありません。「成山三郎左衛門」なのです。

――＊――

養甫尼の名前を中心に据えた安芸喜代香さんの文章があります。「養甫尼製紙家の恩人」というものがそれで、発表紙は『土陽新聞』です。「安芸三郎左衛門製紙業を起す」と発表の時期が隣接していることは推測できますが、前後は不明です。『土佐の畸人』という企画で、水石(すいせき)、国沢(くにさわ)源左衛門、雨森九太夫(あめのもりきゅうだゆう)とはじまり、薫的(くんてき)和尚とか野中婉(のなかえん)とか市原眞影(いちはらまさかげ)などのなかにその「三七」として載っています。改行は青木幸吉が行います。

「土佐は製紙を以て主要の産業を為し年々の輸出一千万円に幾し製紙業なかりせば土佐は従来経

済を維持すること能はざりしならむが此の製紙の創業が一婦人の繊手に係れるは奇と謂ふべし。

今は昔永禄の頃、高岡郡川内村波川の城主たりし波川玄蕃の後室に剃髪して名を養甫尼と称せし勇烈の婦人あり波川の没落に由り退去して現在の土佐郡十六村の内、成山に籠もり尼の甥なる安芸三郎左衛門と共にその地方の山野に豊富な原料を利用して製紙業を起したるが　抑　土佐紙の濫觴と識られたり。

養甫尼は長曾我部元親の実妹にして武弁の家に生まれながら天性器用にして思考力に富み波川家の内助たる際より染色を好くしたるに依り紙を抄き始めると彼の染色を紙に応用して色紙を製しか種類は七色に及び世上の珍重する物となれり。

然るに何時しか尼の噂の世上に高くなれると共に家兄元親の耳に達すると元親は使者を尼の居なる成山に遣りて尼を岡豊城に迎え取らむとするや、尼は拒んで曰く、元親は家兄なり然れども我夫波川玄蕃は家兄の為に殺され現在の兄は又亡夫の仇なり同居せば害心の起らざるを得ず、如かず今の儘に別居せむにはとて之れに応ぜざりしが爾来数々岡豊よりの催促厳しくして是非とも帰還せよと迫らるゝを蒼蠅しと想ひけん。

竟に其の居邸も家財、製紙業も総てを甥の三郎左衛門に譲り飄然として独り紀州の高野山を志して遁世せし、終に復た還らず。

此の偉業の紙は後に山内家の入国に方りて甥の三郎左衛門是を一豊公に献じ公は感賞□の余り大に三郎左衛門に賞与し七色の紙は永久に山内家より徳川将軍家に献納の恒例と成り廃藩置県の時代にまで及べり。」

文中に「現在の土佐郡十六村の内」という部分があります。この村ができたのは明治二十二年で、安芸さんが逝去するのは大正十年、廃村は昭和三年のことです。

以前の『履歴』とはがらりと変わって、題名にも「恩人」とあり、糸の草木染めを紙に応用したと具体的に触れ、養甫尼の業績を称揚しています。「勇烈の婦人」「天性器用」「思考力に富み」「噂の世上に高くなれる」などという賛辞が並び、成山村を去って「独り紀州の高野山を志して遁世」した事情が大半にわたって解説されています。全体に記述も丁寧で、文脈は温厚です。前の『安芸三郎左衛門製紙業を起す』があまりにも身贔屓（みびいき）に過ぎたことを後で恥じたかのようです。

これら三郎左衛門と養甫尼についての二種類の文章は安芸さんが同じ時期に書いたものにちがいありません。『履歴』の文体とはあまりにも径庭があります。もしかすると大正に入ってから作成されたものかもしれません。

この一文の眼目は、「数々岡豊よりの催促厳しくして是非とも帰還せよと迫らるゝを蒼蠅しと想ひけん。竟に其の居邸も家財、製紙業も総てを甥の三郎左衛門に譲り」の部分でしょう。安芸さんとしてはここをしっかり書きこんで、土佐の読者に知ってもらい、大勢に広げ、深く定着させねばならなかったのでしょう。それこそが自分の一世一代の責務であるとさえ安芸さんは考えて書いたのでしょう。

しかし、兄の元親が岡豊城へ帰れ帰れと執拗であったから、領地成山村も七色紙製造の知識技能も家屋敷もすべて三郎左衛門に譲って高野山へ去った、という安芸家によって繰りかえされる説明と主張には無理を感じます。この無理は、あくまでも養甫尼は自分の意志で去っていった、としなければならない何かの事情から生じています。実際に成山村を出たのは山内一豊土佐入国以前であり、山内家や安芸家が追放したわけではない、としなければならない執筆者の強迫的事情から生じています。養甫尼が去ったことに、山内家も安芸家も何の関係もないのだ、何の葛藤軋轢もなかったのだ、それほど彼女は人格円満にして高潔であったのだ、そう、安芸さんは言わなければならない重要事情があったのでしょう。

新之丞、そのような者は存在すらしていません。

―― * ――

ここで安芸喜代香さんが自分の名字表記を「安芸」としてみたり、あるいは「安喜」としてみたりすることに触れておきます。明治二十三年三月十二日付『土陽新聞』に「小生姓字安芸にあらず安喜也」という安芸さんの文章があります。明治四年十月十日、朝廷より「安喜」「香我美」の郡名をそれぞれ「安芸」「香美」の文字に改めるようにとの布告が発せられました。明治七年、たとえば「安喜浜」は「安芸浜」に統一されました。安芸さんはこれに抗議しているらしいのです。しかし安芸さんの署名は「安芸」になったり、大正になってからの『新之丞君碑』には「安喜」となったり、両方に揺れています。

これは、敵対する陣営に「安芸」姓の活動家が現れたのかもしれません。自分の方こそ安芸国虎次男三郎左衛門家友を祖とする正統の末裔であり、「安喜」が本来正しいという主張であったり、逆に、本家本元の「安芸」への遠慮と謙譲の場合もあったかもしれません。実際、ある公認性を獲得してから後の晩年は自信を感じさせる「安芸」に落ち着いています。

整理しておきます。

一番目の『伊野村誌』には旅人彦兵衛として新之丞は登場します。安芸喜代香さんの執筆ではありません。

二番目の『履歴』には、先の『伊野村誌』に出ているから仕方なくといった形で、しかし名前は彦兵衛ではなく「新丞」として新之丞は登場します。

三番目の「安芸三郎左衛門製紙業を起す」には新之丞は出てきません。

四番目の「養甫尼製紙家の恩人」にも新之丞は出てきません。

ここに五番目の文献として、『伝安芸三郎左衛門家友墓』のそばに立つ『記念碑』の文面を挙げておきます。喜代香さん没後まもなく、養子「十一代孫　安藝義清」さんが建立したものです。「撰」は安芸さんの政友横山又吉です。この碑文で肝腎なのは、養甫尼も新之丞も登場しないことです。

表面

「彰表之碑為安藝三郎左衛門君建焉也君名家友
安藝郡安藝城主國虎君之第二子也國虎君与長
曾我部元親戰城陥自殺君即逃阿波後還土佐居
土佐郡成山村專業製紙實土佐抄紙之鼻祖也既
而謁國主山内一豊説製紙之利益一豊即大喜使
君傳習於國中從是製紙為土佐國産寛永十一年
十月病歿明治十九年農商務大臣西郷從道追賞
其功大正八年終達叡聞贈從五位／横山又吉撰
松村丑太郎書」

裏面

「十一代孫　安藝義清建立」

――こういう、安芸喜代香さんの成山村と仏が峠の斬殺伝説に関する文章の微妙な改変をじっと見つめていた人びとがいました。成山村の「百姓共」です。

新之丞が存在しなければ、成山村仏が峠斬殺事件の伝説は成り立ちません。新之丞の名前を消せば同時に伝説もまた消滅してしまうことでしょう。

しかしどうしても消せないのは、歴史的存在であるところの長宗我部元親の実の妹・養甫尼です。彼女から先祖成山三郎左衛門へと、四国山中の寒村成山村の小さな小さな政権移譲が起きたことは、どうにも後操作することのできない事実です。であるなら、それは円満に行われなければならないのです。それが平穏のうちに推移するためには、養甫尼も三郎左衛門も人格円満にして高潔でなければなりません。この安芸喜代香さんの目論見は氏が高知県内の各界重鎮となっていくにつれて、人びとのなかへ徐々に浸透していきました。そこには安芸さん自身の生涯をかけた渾身の「運動」がありました。

安芸喜代香さんの日記『吾家の歴史』のなか、大正二年十一月八日には「著述『山内一豊公』を帰県中の山内侯爵散田邸へ献上」したという記事があります。この「著述」の正確な著名は『山内一豊公高知開市由来』というものです。十二日には「山内一豊公銅像除幕式幾万の人出」とありますから、山内豊景侯爵はこれに列席するために帰県されていたのでしょう。安芸さんはこの絶好機を逃しませんでした。

ここでこの『山内一豊公』の目次を記しておきます。安芸喜代香さんの旧藩主山内家への尊崇の念が一貫していることがよく分かります。

『山内一豊公高知開市由来』

「大正二年十月二十五日発行。安芸喜代香住所土佐郡小高坂村○○○番屋敷。

緒言

此の書の編述は我旧藩祖山内一豊公の性行人格及び其の徳業武勲を旧藩民たる高知県の青年諸士に汎く伝へんとする微志に出た

目次

土佐開創の太守公／歴代君公の諡号(しごう)／一豊公の出所と性格／墨田に於ける一豊公処女戦の功名／三段崎勘右衛門を討つ／夫人若宮氏の内助／白一黒と三葉／一豊公と豊太閤／紙子の礼装と駆初／小田原城攻の功名／征韓の軍艦建造／小山の宿陣／関ヶ原役進撃の殊勲／一豊公の入封／一豊公の宗教／大高坂の築城／古代の高知市／近代の高知市／高知市を飾れる花台」

十一月十八日には「山内家より夫婦招待され饗応を受ける」と『吾家の歴史』にあります。大願成就のための端緒がついたと大喜びであったでしょう。

二年後、大正四年十一月三日、沼田頼輔(ぬまたよりすけ)が公会堂において『紋章学と土佐に於ける考古観』という題で講演をしています。「沼田の紹介」のために安芸さんは出席していました。その最中のことです。奥様の小兎猪(ことい)さんが危篤であるとの報が入ります。奥様は翌四日に死亡しました。伝

四　養甫尼抹消 ― 第三の帳面〔青木幸吉しらべがき〕

染病のために遺体は自宅に帰れず、病院を出て真宗寺山火葬場において火葬されました。五日に高知教会で葬式をし、小石木山の墓地に埋葬されました。このことは安芸さんの人生においてもっとも大きな不幸事であったでしょうが、しかしまた沼田との交友関係が知られますから、将来の慶事への端緒を摑んでいるとも言えるのです。

沼田頼輔は雑誌『土佐史談』などにも懸車翁の名で研究文を発表しています。交友のはじまりは安芸さんの方からの接近によるもので、『土佐史談』への原稿依頼をしたからなのでしょう。山内豊景と沼田頼輔への接近は後に功を奏することとなります。

ここで、安芸喜代香さんと安芸家累代がもっとも大切にしまた依拠してきた文章を見ておきます。稲毛実（多蔵）は天明六年から明治二年を生きた土佐の歴史史料探索収集家で、以下に掲出する一文は文政五年の著述物のなかにあるものです（この『間日雑集』の写しは『吾家の歴史』とともに家宝のように木の箱に収められています）。

「（間日雑集）土佐国郡書類従所収　当国の名産黄紙の根元ハ、波川玄蕃の後室養甫尼の伝／授より始りしなり。吾川郡成山村住安喜只五郎か家譜／に記したる趣ハ、黄紙の根元ハ、天正の頃、波川村の／城主波川玄蕃允後室養甫尼（元親公の妹）成山村ニ遁世しける／を、元親公より岡豊へ被参候様毎々申来候へとも、兄と／乍申正敷夫の敵に候へハ一所ニ有之時ハ意恨も可差起、／其上波川へ程遠く廟参も心侭ニ難成候とて当村に居ら／れ、慰として染もの被申付節、黄紙・浅黄・紫・柿・／桃・萌黄・朱膳寺等為漉られしより始る也。後年を経／て養甫尼ハ高野登山せられし由。慶長六年正月　御入／国之砌、浦戸於御城、先祖安喜三郎右衛門被召出御目／見被仰付、御直ニ色々拝領物有。此時成山の産物、／右色紙七品奉七品処、珍らしく被思召、江戸へ被為献／御重宝ニ相成候を以、夫より毎歳御献上被遊候也。今／の安芸氏か宅地ハ養甫尼の庵室の跡也と云。高野登山／の時、家財等右三郎右衛門へ被譲置ける由ニ而、今遺物を伝ふとそ。
天正十八年十二月十九日秦氏地検帳ニ云。成山名　養／甫様御持と有。又成山村法皇ノ社棟札に云、大願主秦／氏慶寿陽甫尼公文禄三甲午年九月廿九日と有。
」

三郎左衛門が「三郎右衛門」となっております。

山内が土佐入国の際、長宗我部残党にたいして行なった残虐行為は酸鼻を極め、何百年経っても土佐の地に大量に染みこんだ血の臭いは消えなかったといってもいいほどです。したがって、領主が長宗我部元親の妹である成山村において、養甫尼から成山三郎左衛門への領主交代が穏便に実行されたと記されている『間日雑集』は、山内と安芸の両家にとってまことに都合のいいものです。

安芸喜代香さんがもっとも喜んだのは新之丞が登場しないことでしょう。『履歴』とその後の「安芸三郎左衛門製紙業を起す」「養甫尼製紙家の恩人」との決定的な違いは、新之丞という名の有無です。安芸家にとってこれほど邪魔な存在はありません。それが高名な郷土史探索家・稲毛實の成山村関連の文章にその名が登場してこないのです。

しかしこれはあくまでも「安喜只五郎」の話の記録にすぎない、とは思わなかったでしょう。

収集した史料をただ紹介しているだけである、とも思わなかったでしょう。客観的な解釈をすれば、安芸家においては昔からこのような重苦しい弁解的伝承がずっと維持されてきたのであろうという推測ができます。新之丞が存在せず、領主交代が円満に行われれば、仏が峠斬殺伝説などは霧散してしまいます。

そして安芸家の弁解的伝承は、同時に成山村の「百姓共」の糾弾的伝承もまたずっと維持されてきたことを暗示しています。新之丞の存在が村の歴史から抹消されようとしていることを、「百姓共」「小作共」の一人である私・青木幸吉などはあまりよく知りませんでした。

ところが、です。つぎに私たちの前に現れる仏が峠斬殺事件の伝説は、紙に印字されたものではなく、大きな石に深く刻まれたいわば永続的な形態として、しかもまさに当地成山村仏が峠に建つ石碑においてなのです。それが『紙業界之恩人新之烝君碑』です。安芸喜代香さんがながい年月をかけて徐々に消し去ることに成功したかに見えた新之丞が、再登場してしまっているのです。巨石の表の中心に、全体に、前面に大きく深く刻まれたのはその旅人新之丞なのです。

『紙業界之恩人新之烝君碑』

「傳説云新之烝君ハ伊豫國宇和郡日向谷村人慶長初年頃成山村ニ來リ抄紙法ヲ傳フ後帰國ノ途次安喜三郎左衛門之ヲ坂峠ニ要シ斬殺スト蓋シ抄紙法ノ秘密ヲ保チ村民ノ利益ヲ保護セントスル戦國時代ノ風習ニシテ然リ其後土佐ノ製紙業ガ長足ノ進歩發展ヲ見ルニ至リシハ君ノ盡力與テ力アリ社會ノ同情君ノ一身ニ集リ春秋ノ香花永ヘニ絶ス追懐ノ至誠凝テ記念碑ト化シ君ノ功績ヲ不朽

ニ傳フ

大正五年九月　　萱中雄幸撰　」

安芸喜代香さんの意に反して新之丞は復活しました。そのかわりにと言うべきでしょうか、養甫尼の名前が消滅してしまっています。安芸三郎左衛門と新之丞の名は「永へに絶す」「不朽に伝」えられ、養甫尼の名は「永へに絶」えて朽ち果ててしまうのです。この碑文は安芸さんと萱中雄幸さんとの共同執筆のようなものでしょう。何故このようなことになってしまったのでしょうか。

——養甫尼の名前が消え去っただけでも良しとしなければなるまい、と安芸さんは考えたかもしれません。

―*―

安芸喜代香さんと萱中雄幸さんとの間柄を『吾家の歴史』を通して探索してみます。

大正三年十二月には東京在住の安芸さんの弟・繁猪（しげい）さんが逝去しました。

同四年六月には婿養子義清（よしきよ）さんが高知教会にて多田（ただ）牧師より洗礼を受け、十一月には既述のように奥様・小兎猪（ことい）さんが赤痢で逝去されました。

同五年二月には娘愛鹿（あいか）さんが女子を分娩しましたので、女優など雇って盛大に出生祝を催しました。

この年の四月下旬、安芸さんは成山村へ行き、修理工事をすませた池と昨年水害に遭った用水路の修繕箇所の検分をしました。亡き母堂・錠（じょう）さんの「御婆様の記念山の頂上」は景勝地なので、展望所を設け、床几を置き、花木を植えました。さらに通行人が休憩することのできる場所を造成し、安芸さんはここで休息しました。休みながら、養子義清さんが昨日購入した岡本米蔵の著『牛』を熟読して、その場所開きを奉じました。夕暮れになると、村の小作人らが焼酎や煮物や干芋を持ち寄って休息所に集まり、場所開きの祝宴がはじまりました。

この大正五年の九月十二日から翌大正六年七月三十日まで、安芸喜代香日記『吾家の歴史』は欠落し空白になっております。一回目の欠落の中身は、東京新聞主筆勤務と土地問題の紛争でした。二回目のこの十箇月半ほどの欠落空白の時期にも、やはり安芸家にとって一大事がありました。成山村仏が峠の『紙業界之恩人新之烝君碑』には「大正五年九月萱中雄幸撰」と深く刻みこまれています。実際の建立は翌十月です。

印象深いのは四月下旬の記事です。景勝地の「御婆様の記念山の頂上」とは仏が峠のことですが、山桜の木々に覆われた墓地山の頂でもあり、ここを整地して小さな公園のようにしたのでした。そして、「仏が峠」などという新之烝や養甫尼の存在を暗示するような通称をこの際消滅させたい、というのが安芸さんの長年の念願であったでしょうから、「御婆様の記念山」は彼の脳裏の新しい最有力候補名であったのでしょう。

山奥の成山村に嫁ぐのをいやがった錠さんの霊は、「御婆様の記念山」を喜んだでしょうか。

たとえ喜ばなくても、錠の名によって養甫尼や新之丞の名を覆い隠したかったのでしょうか。

　夕暮れ時の酒宴で賑わう仏が峠には、柔らかく、温かく、和やかな空気が流れていました。安堵したような、和解したような、落着したような、平穏な光景が見えています。四月の峠の頂はまだ肌寒く、人びとは暖と灯りをとるために焚火をし、赤い炎を囲んでいました。長い時代、御用紙漉村であったために、村ではいまだに莨を嗜むものはほとんどおりませんし、火を使うことには極度に慎重ですが、今宵は特別の焚火です。男らの大きな話し声や笑い声が成山村の谷間の小さな貧家にも響き渡っていました。村人たちも、安らいで嬉しそうにしている安芸さんを見ることは愉しいことでした。

　この時この場の安芸喜代香さんには裸形の姿が見えてきます。自由民権志士でもなく、基督教信者でも高知教会長老でもなく、高知県議会議長でもなく、高知教育界指導者でもなく、北光社社長でもなく、つまり権威者でも富豪者でも教育者でも著名人でもありませんでした。領主安芸喜代香、いやいっそ、郷士成山喜代香でありました。

　母・錠も死んでしまった。息子・虎彦も死んでしまった。弟・繁猪も死んでしまった。妻・小兎猪も死んでしまった。次に死ぬのは自分であろう、いや、自分であってほしい。皆死んでしまったが、婿養子義清は優秀な訓導であり、娘愛鹿は美人で健康で孫を産んでくれた。あと二人くらいは、いや三人くらいは、いやいや四人、五人、六人くらいは孫がほしい。義清や愛鹿や孫や、子孫繁栄のためにもし身代わりが必要なら刹那の逡巡もなくこの儂が死んでやる。――お母様、成山村の峠に、魂の安らかに憩う場所を造りました。小作人らも集まって祝ってくれています……。

　酔っぱらった若い私は、

「安芸さん。植木枝盛さんのことをなんでもええがじゃ、ちくと教えとうせ」

　などと訊いて困らせました。

「幸吉ッ。お前にゃあ、植木さんは無理じゃ。植木さんは、若い時分に、村に登ってきて、峠に立って、此処から太平洋を眺めたことがあるがじゃ。お前も海でも眺めちょき」

　と一蹴されました。

　この時、おそらく、成山小学校の宿直室の窓から、黒々と盛りあがっている墓地山の頂、仏が峠の焚火の小さく揺れる炎の明かりを見あげて、何事か思案をしている男がいました。時折、苦々しげな表情を浮かべていたことでしょう。成山小学校訓導兼校長萱中雄幸（かやなかまさゆき）です。

　仏が峠の頂あたりを整地して「場所開き」の小宴を催した四月から、『新之丞君碑』の「撰」の書かれた九月頃までの安芸さんの日記『吾家の歴史』には、ただの一度も「新之丞」の名も「萱中」の名も出てきません。そして九月十二日からは空白、石碑の建った十月も空白、それは翌大正六年七月三十日までつづきます。安芸さんの心境は日記どころではなかったのでしょう。

　萱中さんの口から村人にたいして建碑の相談があったのは峠の小宴の数日後です。

　萱中さんの娘・東野多喜（ひがしのたき）さんに「父、萱中雄幸の想い出」という文章があります。

「私は父のねころんで居る姿を余り見た事はありませんでした。机の前に正座して新聞を読み終わると、それをきちんと四つにたたんでお床の片隅に何時も置いて居りました」。
「短気でいごっそうの人でしたから、人との調和性に欠けていたことが欠点であったと思います」。
「十五年の父の学校生活の中で、新之丞さんの記念碑を村の有志の方々と一緒に建てた事は、永く後の代まで残る事だと思います。父が学校を退きましてからも、年に一度桜の咲く頃新之丞さんの記念碑の前で、ささやかな集りを致し居て、それに出席しておりました」。

文中十五年とあるのは成山小学校在任期間です。娘の話だけに、雄幸という男の硬骨と端正な暮らしぶりがよく伝わってきます。気になるのは「短気でいごっそう」、「人との調和性に欠けていた」という部分です。このあたりは成山村の人びとにも納得のいくところです。とにかく性格が鋭角の人でした。

東野多喜さんは他の場でも、『新之烝君碑』建立に関してこのように記しています。

「安芸さんはあまり乗り気ではなかったように伺っています。……ですけど父は円満な人ではありませなんだ。いわゆる、出来た人ではありませんでした。何でも、曲がった事は大嫌いであった風に聞いています」。

石碑建立に安芸喜代香さんは「乗り気」でなかったという多喜さんの証言は、「短気」で「調和性に欠け」、「円満」でも「出来た人」でもなく、しかし「曲がった事は大嫌い」な父親が、頑強に反対する安芸さんに疲れ果ててふと弱音を妻に洩らすのをそばで聴いていたのでしょう。普段はそのような弱気を人目にさらさない男であり父親であったから、小さな娘の印象に余計強く残ったにちがいありません。しかも、この「曲がった事は大嫌い」という言葉が建碑に際しての文章のなかに記されていることに留意すべきでありましょう。

萱中さんが口癖のように声に出していた俳句があります。

「道のべの木槿は馬にくはれけり」

というもので、村の老若男女ほとんどすべての者が彼の口から聞いたことがあるはずです。萱中さんが創った句ではなく、あの松尾芭蕉のものであるらしいのですが、彼はまるで成山村で自分が見た光景であるかのように度々ぶつぶつと呟いていました。――いったい、だれが「馬」で、誰が「木槿(むくげ)」なのでしょうか。

もしこの萱中雄幸さんが成山小学校に赴任してくることがなかったら、仏が峠に『紙業界之恩人新之烝君碑』もまた建つことはなかったでしょう。そして伝説とそこに登場してくる人々の名もまた、流れ流れつづけてやまない日々と歴史の時間に呑みこまれて、消え去ってしまったことでしょう。伝説と彼らの名は、仏が峠の頂の、低い杉に囲まれた狭隘で静謐な空間に置かれた祠ふたつの静けさに収斂(しゅうれん)されて、かつて地上に存在しなかったもののように存在しなくなってしまっていたことでしょう。成山村の「百姓共」の口承によってのみ細々と生きのびていても、「青木等小作人」にとってはあらゆる意味において巨人であった安芸喜代香さんが、少しずつ新之丞の名を消していったように、時の奔流が消し去ってしまったにちがいありません。

そして実際に、萱中さんは新聞に載る安芸さんの文章を読んで、そこに作為、伝説の操作を見出したにちがいありません。それは萱中雄幸さんにとって「曲がった事」であったのでしょう。そう考えると、大正五年四月に「御婆様の記念山の頂上」に造成した「展望所」は、もしかするとふたつの祠を目立たない場所へ移転させるか、埋没させたかったのかもしれない、という邪推が働きます。

萱中雄幸さんの成山在住時までの経歴は以下のようであります。


「現住所土佐郡十六村成山、士族。

慶応二年十月七日生。

明治二十年教員資格を得る。土佐郡石井、安芸郡赤野、土佐郡薊野（あぞうの）の各小学校に勤務す。

明治三十二年土佐郡一宮（いっく）小学校訓導兼校長となる。

明治三十七年一宮村の新しい学校の建設地をめぐって郡視学（地方教育行政官）と対立、休職。

明治三十八年四月佐賀県藤津郡下野小学校訓導兼校長。

明治三十九年年同県不動小学校訓導兼校長。

明治四十一年十月依願退職。

明治四十四年一月高知県十六村成山小学校訓導兼校長となる。大正十四年三月まで勤めた」

娘東野多喜さんの前述の文章のなかには、

「晩年の父は中風のため寝床につく事が多く、母の看病に頼ることの多い毎日でございました」。

とあります。

『紙業界之恩人新之烝君碑』の側面の「多額寄付者」には、安喜喜代香五円、萱中雄幸百三円、そして尾崎精宏は二十円となっています。やはり「安芸さんはあまり乗り気ではなかったようです。

それにしても、萱中さんのこの突出した寄付金の多さはどうでしょうか。けっして寄付金の多寡が意気込みの深浅に比例はしないでしょうが、それは安芸さんと逆ではないのかと我が目を疑うほど異常な金額です。ここには何か意味があるにちがいありません。

様々な要職にある土佐屈指の名士にして成山村領主安芸喜代香さんと、成山小学校訓導兼校長萱中雄幸さんを並べてみた場合、すべての世俗的な力において、特に経済力において大きな差のあることは歴然としています。名前を刻まれることのなかった少額寄付も含めて総額二百二十円ほどですが、安芸さんが全額を負担しても少しも痛痒を感じなかったでしょう。しかし実際はそのうちのほぼ半額を、五年九箇月前に山奥の小さな小学校に赴任してきた訓導兼校長が出しました。ここには何か常軌を逸した熱情が感じられます。「曲がった事は大嫌い」なこの人物は、成山村で何か「曲がった事」を発見してしまったのにちがいありません。

――以下は私・青木幸吉の想像であります。どのような道筋であれ、結果は峠の『新之烝君碑』として現実に存在していますから、そこに至るまでの経緯の多少の振幅は許されるでありましょう。敬称は省きます。

――＊――

安芸喜代香は応接室の広いテーブルの向こうに坐っている面長な硬骨漢を見て、その風貌に植木枝盛を想いだしていた。そして、実際は少しのつながりも意味もないのに、幸徳秋水が死刑になった明治四十四年一月に成山小学校訓導兼校長として赴任してきたという時期の一致に怯えた。つまり、萱中雄幸という男の存在と、その男が持ちこんできた相談内容に脅迫めいたものを感じていた。彼の後ろには成山村の「百姓共」のほぼ全員が控えていると考えていい。対面は今日が初めてではないが、枝盛が生きていたら、秋水が生きていたら、この男のように脅かしつづける威圧感をもって自分の前に立ち塞がったことであろう。それに学校は異なっているものの養子義清は訓導であり、この男は訓導兼校長であるからそこに遠慮が働く。

「安芸先生。これが碑文の最終案です。これ以上書き直すことはもう無理です。これでご了承いただいて、発起人として御尊名を賜りたく存じます。寄付金も必要なだけは全額用意できました。あとは先生のご返事ひとつだけです」

「うーん」

「もし、どうしても御尊名をいただけないのでしたら、仕方がありません、発起人は私名義で建立作業に入ります。石に刻みますと、未来永劫とは申しませんが、ずっと長く残ります。安芸国虎次男安芸三郎左衛門の末裔にして、土佐屈指の名士安芸喜代香という御尊名のないことの方が、後世の者には余計に気懸かりで奇異なことに思えることでしょう。しかも、土佐の偉人の銅像などはすべてと言っていいほど、安芸先生は関わって来られました。坂本龍馬、板垣退助、片岡健吉、山内一豊公……」

「うーん。萱中さん。私も、母が逝き、息子が逝き、弟が逝き、妻が逝きしますと、村の者らが言うように、これは何かの祟りじゃあるまいか、成山村で処刑された者らの供養塔でも建てないといけないかと思案したこともあります。が一方で、優秀な養子も来てくれたし、孫もできました。やはり祟りなどは、安芸家をよくは思わぬ無知蒙昧（もうまい）の輩の迷信にすぎないと思うようになりました。仏が峠のことは伝説にすぎません。新之丞などは捏造です。病人の譫言（うわごと）が発端であるにすぎません。ですから、萱中さん、私は峠に碑を建てることも、ましてやそこに私どもの先祖の名を刻むことも、発起人として名を記すことも反対なのです」

「安芸先生。私は何度も撰文内容を変更し、その都度足を運びました。今日お持ちしているものをよくご覧ください。いくら先生が捏造された伝説だと言われても、現実に伝説が存在している以上、公然と石に刻まなければ、人びとの口はますます真実に近づいた赤裸々なものになっていきますよ」

「真実……赤裸々……そんなことはない。元々なかったことだから、自然に消滅するでしょう」

「伝説は生きものです。生きて、動いて、進化あるいは深化していきます。このあたりで、石に刻んでその動きを止めてやらないと、ますます安芸家にとっては面倒なことになっていくのではありませんか。――慶長の出来事が、大正の今日まで語り継がれているのですよ。先生は自由民権の志士ではなかったのですか。民百姓の口を軽く考えてはなりません。それに、先生は高知の基督教社会の重鎮ではありませんか。土佐の学校教育の指導者ではありませんか。高名な政治家ではありませんか。文字を石に刻めばそれが事実となって後世にまで遺ることになるのです。それが、安芸三郎左衛門家友の末裔安芸喜代香が、ご存命中になさねばならない責務なのではありませんか。事実であろうがなかろうが、最早そんなことは問題ではありません。伝説が現実に残っているのですから、その伝説をできるだけ穏便な言葉の文字にして石に刻みこんでおくのです」

「穏便な、文字……百姓共の口は厄介なものだ」

「厄介なのは伝承されてきた真実のほうです。なにもかも知っているのです。成山村の人びとは」

「なにもかもを知っている……」

「とにかく新之丞という名前を決定的に遺さなければなりません。最重要の養甫尼の名前を抹消してしまうためです。つぎに彦兵衛の名前を抹消しました。この名前がありますと、あれこれ詮索がはじまります。何故なら、仏が峠の石仏は文化十二年と天保五年の二体あるからです。これは、時代を隔てて二度供養したのだということが定説となりつつあります。しかし、仏が峠、いや成山村で斬殺されたのは一人ではなく二人ではないのか、新之丞と彦兵衛の二人ではないのか、そう考えて調査をはじめる者が現れます。彦兵衛末裔を称する成山小学校訓導尾崎精宏君は、新之丞は彦兵衛の別称で、同一人物であり、峠で斬殺されたのは自分の父祖一人だとしています。つまり、一人を二度供養したと思っていますが、そのうちかならず二人を一度ずつ供養したのではないかという疑問を抱くことになるでしょう。あるいは、尾崎君以外にそういう疑惑を抱く者が現れるでしょう。では、彦兵衛ともう一人は誰なのか。――ですから、もう一日も早く新之丞の名前を石に刻んでおかなくてはなりません」

「萱中さん。あなたになにもかもを話したというのはその尾崎君かね」

「いいえ。村の者全員です」

「だがしかしなにもかもといってもいったいどこまでの話なのか……」

「安芸先生。それをはっきりと私の口から申しあげてもよろしいのですか。そんなことを仰るのなら、私と村の人びとだけで真実を石に彫りこんで峠に建ててよろしいか」

「いやいや待て待て。いったい村の全員というのは」

「全員といったら全員です。大人から子供まで、男も女も皆です。今現在生きている者だけではありません。彼ら彼女らに語りついできた彼ら彼女らのご先祖さん全員も含みます。安芸さん、これは大昔からの成山村の百姓たち皆の安芸家への思いやりなのですよ」

「百姓共の思いやり……」

「そうです。峠で三郎左衛門が斬り殺したのは新之丞という旅の六部というくらいにしておけば、三郎左衛門家友のためでもありますし、安芸家の子孫のためでもありますし、安芸先生のためでもあります。人間の命に軽重はありませんが、時代は身分差のある下剋上の戦国乱世です、流浪の乞食遍路というくらいにしておけば、世の中にいくらでもある話になってしまいます」

「やっぱりそれなら建てないほうがいいと思うが……」

「碑を建てて供養しなければ祟りはおさまりません」

「祟っていると言っているのか、百姓共も」

「そりゃあそうです。奇怪なことが度々起これば、祟りよりほかにありません。これは安芸家にとっても大層不名誉なことではありませんか。安芸家が成山村から下りて杓田村へ移った訳も、才色兼備のお母様が嫌がった結果などと聴いておりますが、本当はそうではなくて、市郎さんは、いや安芸家代々は成山村がいやでいやで仕方がなかったのではありませんか。代々、処刑執行人でもありましたし、安芸家を恨む人びとも増えていったでしょう。成山村の人口減少をどのようにお考えなのですか」

「――」

「先生よくご覧ください。『紙業界之恩人新之烝君碑傳説云新之烝君ハ伊豫國宇和郡日向谷村人慶長初年頃成山村ニ來リ抄紙法ヲ傳フ』。当時、伊予国の宇和郡に日向谷(ひゅうがい)村などという村はありますまい。その狭い谷間に住んでいたのは、猿、猪、鹿、雉くらいのものでしょう。実際に、この語り継がれた地名の現場に私は行ってきました。抄紙法などは、当時土佐だけでなく四国全域に伝わり、盛んに生産されておりました。では、何故このような具体的な地名が残っているのでしょうか。それは成山村が南伊予とつながりがあるからです。そして具体的であればあるほど現実味を持つからです」

「――」

「成山村手漉紙の最高級品は、草木染めを応用した七色紙です。これは生産者一人ひとりの技能が最重要事でした。従いまして、『後帰國ノ途次安喜三郎左衞門之ヲ坂峠ニ要シ斬殺スト蓋シ抄紙法ノ秘密ヲ保チ村民ノ利益ヲ保護セントスル』必要などはなかったのであります。『抄紙法ノ秘密』のない以上、実際は、『村民ノ利益ヲ保護』することも、『斬殺ス』る必要もまたなかったのです。つまり、私が書いたこの碑文は、これ以上ないほど安芸家にとって都合の良い虚偽の羅列です」

「――」

「さて次です。『戦國時代ノ風習ニシテ然リ其後土佐ノ製紙業ガ長足ノ進歩發展ヲ見ルニ至リシハ君ノ盡力與テ力アリ社會ノ同情君ノ一身ニ集リ春秋ノ香花永ヘニ絶ス追懐ノ至誠凝テ記念碑ト化シ君ノ功績ヲ不朽ニ傳フ』。――これはこのままの通りです。『戦國時代ノ風習』と記して幅も奥行も持たせれば、日本国中津々浦々、殺しあいをしている時代社会にあって、峠のひとつの斬殺などはたいしたことではないのだという印象を与え、非難の気持ちを緩和するでしょう。そして「君」は誰にでも交換可能です」

「――」

「織田信長は、社を建てて石をご神体とし、自分はその後ろの天守に坐っていたそうです。つまり自分を神として拝ませていたそうです。新之丞という名前は飾り物のご神体の石でしかありません」

「新之丞は石……、後ろの天守……、萱中さん……」

「大きな石に新之丞の名を深く彫りこんで、肝腎の存在は奥深く隠してしまいます。人びとは新之丞の名に向かって合掌をします。しかし、本当は秘められた肝腎の存在に向かって合掌することになります。成山村の人びとは何もかも知っていましたが、それを他村の者にいっさい洩らしませんでした。低い杉の木に囲まれた小さな祠ふたつの前で手を合わせる時も、その方の御名前を想って祈ってきたのです。御用紙漉き村になってしまったことが、いわば村を閉ざしてしまいましたから、峠の真相を隠すためには都合がよかったのです。しかし、もうあのままにしておいてはいけません。成山村の人びとの、安芸家への思いやりと遠慮は、何百年も保持されてきたのです。領主安芸家の権力に抑圧されながらも……」

「成山村の百姓共の思いやりか……」

「――しかし、です。しかし、村人の努力と思いやりにもかかわらず、仏が峠の伝説への疑惑は今や土佐全域に静かに浸透していっています」

「何故」

「第一に養甫尼が創った七色紙の幽玄な美しさは隠しようがないからです。第二に安芸喜代香の名が高まれば高まるほど成山村のこともまた広がっていくからです」

「うーん」

「御尊名が発起人として碑に刻みこまれれば、「新之丞」を泣く泣く斬り殺さねばならなかったご先祖三郎左衛門の悲痛な想いも、功成り名遂げた安芸喜代香先生の想いも、そして村人の想いも、すべてがひとつになって、石碑の奥深くに秘められた方に向かって祈念することになるでしょう。供養と顕彰は永久に遺ることになるでしょう」

「――」

「――」

「萱中さん。あなたは沼田頼輔博士をご存じですか」

「いえ……」

「明治四十四年の秋、山内豊景侯爵は山内家家史編輯所の所長の推薦を、東京帝国大学教授の三上参次博士に依頼します。三上教授が委嘱されたのが沼田博士です」

「はあ……」

「沼田さんはその下に編輯係を置き、土佐における第一級の郷土史家の田岡正枝さんや福島成行さんを呼びます」

「はあ……」

「この『山内家史料』は、初代一豊公の生誕された天文十四年から最後の藩主と豊範公の没年明治十九年までの家史ですが、実質土佐藩史と呼ぶべき詳細広汎な歴史記録です」

「はあ……」

「沼田さんが藩政前中期を、田岡さんと福島さんが幕末維新期を担当されています」

「安芸先生。いったい何のお話なのでしょうか」

「この沼田頼輔、中城直正(なかじょうなおまさ)、武市佐市郎(たけちさいちろう)らとともに、来年六月を目途に『土佐史談会』を発足させます。つまり、沼田さんは仲間であり友人です。また、私は、山内豊景侯爵に自著を献上し、饗応されたことがあります。——最近、『山内家家史』の『第一巻・第一代一豊公紀』にある文章の掲載が間に合いました」

「間に合った……」

「浩瀚(こうかん)最末尾に載りました」

そう言って安芸喜代香は椅子から立ちあがり、天井にまで届きそうな大きな本箱の引き出しのなかから一枚の紙片を取りだして、萱中雄幸の前に置いた。萱中はそれを覗きこんで文字を目で追いはじめたが、やがて手に取った。そして、

「間日雑集、ですか……」

と低い声で呟いた。

「そうです。稲毛実です。ご存じでしたか」

「いえ……」

「稲毛は明治二年に亡くなりましたが、歴史史料収集家でした。どうぞ、ご覧になってみてください」

「はい」

と萱中は答えたが、その前からすでに読みはじめていた。

応接室に重い沈黙がつづいた。

「未来永劫遺るのは、峠の石碑に刻まれた文字ではなくて、権威ある名家の歴史記録書のなかに印刷された文字の方です」

「――」

「『新之烝君碑』の方ではなくて『一豊公紀』の方です」

「安芸先生のお書きになった三郎左衛門と養甫尼に関する文章は、すべてその『間日雑集』のなかの稲毛実の記事が下敷きになっていたのですね。もっと正確に申しあげれば、安喜只五郎(あきただごろう)が稲毛に語った安芸家の伝承が基本になっているのですね。未来永劫遺るのは、紙に印字された『一豊公紀』でもなく、石に刻まれた『紙業界之恩人新之烝君碑』でもなく、村人の口承の方であります。『間日雑集』の安喜只五郎の話など、捏造された言い訳にすぎません。そんなことを、わざわざ代々言い伝えつづけねばならない事情のほうに、真実は隠されていると、余程の馬鹿でないかぎり気が付きます。それとも安芸先生、石碑にはっきりと『紙業界之恩人慶寿養甫尼公碑』と彫りますか。新之丞の名前も養甫尼に替えて、話の内容も変更しますか」

「萱中さん。分かりました。発起人として名を出しましょう。しかし、寄付は五円だけです」

このようにして碑文から養甫尼の名は抹消されました。石碑は安芸喜代香さんと萱中雄幸さんとの合作のようなものでしょう。

成山小学校訓導兼校長萱中雄幸さんは、おそらく、私たち「百姓共」「小作共」から見れば、安芸喜代香さん同様、ご自身がひとつの権威権力であることに気づいていなかったのかもしれません。

私は、まだ見ぬ私の子孫が、仏が峠の伝説に関心を抱いた時にかならず逢着（ほうちゃく）する謎を解く、その一助になればと思いこの拙文を認めてみました。

五　躑躅の木の下

はじめ、私が森木謙郎茶雷の「国虎次男探索」を読み、それと同時に妻のしづが安芸義清の「安喜喜代香を問ふ」を読みすすめた。互いが読み終えるのに左程の時間差はなく、私たちは帳面を交換して読みすすめた。互いに読み終えて、今度は二人でいっしょに青木幸吉の「養甫尼抹消」を読んだ。三人の帳面を重ねて森木に手渡しで返す時、私と妻は礼の言葉を述べることも忘れてしまい、讃嘆の静かな吐息を洩らしていた。

——先程、青木さんが、養甫尼さんは何もかもを失ったとおっしゃっていましたが、本当にお名前まで失ってしまいましたね。と、しづが言った。

——養甫尼さんの血筋は絶えてしまったのですね。と私が言うと、

——はい。と青木が、

——そうです。と森木が、低く小さな声で答えた。

——波川玄蕃の血筋については何か触れておられましたね。

——はるかな後年のことになりますが。それに、大きな声では言えませんが。と、森木謙郎は言ってつづけた。あの大逆事件の重要な引き金となった爆弾製法問題ですが、幸徳伝次郎がまず

その製法を訊いたのは奥宮健之という人物です。奥宮は西内正基という人物に訊きます。西内は町田旦龍という人物に訊きます。自由民権運動の時期、旦龍は不穏な行動派として活躍しますが、後、医者になって病院経営に乗り出します。波川合戦の時、養甫の息子たちが、お前までここで死ぬことはないと言って、菊の嫁ぎ先の紀家へ逃がした町田助左衛門の末裔です。つまり波川玄蕃の血筋は「側女の子」によってその後隆盛していくことになります。と言ってさらにつづけた。

――この『新之烝君碑』の碑文のなかの「伊豫國宇和郡日向谷村」という所は、ちょうど養甫の娘・菊が嫁いでいた紀親安の三滝城の領地内になります。日向谷村と成山村と、町田助左衛門と新之丞と、どういうつながりがあるのかないのか、よく分かりません。高研山を越えて檮原を通って須崎の道筋と、津野、仁淀、吾川、伊野の道筋とがあります。幸吉さんも、萱中さんの話として触れていましたが、この碑文の時代、宇和郡日向谷に住んでいた人間は数人、せいぜい一家族くらいなもので、紙漉きの歴史などは皆無でしょう。もしかすると住人零かもしれません。ただ気懸かりなのは泉貨紙発祥の野村に近い場所だということです。と言ったので、

――野村には行く予定です。と私は言った。

泉貨紙は兵頭太郎左衛門通正が天正十五年に隠居をして泉貨と号し、研究創製した紙である。彼は慶長二年に没した。新之丞が泉貨師匠の弟子の弟子のそのまた弟子くらいで手伝ううちに製紙法を体得していた、という程度の想像は許されるかもしれない。

――成山村に自慢できることはふたつしかありません。七色紙発祥地であることと、この仏が

仏が峠から仁淀川河口、太平洋を望む

峠からの眺めです。そう青木幸吉が言った。

言われてみればまだ落ちついて此処からの風景をしっかりとは見ていない。皆、石碑を背にして、明るく広大なひろがりに向かって並んで立ち、眺望した。

——ああ。私は思わず感嘆の声を放った。

——まあ。とすぐ脇に立っていたしづもまた讃嘆の声を洩らした。足下に重畳した山々の麓を仁淀川がゆったりと蛇行して流れ、それは太平洋へと流れてゆき、彼方の空と海は光り輝いていた。

——昔、養甫尼さんもこの景色を眺めたのでしょうね。合戦場は、今、私たちが見ている長閑(のどか)な風景とはまったく逆の胸塞がる眺めだったでしょうけど……。しづが言った。

——せやなあ。山の、奥の、奥の奥へ登りきった果ての峠に、山桜が咲いて、顕彰供養碑があって、こんなにも素晴らしい絶景が広がっていて、この墓地山の皆さんも新之丞さんも心安らかでしょう。と私は言った。

――見守りこそしても、祟ったりはしませんよ。しづが言った。

――そう、おっしゃってくだされば、本当に嬉しいです。私は子供時分からこの峠に立って、あの太平洋を眺めるのが好きで好きで、とうとう長男の名前につけました。青木が言った。

――ほう、なんという……。私が訊くと、

――輝く海と書いて、てるみ、です。

――ああ、それはいい名前です。

――息子も、山奥で生まれた自分の名前が何故「輝く海」なのか、ここに立って太平洋を眺める年頃になってようやく分かったようです。魚といえば雨子(あめのうお)しか知らなかった者が、今は高知市内で魚屋をしております。三十歳になりました。

――それは素晴らしい。愉快なお話です。私は三日後、満四十歳になります。ところで、波川滅亡後、この成山村に逃げてきた養甫と千位の母子はどこで生活をしたのですか。

――私たちが登ってきた墓地山と、拙宅と成山小学校のあるあちら側を合わせた谷間の集落が成山本村です。今、立っている仏が峠の頂は尾根に位置しています。反対側の仁淀川と太平洋に面している側は横藪(よこやぶ)といいます。すべてはこの狭い視界の範囲のなかで起きました。七色紙と斬殺事件伝説に関するおおよその場所は、と言って、青木幸吉はあちらこちらの方角を指差しながら肝腎な地名を述べはじめた。

その位置を示す鳥瞰図にすると以下のようである。

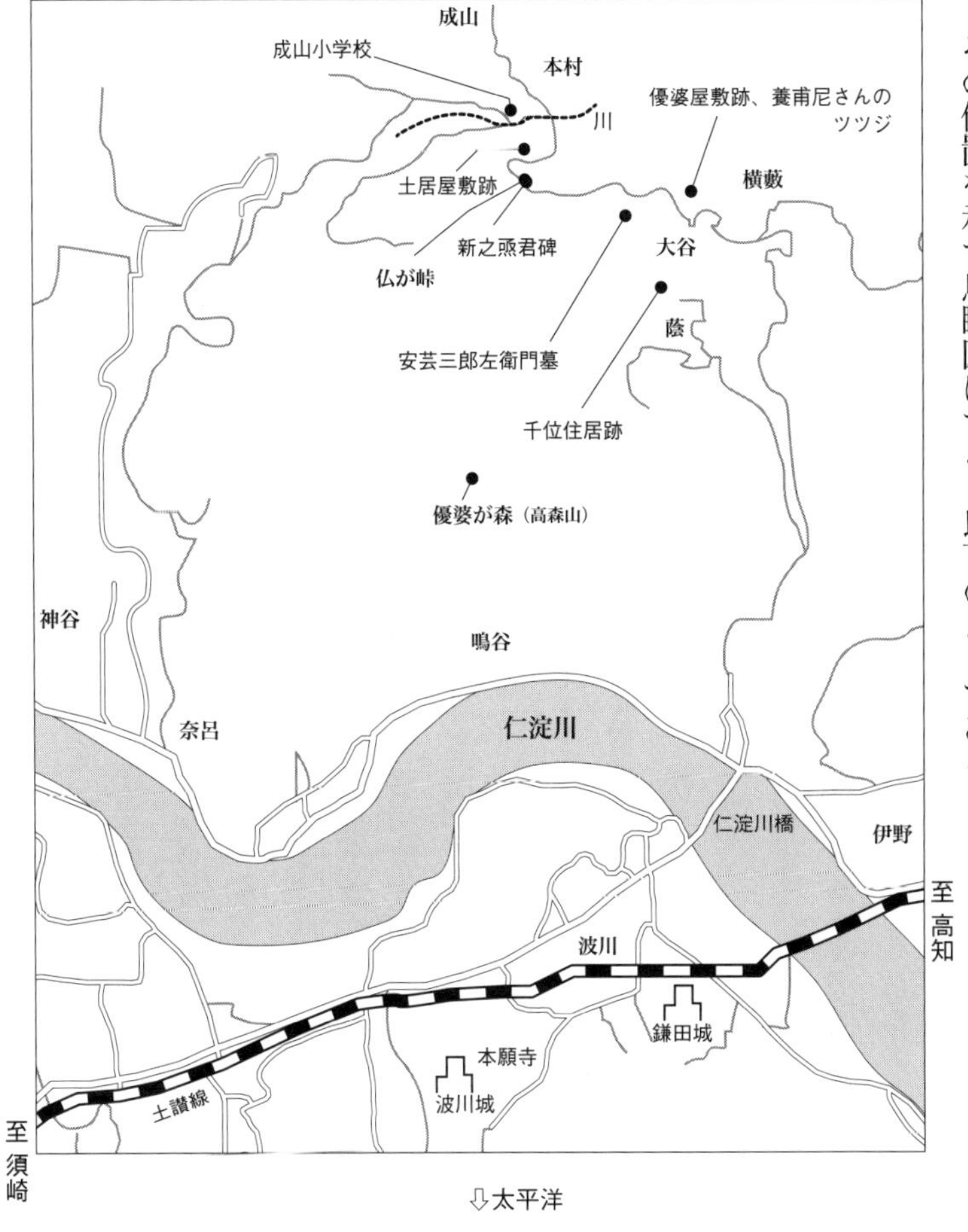

成山村鳥瞰図

──たしかに、成山三郎左衛門が一角の人物となっていくという予見を、養甫尼さんは持っていたのでしょう。と青木は言ってつづけた。しかし、浦戸城で山内一豊に謁見した三郎左衛門の、成山村に帰る道中の胸の内はずいぶん重苦しいものであったでしょう。このような激動の時世の波に自分のようなものがうまく乗りきれるだろうか。旧領主養甫尼さんを隠しそして守ることは、新国主山内に反逆することになる……。青木はぼそぼそと呟くようにつづけた。

──成山村の主要な三人の家の配置にはある機能性が感じ取れます。仁階弥衛門の家、成山三郎左衛門の家、尾崎彦兵衛の家、それらが森の奥の庵への草に覆われた入口を取り囲んでいます。優婆屋敷を建てる前からの位置ですから偶然なのでしょう。しかしその配置には対蹠的な二通りの解釈ができます。養甫尼さんを山内側の厳しい目から隠して守るとすれば護衛ですし、七色紙製法の知識技能の秘密を外に洩らしたくないとすれば幽閉ということになります。山内にたいしてすでに養甫尼さんは村を出て高野山へ向かったと言っていたとしますと、護衛であれ幽閉であれ、真相が露見してしまえば成山村は皆殺しの全滅になってしまうでしょう。青木はそのようなことを言ってから深く重い息を洩らした。

──その躑躅の木のある優婆屋敷は遠いのですか。しづは訊いた。

──すぐ近くです。少し下ったところから森へ入ります。建物は残っていませんが、樹齢何百年か見当もつかない巨木の躑躅は今も生き生きと立っています。青木は言った。

──年齢と体力を考えますと、私たちが成山村にもう一度訪れることは無理です。今のこの機会に、あの七色紙を創った養甫尼さんの晩年のお住まいのあった場所に、是非とも行ってみたいです。躑躅を見ておきたいです。しづは切実な語調で言った。

皆が仏が峠の頂から下る細い道へ向かおうとした時、

——この祠ですね。しづが小さな声で言った。

台石のすぐ脇の下に簡素な石組みの小さく狭く薄暗い空間が造られていて、その人工の狭隘な洞のなかには二体の石仏が祀られていた。

——青木さんが帳面のなかでお触れのように仏像が二体、安置されていますね。しづは立ったまま上体を傾け覗きこんで言った。

——もともとは、そのふたつの仏様を、低い杉の木で囲んで、静かな、澄んだ、特別な、神聖な空間を作りまして、私たちは朝に夕に、畑や庭先や杣道に立って、峠を見あげては手を合わせました。峠を越える時にはかならず前に屈んで手を合わせてきました。ひとつは文化十二年に『新之丞為菩提』として、もうひとつは天保五年に『御用紙漉祖師為菩提』として、このように小さな仏様を祠のなかに祀っていました。この石碑が建つはるか前からのものです。と青木は祠の正面へ歩み寄りながら言った。

しづもその前へ行き、屈みこんで合掌した。

——お二方ですね。向かって左側の仏様はやや手前に安置されていますが、尼僧ですね。と言った。

——えっ。森木が驚いた声を吐いた。

——ああ。と青木が嘆息を洩らした。

——右側が男の僧。左側が女の僧。これは別々のお方、お二方ですね。しづが独言のように低く呟いた。

——そうですか。と森木。

——やはり、そう思われますか。と青木。

——お一人であれば一度一体の仏像ですむはずです。二度二体の仏像は祀らないでしょう。私が言うと、

——彦兵衛と……。と森木が洩らし、

——養甫尼さん……。と青木が洩らし、二人同時に深い溜息を吐いた。少しの間があって、

——そんな……。と、藤本史郎が声音を洩らした。

——さて、優婆屋敷跡へお願いします。しづが言って、峠からの湾曲した細道を、青木、しづ、文章、森木、藤本の順でゆっくりと下りはじめた。

少し下りると青木が左手の古い墓石を示し、

——仁階弥衛門の墓です。住居もここにありました。と言った。皆立ちどまって合掌した。

さらに下ると右側に敷石のある平坦地の空間がひろがっていた。周囲に木々が立ち並んでおり、敷地内にも数本の木が立っていた。

——ここは……。しづが呟いた。

——三郎左衛門の屋敷跡で、夫婦のものと伝えられる墓があります。と青木が言って先に敷地内へ踏みこんでいった。

峠の石仏　二体

——伝えられる……。安芸家初代夫婦の墓が「伝」ですか。私は疑問を洩らした。

——仏が峠に立って成山本村の方を眺めますと左の方に竹林が見えますが、あそこに安芸家累代の墓があります。初代だけはここにあります。理由は分かりません。青木が言った。

——三郎左衛門は養甫尼さんが明け渡した土居屋敷に住んだのではないのですか。しづが誰にともなく訊いた。

——おそらく元々はここに住んでいたのでしょう。家族は土居屋敷に住まわせ、養甫尼さんが優婆屋敷に住むと自分だけはここで暮らしたのでしょう。ここなら見張りもできますし……。青木が言った。

三郎左衛門の墓石は高さも幅も小柄な大人ほどの大きさの平石で、石を並べて築いた三段の台地の上に建っていた。そのため地面に立つと見あげなければならない。基壇に乗っており、基底部の四囲を漆喰で塗り固め、倒壊を防いでいる。上部になるほどわずかに幅が狭くなり、頭頂部は三角形をしている。「板卒都婆形(いたそとばがた)五輪塔(ごりんとう)」という墓石の形式であり、石を積みあげた五輪塔から文字を刻んだ四角柱の墓へと推移する中間形態である。

表面には五輪塔の線刻図があり、そのなかに「空・キャ」「風・カ」「火・ラ」「水・バ」「地・ア」を意味する梵字が彫られている。その下にもう一文字彫られているが、判読できない。描かれた五輪図の最下部の四角のなかに「寛永十四年／六月五日」とあるのは、この墓を建立した日付なのであろう。三郎左衛門の逝去は寛永十一年十月である。五人は手を合わせた。

——立派なお墓ですね。奥方のお墓は……。しづが訊いた。

——そこにあります。長方形に石を敷きつめた所です。青木は手で示した。

——簡素なものですね。と、しづは言い、その前へ歩み寄って合掌した。四人の男たちも同じように合掌した。

——これが仁階弥衛門の娘の墓ということですか。それにしましても、安芸家の初代夫婦だけの墓が累代の墓所から離れてぽつんとここにあるのは何故なのか、解せませんね。しかも「伝」とは……。私は呟いた。

——そこなんです。不可解なのは。安芸家の方々には確実なことが分かりそうなものですが、安芸家もまたずっと昔から「伝」としています。ただこの墓の正面の方角には優婆屋敷跡がありますから、そちらには背を向けられないとか、死後も養甫尼さんを見守りつづけているのか、な

伝　安芸三郎左衛門墓

にか大切な意味が隠されているのかもしれません。青木が言うと、皆一様に黙りこんで樹間の向こうに目をやった。

成山三郎左衛門とその妻の墓所とされる昔の屋敷跡の平坦地を出て、村の山坂道を五人は下っていった。おおよそ五十米(メートル)であろうか。青木は黙ったまま左手の人ひとりがやっと歩ける幅の脇道へ入っていった。

——この道は、昔、一尺ほどの幅しかありませんでした。右も左も崖ですから、余程慎重に歩かなければならなかったでしょう。維新後、今の幅に広げられました。

途中大きな枇杷(びわ)の木の下を過ぎたり、岩崖と竹の群立のあいだを過ぎたり、八十米も登ると、頭上の左側に躑躅の枝が空を塞いで広がっていた。岩の上のそれに気づいた私は立ちどまって仰ぎ見、

——おお。感嘆の声を放った。

——まあ。しづが声をあげた。

さらに五人は平坦地まで登って、今はまだ花の咲いていない躑躅の前に立ち、地中からの太く夥しい幹の群立を見て、

——躑躅がこれほどの巨木になるんですね。このように仰ぎ見るのは初めてのことです。私はふたたび讃嘆の息を洩らした。

——地面の幹の束のまわりは軽く四尺を超えていますね。何という種類なんでしょうね。しづもまた讃嘆の息を洩らした。

あたりは孟宗竹や針葉樹や広葉樹が大きく伸びていて、それらがこの優婆屋敷跡を囲繞していた。往時はもっと豊饒で、この場所と庵を覆い隠していたのであろう。

――これを昔から成山村の者らは「養甫尼さんの躑躅」と呼んで、花を摘んではいけない、枝を手折ってはいけない、そのようなことをしたら祟られると言い伝えてきました。養甫尼さんがここに住まわれていた時代には、今私たちが通ってきた道は使ってはいませんでした。裏山の獣道程度の杣道を使いました。と、青木は少し緊張した声で言った。

――根元に石組みがありますね。何でしょうね、これは。と、しづが屈みこみながら言うと、突然、

――先生、触ったら祟られます。と、青木の発した抑止の声はほとんど叫びであった。屈みこんだ妻のしづはその声に驚いた様子で青木を見あげた。そして、

――成山村の方々のおっしゃることは尊重いたしますが……。と言うのを遮るように青木は話した。

――その石を動かそうとして死んだ者が実際におります。農作業の最中に邪魔になったその石を移動させようとしたのですが、容易に動きませず、段差の下へまわって調べようとしたところ、突然落ちてきて亡くなりました。遺族の者らは、やはり養甫尼さんの祟りだと今も後悔しています。

――分かりました。石が落ちてきて亡くなられた方がいらっしゃるということは事実で、たしかにその通りなのでしょう。それは単なる偶然ではなく、養甫尼さんの祟りだと、成山村の大半

の方々が受け取る素地が長い歴史のあいだに醸成されてしまっているのでしょう。成山村には、あれをしてはならない、これをしてはならない、それをしてしまったら恐ろしい祟りがあるという禁止の伝承が根深くあるようです。御用紙漉村の掟を破ったとして処刑された人びともいたようですから、非業の最期を遂げられた方が何人もいるのでしょう。そういった方々の子や孫たちの恨みもまた堆積していったことでしょう。優婆屋敷の躑躅は養甫尼さんの躑躅だから折ってはならない、根元の石組みには触れてはならない、そういった禁忌の本質は、優婆屋敷へ行ってはならないという領主安芸家から下への命令なのではないでしょうか。優婆屋敷の主がとっくの昔に不在になってから後も、つまり高野山へ去ったとされた後も、その禁忌は生きつづけているようです。何故でしょうね。優婆屋敷が壊された後も、昭和の現在までもつづいているのは、つまりは優婆屋敷「跡」へは近づくなということではないでしょうか。と、しづは声に少しずつ力を籠めながら言った。

――いまだにつづいている優婆屋敷の跡……。青木はぼそぼそと言ってつづけた。

――紙を漉いている者には分かりますが、養甫尼さんは糊料(こりょう)のような方ではないでしょうか。

――糊料……。しづが低く呟いた。

――ご存じのように、「のり」とか「ねり」と呼んでおりますが、材料として糊空木(のりうつぎ)を使います。楮などの皮を数工程経た白い中皮を叩いて細かい繊維にしたものと、「のり」とを、漉船のなかに入れて攪拌します。その原料を簀枠(すわく)で掬(すく)いとりながら揺するわけですが、その時、糊料の粘り気がなければ原料は勢いよく簀枠から流れ出てしまいます。その速度を緩めてやらなければ、繊維が複雑に絡まり合うことができません。つまり丈夫な手漉和紙はできません。しかも、漉きあげられた紙を何十枚と重ねても、一枚一枚きれいに剝がれるのはこの糊料の不思議な性質によるものです。温度が低いと粘性が出、高いと粘性を失う。糊料は、手漉紙を作るためには必要不可欠なものでありますが、紙ができあがると、消滅してしまいます。それは、鮮やかにと言いたいほど、どこにもいなくなってしまいます。養甫尼さんのように……。これは、釈迦に説法でありました。青木は言って深い息を吐いた。

――いえ、いえ、本当に……。しづは呟いた。

――成山村には御用紙漉村時代の掟が住民の心に残っているようで、誰一人として莨（たばこ）を喫いません。と、森木謙郎が言い、つづけた。

――御用紙漉村に指定されると仕事だけはありますので、食べていくことはできたでしょう。御用紙を運搬する荷車なども、武士の方が道を譲ったといいますから、そういう意味では優遇されたのでしょう。森木はさらにつづけた。

――三里四方の山焼きをしてはならない。莨を喫ってはならない。他村の者を入れてはならない。先程幸吉さんの家のなかでご覧いただいた古文書のなかに『加田村甚介御用紙一巻御法度書』というものがあります。

　加田村はこの成山村の麓の村で、そこの甚介が成山村組頭平助組に入って御用紙の製法を習うこととなります。そこで、今後御用紙のことは他言しません、売買に関しても遠くへは行きません、滞在はしません、という甚介の誓約書と、九通の証文を提出します。甚介の養子縁組の際

も、加田村の庄屋と年寄、成山村の養親と弟、成山村甚介組頭、成山村御用紙漉組頭七名、それぞれ署名の一札があって、さらに、

「右成山村甚介加田村百生三朗右衛門養子ニ仕度旨奉願申ニ付双方詮議仕候ニ不実之儀無御座候間奉之通被仰付可被下候已上／成山村庄や彌五右衛門／同村年寄同し権右衛門／御奉行所様」

というのがあります。

延享四年以降の成立と推定される植木挙因（きょいん）編の『土州淵岳志（えんがくし）』「中巻」「産物」の項に以下のような逸話が載っています。まず、

「側理紙又薬袋紙ト名ツク、他国ニテ土佐紙ト云フ。即キガミナリ。淡濃厚薄アリ。吾川郡伊野成山ニテ製シ出ス。他所ニテ漉ク事ナシ」

とあります。

元禄の頃、讃州高松の者が当国伊野村に来て、黄紙を漉く者の弟子となりました。こうなった以上、一生伊野に住んで生きていかなければなりません。そこで、「黄紙ノ製法・紙草ノ見立・水ノヒタシ様、制作ノコラス伝授」したので、男は高度な紙漉きの知識技能を体得するに至りました。十年ほどを経た頃、男は伊野村から抜けだして故郷の高松に帰ります。そして役人に願い

出ました。

「私儀土州伊野村ニ年久シク罷在リ、土佐紙ト称スル黄紙漉ヤウ細カニ伝授仕リ候。御国ニ於テ随分漉出サレ候間、私へ被仰付度旨申シイヅル」

役人たちは詮議の上、殿様へ言上します。殿様は激怒して言いました。

「他国ノ名産ヲヌスミ覚エ、領内ヨリ作リ出サントスル段不届ノ至ナリ。ソノ上、土佐守殿手前モイカヽナリ。加様ノ者ハ見セシメノ為、屹度可申付ト有テ、死罪ニナリシト云フ」

森木が話し終えるのを待って、少時の間を置いてから青木が言った。

――しづ先生。優婆屋敷の跡地にも行ってはならないというような禁止がいまだにつづいているのは、まさか、養甫尼さんは今も此処にいらっしゃるということなのですか。青木の声は震えていた。

――この躑躅の根元の幾つかの石は、墓です。これは土葬の跡です。昔からこの優婆屋敷跡に近づくな、養甫尼さんの躑躅を手折るな、そんなことをしたら祟るぞ、という禁忌が今でもつづいているのは、今でもここに養甫尼さんがいらっしゃるからです。そう言いながら、しづは石に触れ、労わるように撫でた。

青木と森木は顔を見合わせたまま、藤本は虚脱したような顔で固まっていた。そのうち三人の男たちは一様に驚愕の表情になり、しばらく緊迫した沈黙があたりに覆い被さった。もっとも、一番愕然としていたのはこの私・寿岳文章であったかもしれない。

——自害されたのか、それとも殺害されたのか、よくは分かりませんが、養甫尼さんの場合は同じようなことでしょう。祟り伝説が自ら語っているでしょう。たとえ殺害されたのだとしても、それは養甫尼さんのご意志であったでしょう。成山村の存続のための覚悟と決断でした。三郎左衛門は山内との謁見の折に、養甫尼は成山村を出て高野山へ行ったと述べてしまっているので、村内に養甫尼さんのものと分かる墓を造るわけにはいかなかったのでしょう。と、しづは語り、そしてつづけた。

——麓の森木さんのお宅で拝見した七色紙の現物は、私を震撼させました。朱善寺紙、紫紙、桃色紙、黄紙、柿色紙、萌黄紙、浅黄紙……。色は付いていますが、華やかさは少しもなく、暗く、静かで、沈んだ色でした。長年、夫と二人で全国各地の手漉紙を拝見し、直接触れて、香を聞くように匂いを味わってきました。この土佐の七色紙は祈りそのものの紙でした。山奥の森の暁闇(ぎょうあん)のなかに凝然として蹲り(うずくま)、灌木の繁みや草花の群れが真暗闇に埋もれているのを静かに見守っていると、ゆっくりと、まことにゆっくりと、夜が明けてきて、空がほんのり白みはじめる頃、花や草や、幹や枝や、葉の群れが、かすかに、かすかに色を回復しはじめる。暗黒のなかから必死に蘇ろうとする。黒から脱け出そうとする。たとえてみればそのような地味な色でした。戦ばかり、殺しあいばかりの当時の世相を色で表すとすれば黒なのでしょうが、はたして黒は色なのでしょうか。色は、平穏な人びとの静かな暮らしがあって初めてこの世に現れるのではないのでしょうか。養甫尼さんの七色紙とは、黒から脱け出そうと必死になって闘っている多種多様な色自身の祈りなのではないでしょうか。色には想いが生きています。しづは溜息を洩らした。

——しづさん。大丈夫ですか。私は声をかけた。

——養甫尼さん。養甫尼さん。私は今日あなたにお会いできて、大きな深い至福を味わっております。女にとって大切なもののすべてを失っても、生きのびて、ここ成山村で七色紙を創られたことに、昭和十四年の一人の女がお礼を申しあげます。世相は急速に暗くなって、そのうち真暗闇になってしまうかもしれません。今こそ新しい七色紙が必要な時かもしれませんね。あんなにも美しい手漉紙こそは、陰惨で残虐な戦に明け暮れしている輩への至高の武器でありましょう。養甫尼さん、あなたは、負けてはいませんね。七色紙の美しさをこの地上から消し去ることが不可能なように、あなたのお名前を歴史から消し去ることは不可能です。ありがとうございました……。

優婆屋敷から仏が峠へと村の坂道を戻りながら、ながい間黙りこんでいた寿岳しづが言った。

——養甫尼さんのことを知れば知るほど、分からない部分が膨らんで養甫尼さんの姿が見えにくくなります。奇妙なことです。姿とともにその功績も見えにくくなります。

——たしかにおっしゃる通りですが、見えにくいということで言いますと、やはり彦兵衛ではないでしょうか。森木が言ってつづけた。

——養甫尼さんも、千位も、弥衛門も、そして出自不明であるにしても三郎左衛門も、それぞれ人物の輪郭はくっきりとしています。が、彦兵衛だけは曖昧さが付きまといます。尾崎彦兵衛であったり、久万彦兵衛であったり、新之丞であったり……。その曖昧さを補うように、碑文には「伊豫國宇和郡日向谷村」などとありもしない村の名を極めて具体的に記しています。実は新之丞などという人物はいなかった、峠の斬殺事件などはなかった、そういうことを詳説する郷土史研究家もいます。森木はつづけた。

——新之丞・彦兵衛が成山村で助けられたのが慶長初年頃、関ヶ原合戦で西軍に属した長宗我部盛親が土佐を失うことになったのが慶長五年十一月です。つまり新之丞・彦兵衛の成山村生活が五年ほどになるまでは土佐はまだ平穏で、山中の寒村でも『長宗我部元親百箇条』は生きていたはずです。なかの殺人に関する掟を見るとかなり厳しいものです。人を斬り殺して逃亡した者があれば、地頭、庄屋、近所の者らもただちに追捕に出なければならない。生け捕りが難しい場合には殺してしまってもよい。捕り逃がした場合には村の者も罪科に処す。事件を知らず少しの関与がなくても親戚の者は同罪である。喧嘩、口論、盗み、刃傷沙汰など、ありとあらゆる悶着騒動にたいして詳細な罰則が厳しく設けられています。このような時世に、二代目からは安芸姓を名乗ることとなる初代成山三郎左衛門が峠で人を斬殺するなどという暴挙を犯したりするであろうか。という説があります。森木はさらにつづけた。

——今、私たちが登っている道から少し下ると、「太刀洗の泉」と昔から村人に呼ばれてきた小さな沢の小滝があります。仏が峠で新之丞を斬殺した三郎左衛門が、そこで刀の血を流したと伝えられています。その場所が、事件後ほぼ百年後に作成された地誌『土佐州郡志』には「噛米

石　古目加美石」と別称で載っています。本来は、小滝の水飛沫が、まるで嚙み砕いた生米が口腔を白くしている様と似ていることから来ています。この名称は貧村の村人の苦しいほどの渇望から生まれたのかもしれません。しかも「太刀洗の泉」はそっくりそのままの名称であの安芸城内にあります。これは何かの必要に迫られた成山村の者の史跡名の剽窃であるかもしれません。そう、森木は言った。

皆が黙りこんで項垂(うなだ)れたまま仏が峠の『新之丞君碑』が見えるあたりまで戻ると、妻のしづが、

――いくらなんでも、『紙業界之恩人』の碑文に養甫尼さんの名前が入らないというのは、男尊女卑もここに極まれりです。と言った。

――さきほど、村には余所者に来られては困ることがあったのでは、そう青木さんはおっしゃっていましたが、その余所者というのがご先祖というわけですか。と私が訊くと、

――そうです。私の先祖さえここに来なければ、このような石碑が建つこともなかったでしょうに。と青木幸吉は答えた。

――幸吉さんの成山村でのご先祖は、山内家といっしょに土佐に入ってきた人物の子供世代でしょう。庄屋役としてここに赴任してきました頃は、ずいぶんと若かったようです。先程お話ししました古文書の後ろの方に出てきました彌五右衛門(やごえもん)という人です。と森木が補足した。すると今まであまり口を開くことのなかった藤本史郎が、

――おそらく時代的に見て、青木さんの二代目かと推測できるのですが、享保の大飢饉の後、

山内様から誉められています。『土佐國鏡草』のなかに、「島村七郎右衛門・島田弥惣次・井野部幸八なとの類飢民をすくえる事跡」「救ひの手くはりすくれて深切なるもの」「土佐郡成山村庄屋才右衛門」とあります。と、話した。

――はあ、そうですか。才右衛門は二代目です。私どもの成山村の初代夫婦の墓はすぐそこにあります。墓石も長年の風雨に曝されて、あちこち欠け落ちて、あと十年もしないうちに判読不能になってしまうでしょう。青木は言った。

――今お話ししました「庄屋才右衛門」の記事の時代は享保の大飢饉のすぐ後ですから、その頃に代替わりされたのでしょう。藤本は言った。

――彌五右衛門さえここに来なければ、このような石碑が建つこともなかったでしょうに。時期が悪かった……。と青木が先程言ったことを慨嘆の語調で繰りかえし洩らした。

――でも、成山村に来たのも上からの指示によるものでしょうから、そこに何も責任は生じないでしょう。仕方のないことです。そう言いながら私は石碑の側面の方へゆっくり回った。そして、

――この碑の石は元々この場所にあったのですか。と、誰にともなく訊いた。

――いえいえ、先生、これは麓から村人総出で引きあげました。二百八十貫あります。青木は答えた。

――はあ。と思わず私は感嘆の声を洩らし、つづけた。

――私は男ですからやはり経費のことが気になります。青木さんの帳面でも触れられていまし

たが、萱中さんの寄付金額が特別多いですね。二番目の方も多いですけど……。

側面には「新之丞君碑多額寄付者」の名前が刻まれている。「十円　土佐紙業組合　土佐紙株式会社　六円　黒田長次　五円　安喜喜代香　萱中雄幸」などとあり、以下村人の名前が列記されている。合計八十六円である。この大きな石碑の台石の脇に小さな石柱が二本建っており、ひとつには「八十円　萱中雄幸　二十円　尾崎精宏　五円　山本幸美」とある。さらにもうひとつには「萱中雄幸　十八円」とある。

発起人安喜喜代香が五円であるのにたいして、成山小学校校長萱中雄幸（かやなかまさゆき）が合計百三円、尾崎精宏が二十円である。

——常日頃から、訓導尾崎さんは、校長萱中さんと同僚山本幸美さんにも仏が峠のことを話していたのでしょう。斬殺された先祖のことを。と青木が言うと、

——そうでしょうね。と、しづは言い、つづけた。

——しかし、やはり、この碑は『紙業界之恩人慶寿養甫尼公碑』であるべきだと私は思います。

——せやなあ。私は妻に同調した。

青木幸吉も、森木謙郎も、藤本史郎も、沈黙のまま頷いた。

少し間があって、青木が静かにゆっくりと語りはじめた。

——この尾根伝いの向こうの山を高森山（たかもりやま）といいます。そこに優婆（うば）が森という場所があります。森の木々のなかに十畳ほどの広さの平坦地があり、向かいあった大人が両腕を合わせたほどの円

形の石敷きがあります。外側を掌ほどの円い、平たい、滑らかな石が囲み、その内側は小さ目のやはり平たい石がびっしりと敷き詰められています。他に供養塚の跡もあります。もっとも、今はすっかり木と草が繁茂して埋もれてしまっています。その場所は「寺床」と呼ばれています。円形に敷き詰められた石は「たもと石」と呼ばれています。仁淀川の河原の石です。

――こんな山の上に河原の石ですか。と私が言い、

――たもと石とは何なんでしょう。しづが訊いた。

青木と森木の説明を受けるうちに、私の胸裏に、成山村で今まで見、そして聴いた伝説関連の情報にたいする総合的な判断と推測とで、人びととの物語が展開しはじめた。確かな事実に立脚して、自由な想像のままに認めておきたい。

――*――

優婆が森の「優婆」は優婆夷の略称であり、在家信仰者の五戒律、不殺生、不偸盗、不邪淫、不妄語、不慳貪を厳守することのできた女性にたいする尊称である。

養甫尼は、千位の死後、相変わらず田畑の仕事、村人たちへの奉仕、子供たちへの教育、成山村の老若男女の暮らしの成立ちに役立つ仕事を創りだすこと、そこに想いの比重はかかっていた。そんな彼女の日常生活の基底にあるのは仏道精進であり、亡き夫や息子たちの供養であった。現世における自分のための願望のほとんどを失ってしまった彼女は、時折村を抜けでて、坂

の峠から西南の方向にある高森山の頂上近くに行って佇立することが多くなった。はるか下方の大きく蛇行して大海へ流れていく清流仁淀川と、その対岸の波川の村を、悄然と眺めている……。

その姿をたびたび見かけた村人たちは、養甫尼の深い哀しみを思って、心を痛めた。ある時、彼ら彼女らの何人かが話しあった。

——優婆夷様に、せめて仁淀川の河原石を触らせてあげたいものじゃ。

——うん、それはええ考えじゃ。優婆夷様は波川の城においでなさった時も、仁淀川の河原でお子様方とよくお遊びなされたそうじゃ。少しはお慰めできるじゃろう。

——どうせなら、ひとつやふたつじゃ寂しい。優婆夷様がよくお立ちになっているあの場所へ、できるだけ平たくて、円くて、つるつるしたのをいっぱい敷きつめよう。優婆夷様がまるで仁淀川の流れのそばの河原石に坐っているようなお気持ちになられるくらい、仰山持ってこよう。

——そうじゃ。それがええ。

月夜である。青白い光が夜空をほんのりと白く浮かばせて、成山村を囲繞する森の樹々の葉叢を照らしていた。大人の男たち女たちに交じって何人かの子供たちもいた。小さな集団は誰一人として声を出す者はいなかった。黙りこんだまま、月光の下の山の森のなかの杣道を仁淀川河原まで下りた。大人たちは平たく円く大きい石、子供たちは平たく円く小さい石を採取した。ある者は用意していた袋に入れ、ある者は懐に入れ、ある者は袂に入れた。そしてふたたび夜の森のなかを高森山の頂き近くの寺床まで戻り、青白い月の光の下で夥しい石を敷き詰めた。円形の外周は大きな石、そのなかは小さい石を並べた。

翌朝、何人かの村人と大勢の子供たちが土居屋敷の養甫尼を迎えに行った。はじめ彼女は驚いた様子を見せたが、しかし大人も子供も一様ににこやかな表情なので、微笑みかえしながら、

――なにごとでしょう。朝早くから、大勢で。と養甫尼が言うと、

――優婆夷様。今から一緒に出かけましょう。と女の子が言った。

――まあまあ、なんでしょう。今日はなんのお祭りでしょう。どこへ連れていってくれるんでしょうね。と嬉しそうな声で養甫尼は言った。

賑やかな大人たち子供たちに前後を守られるようにして、坂の峠までの急傾斜の細道を登った。峠に達すると、

――さあて、優婆夷様。まことに恐れ多いことでございますが、ここからは子供たちがお手を引いてご案内しますので、これで目を隠し、進んでいただきます。と村人は言って、手漉紙を何枚も重ねた円形のものの両端に紙撚りの紐をつけた目隠しを、養甫尼の顔に被せて頭の後ろで結んだ。

――ほんとうに何事でしょう。どこへ行くのでしょう。と養甫尼が呟くと、

――ないしょ、ないしょ、優婆夷様にはないしょ。と子供たちは歌うように声を合わせた。

集団には二人の先導者がいて、歩きやすいように枝を打ち草を薙ぎ、小石を足先で排除した。養甫尼の手はそれぞれ二人の子供たちの手が包み、腰のまわりにも数人まとわりついて、賑やか

なその塊を大人たちが見守っている。景色は見えないが、坂の峠から尾根伝いに進んでいるのでおおよその見当はついている。

やがて両の手を引く子供たちのふっくらとした手指から微妙な慎重さが伝わってきて、それまで賑やかであったのが静かになり、目的地の近いことを養甫尼は感じた。やはり、いつも自分が立って仁淀の流れとその向こうの波川村の家々をはるかに眺めて時を過ごすあたり、寺床ではないのか、と思った。やがて両手に絡まりついた子供たちの幾つもの小さな指と指と指が、養甫尼に静止することを知らせた。

——優婆夷様。どうぞ目隠しをお外しになってください。と村人が言った。

養甫尼はゆっくりとそれを外していった。空が見える。朝の大気が見える。梢と葉叢が見える。波川の低い山々とその麓の家々が見える。仁淀川の蛇行が見える。自分が立っている傾斜地の灌木と草花が見える。そして、足許に整然と並べられた円形の敷石が見えた。

——あら、まあ。と感嘆の声が思わず胸の内から溢れ出た。

——おお、これは。ともう一度、今度は歓びの声が溢れ出た。

養甫尼は履物を脱ぎ、その敷石の上にあがって、ゆっくりと屈みながら、手漉紙のお面を脇に置いた。そして、まるで土下座をするような恰好になって、

——おお、おお。と震える声を洩らしながら、ひとつひとつを仔細に見つめ、両の手の指先でそろそろと撫でた。

——仁淀の河原石にございます。と古老が言った。

養甫尼は両の掌で顔を覆い、嗚咽を洩らした。

――優婆夷様。これで、いつでも、すぐ、仁淀の河原に坐れますよ。と女の子が言った。

――なんとまあ、ありがたい。なんとまあ、みなの優しいことよ。私は、このひとつひとつの石に見覚えがあります。と言いながら、養甫尼は仁淀の河原石に頬を触れんばかりにして、這うような姿勢で撫でまわし、歓喜した。乾いた敷石の表面に涙の雫の跡がいくつも浮かんだ。

このようにして、夫も子供たちも波川の地も失って深い哀しみに陥っていた養甫尼を慰めた村人たちのなかに、事情の経緯はまったく不明であるが、領主の彼女に取って代わることになる三郎左衛門という男がいた……。

―*―

慶長初年の冬のある日、成山村の道端に遍路姿の旅人が倒れこみ、苦しんでいるのを、村人が助けて保護した。その村人はまず領主である養甫尼のもとへ駆けこんで知らせた。その日から養甫尼は村人の家で臥せっている病人のもとへ通って看病をした。数日後、常福寺へ移した。

遍路がこの山奥の成山村を歩くのは実はよくある通常のことである。成山村のうち北成山は土佐中央部の山岳地帯から高知城下へ行く近道となっているからである。たとえば、吉野川源流の山岳地帯の土佐伊予の境あたりに手箱山があり、ここには氷室がある。時代は山内治世となってからだが、毎年真夏に氷を高知城まで届けた。北成山から鏡小山を越えて領家へ向かう途次、氷室神社がある。日中、ここの岩陰に氷を入れ、夜になると一気に運んだ。つまり伊予からの遍路が辺鄙な成山村を歩いていても不自然ではない。

遍路の名を新之丞といった。このような逸話が残っている。養甫尼が囲炉裏での煮炊きの薪として楮（こうぞ）の木を焼（く）べるのを見た病者の遍路は言った。

――優婆夷様。それは楮の木ではありませんか。

――そのようですね。

――それは何処から伐ってこられましたか。

――さあ。このあたりにはいくらでも自生しています。

――その木はこの村にとりまして宝となりましょう。ああ、よかった。これでお礼ができそうです。楮の木の皮からは紙を作ることができるのです。

この行き倒れの遍路は乞食であるとか、修験僧であるとか、養甫尼を訪ねてきた三滝城よりの使者であるとか、村人のあいだで諸説百出する。この頃、土佐の諸所で手漉紙は作られていた。近辺に楮が自生していた成山村でも、新之丞の知識技能のおかげでその製造の仲間入りができた。

新之丞が養甫尼らに伝授したのは「抄紙法」であるが、原材料の三椏や楮の採取あるいは栽培、蒸しや剥ぎの加工、そして簀（す）や桁（けた）や漉器など道具の作製、そして実際の手漉作業など全工程を習得し、生産と呼べる程度にまでなるには三年を要した。

たとえば原材料だけに限ってもおおよそ以下のように多くの工程を経なければならない。土佐半紙の場合で見てみる。


初冬、山や畑の楮を採取する。

一定の長さに伐った楮を甑（こしき）（釜・蒸し器）で蒸す。

皮を剝ぎ採る。

黒皮を取り除き、水に浸し、土泥を抜き、寒夜に晒（さら）す。

河原または枯芝などの上に並べ、二晩ほど置く。

乾燥したら束ねて、川の浅場あるいは田圃に一日浸して柔らかくする。

これを上げ、釜に入れ、石灰（いしばい）を足して煮る。

一釜に乾草五貫目石灰約五升を入れる。一日に約三釜、これを上げ、川に一日晒す。

一本ずつ甘皮を削り傷あるいは汚れを除いて晒す（厳寒期の婦女の作業となる）。

厚板の上に置き、槌（つち）（樫（かし）の棒を、ある部分は平に、ある部分は丸くしたもの）にて繊維が細分化
するまで叩き刻む（打つ回数数千に及ぶ。乾草五貫目を三板として四人がかり、約半日を要す。この
作業は夜間に行うことが多い。成山村の月夜に夜通し打音が響く）。

再度水のなかで洗いながら塵を除く。

真っ白になった原料を漉器に入れ「糊」を入れて攪拌する。

簀で掬いあげる作業に入り、濡れた紙を一枚一枚重ねていく。

一日重しをかけて水気を切る。

翌日一枚一枚剝がして板に貼りつけ乾燥させる。

翌日乾いた一枚一枚を剝ぎとり、厚薄美醜を選別する。

楮を入れて端を裁ち、余分の耳にてこれを縛る……。


新之丞が成山村に来たのは慶長初年である。「抄紙法を伝」え、その知識技術が村に定着したのが慶長四年である。

波川に住んでいた頃、養甫尼は桑畑を持っており、養蚕をし、糸の草木染を実作し、機織りもしていた。新之丞から教授された抄紙法を十分に習得した彼女は、糸の草木染を紙に応用してみた。新之丞と三郎左衛門の助力も得て、試行錯誤を繰りかえし、七色紙創製になんとか成功したのが慶長五年のはじめである。この時点に至ると彼らは「秘密」を共有したことになる。

時代は激しく大きく転変しつつあり、中央史が四国山中の寒村にも反映して、坂の峠が仏が峠と呼び方を変えることになる伝説の要因もまた揃いつつあった。

慶長三年、豊臣秀吉、没。同四年、長宗我部元親、没。同五年九月、関ヶ原合戦。

元親没後の土佐を継承した盛親は西軍石田側に属した。この西軍従属も諸説あって、本当は東軍徳川に属したかったのだが、その使者が近江の関所で捕縛されるか引きかえすかして、仕方なく西軍に加わった……。これは長宗我部側から振りまかれた盛親擁護のための捏造された話であろう。もし後世の噂話であったとしても、このこと自体が盛親の優柔不断な性格を物語っている。

大坂に家臣立石助兵衛（正賀）を残し、井伊直政を通じて徳川家康に謝罪させるという安易姑息な方法をとって、盛親は土佐に帰った。陽動作戦論、浦戸籠城徹底抗戦論、そして上坂謝罪論、土佐における軍略論議は紛糾する。盛親は過誤の上にさらに失策を繰りかえす。

慶長五年十月十日頃、家康への詫びのために盛親は上坂する。その前に、土佐を分割されるかもしれないという甘く小賢しく滑稽な懐疑から、実兄津野孫次郎親忠を殺害する。愚行はこれにとどまらない。

土佐国内で一部の者らに抗戦態勢を取らせ、上坂に際して侍十一人足軽百八十人を伴なった。宿所天満学授の寺に入った直後、井伊直政の家臣に包囲されてしまう。詫びを入れるのに大勢の兵を従えるという愚昧さに、井伊は不快を通り越して呆れかえったであろう。長宗我部の家臣足軽たちは逃散してしまい、残ったのはわずか七人の従者である。

盛親は俘虜の身となり、井伊家の下屋敷に移る。直政に懇願して家康に詫びを入れたが、盛親は幼児のように翻弄されるだけである。土佐没収、身柄は京都所司代にあずけられ、牢人となって町家に住むという条件をむしろ喜ばなければならなかった。盛親は土佐の家老宛に城その他すべてを譲渡するように朱印状を書く。

このことが土佐の一領具足をより一層頑迷にした。土佐統一の時代、四国制覇の時代、秀吉戦敗北後の時代、そして関ヶ原合戦敗北後の現在、という情勢の激変にたいして一領具足は無知であった。すでに自分たちの土佐が途方もない強豪権力に掌握されているという事態がよく分からない。何故、自分たちが勝ち取ってきた土佐を余所者に取られなければならないのか。まだ一度もこの土佐において戦を交えていないではないか。このままでは、自分たちは元の山々、村々の百姓に戻らなければならなくなるという没落の危機意識を抱いた。彼らは浦戸において無謀な叛旗を翻す。

慶長五年十月十七日、長宗我部家の家老立石助兵衛を案内役として、井伊家の鈴木平兵衛そして山内一豊の弟康豊（やすとよ）など二百人余を乗せた船が、浦戸城受け取りのために大坂を出た。

十月十九日、鈴木平兵衛、浦戸港に着く。一領具足たちの抵抗が激しく、説得は難渋を極めた。浦戸一揆が起きた。在地性を失ってはいるが、歴とした武士階級自覚集団である家老年寄衆と、山岳地帯への帰農を強要されて没落過程を下降しつつある百姓・一領具足衆との、統括者不在の角逐が浦戸の地で展開された。したがって、合戦とは呼ばれず「浦戸一揆」である。

浦戸湾の地形はちょうど蟹が両の爪を閉じかけているのに似ている。その閉じようと重ねあわされた外側の爪の先に浦戸城がある。その爪の付根のあたりに雪蹊寺（せっけいじ）という臨済宗の寺がある。元々は真言宗寺院であったが、元親が大高坂（おおだかさ）より浦戸に移って臨済宗に改めた。元親没後、盛親が菩提寺とし、元親の法号雪蹊恕三（せっけいじょさん）にちなんだ寺号に改めた。九州戸次川（へつぎがわ）の合戦で死んだ信親（のぶちか）の墓と、この勇猛果敢にして美形の若武者の死へ雪崩れこむように後追いして逝った土佐侍七百人の供養塔がある。この雪蹊寺の月峯（げっぽう）という禅僧が、山内使者および長宗我部家老・年寄衆と、一領具足・一揆衆との周旋役を担った。対立している階層双方に信望が厚い。

この時点で長宗我部上層部は、山内康豊、上使鈴木平兵衛、副使松井武大夫などとすでに一体化してしまっている。盛親の保身と自分たちの転身を考えていた。

一方の一領具足側は総勢一万七千である。その中核を成すのは、竹内惣左衛門、吉川善介、徳井佐亀之助、池田又兵衛、野村孫右衛門、福良助兵衛、下元(しももと)十兵衛、近藤五兵衛などである。

交渉は、強大な軍事力を有している権力の恐ろしさを「知っている者」と、せいぜい陰口悪口で大言壮語して自己過信に陥っている「知らない者」との、深い径庭があって、進展しなかった。

この膠着状態において、桑名(くわな)弥次兵衛(一孝(かずたか))という不思議なほど明快な侍が登場する。雪蹊寺の月峯とは対蹠(たいしょ)的な意味において人気が高く、一領具足たちにも信望が厚い。その理由が単純で、剣術に優れているという一点である。土佐随一といわれている。

この弥次兵衛の父親は長宗我部盛親の守役であるから、盛親とは幼少期からの上下関係のなかでの友情のごときものがある。盛親への敬愛は一領具足たちと同様であるが、軽挙妄動しては上方で俘虜の身となっている主の命が危ないと弥次兵衛は考えている。自分たちにはこのあたりの思慮分別に欠けるところがある、という自覚が一揆衆にはなく、そのことが命取りになる。

――拙者は桑名弥次兵衛である。お味方をいたしたい。門をひらかれよ。

と、ある夜、この漢が手下数人をつれて門前で大声を放った。一揆衆は狂喜して招じ入れた。すでに一揆衆は浦戸城から雪蹊寺にいたる一帯を、あるいは封鎖し、あるいは占拠し、あるいは蟠踞(ばんきょ)している。土佐の中枢部を掌握しているといっていい。桑名一人の味方で勢力は倍加するであろう。

桑名弥次兵衛は歓声の湧きたつ一領具足の群れのなかを、どんどん進み、叛旗(はんき)の首謀者たちが談笑している奥の方の座敷へ入っていった。桑名への歓待や謝辞の声で部屋のなかが明るくなった瞬間、弥次兵衛は抜刀し、優美華麗な閃光が乱舞した。弥次兵衛の顔を見て大喜びで笑っている頭部は、瞬時の後に胴から離れて飛んだが、床に転がっても笑顔のままである。その場の全員を斬り殺すのにあまり時を要しなかった。慶長五年十一月末のことである。

この時に呼応して、桑名と家老年寄衆の伏兵は攻めに攻め、斬りに斬り、追いに追って、容赦なく殺しつくした。一領具足、一揆衆は土佐の山々村々へ四散逃亡したが、追撃は執拗で徹底しており、酸鼻を極めた。

十二月五日、鈴木平兵衛は長宗我部老臣を使ってさらに反徒を追撃、平定させて、この日浦戸城を収めた。

十二月二十一日、山内康豊、禁制を大野見（おおのみ）村天祐庵に下す。百姓一領具足、安堵布石。

十二月三十日、一揆の首を晒し、大坂へ送る。

慶長六年一月二日、山内一豊、大坂より甲浦（かんのうら）に着く。陸路を経て浦戸城に入る。

このように、土佐における長宗我部から山内への権力移動は円滑ではなかった。山内入国後の数年間、土佐全域で阿鼻叫喚、血しぶきのあがる戦場であった。山内家のやり方は尋常ではなく、罪人の家に鎗や刀で武装した横目その他に踏みこませて問答無用で殺した。神社参詣や登城の途次に待ち伏せをして討ち果たした。あるいは屋敷に招待して謀殺した。この年三月には、桂浜（かつらはま）で相撲大会を開催するとして土佐全土から力自慢を呼び集め、一網打尽、七十三人を磔（はりつけ）にして皆殺しにした。

山内一豊が逝去するのが慶長十年九月であるから、成山三郎左衛門が謁見して七色紙を献上したのは慶長六年からの四年間のことである。

関ヶ原戦後の長宗我部家の無様な没落ぶりを、養甫尼はしっかりと見ていた。山内一豊の土佐入りの頃、成山村の養甫尼は、仁階弥衛門、三郎左衛門、尾崎彦兵衛を土居屋敷に集めた。状況は切迫していた。十二月二十一日に山内康豊が一領具足らの安堵を布告しているが、実状は山内にとって土佐全土が敵地であり、老若男女、身分に関わらず土佐人すべてが敵であった。

――弥衛門殿の探査によりますと、山内様が浦戸城に入られました。長宗我部家は終りました。盛親殿は大坂で存命のようですが、もはや再興の望みは少しも残ってはいません。思えば、九州戸次川の合戦で信親殿が討死した時、元親という人間も滅び、長宗我部の家も滅亡していました。まことに恥ずかしいことながら、今日まで仇敵長宗我部から成山村を預かってまいりましたが、それも終りにしなければなりません。皆も知っての通り、だいぶん落ち着いてきたとはいえ、土佐のあちらこちらで山内様と長宗我部の残党との衝突がつづいていて、土佐全土が戦場となっています。私たちも、成山村の人びとが今までと変わりなく平穏に暮らしていくための対策を講じなければなりません。――三郎左衛門、明日からあなたがこの土居屋敷に住むのです。そして一日も早く、浦戸城へ七色紙の献上に行きなさい。手漉紙の献上は多くあるでしょうが、七色紙はどこにもありません。早くそうしなければ、山内様はかならず長宗我部元親の妹のいるこの成山村を殲滅することでしょう。それよりも前に献上すれば、この七色紙が村の人びとの命と暮らしを守ってくれるにちがいありません。と、養甫尼は話した。

──三郎左衛門がここに住むとして、養甫尼様はどこに移られるのですか。と弥衛門が訊いた。

──この土居屋敷を出ても、私が成山村のどこかの家に住んでいるとなると、旧態依然として元親の妹がこの村を領有していると山内様には見えることでしょう。私は一人で高野山へ行きます。

──それはあまりに無謀です。私がお供いたします。どこまでも養甫尼様をお守りするのが私の使命ですから。

──弥衛門殿が残って指導しなければ成山村が成り立ちゆきません。それに、そなたの娘と三郎左衛門との子、孫の市右衛門の成長も見守らなければならないでしょう。すでに長宗我部家も終わったのですから、弥衛門殿の役目も十分果たし終えたのです。その点、私は、親もなく、夫もなく、子もなくなりました。七色紙だけは完成させましたから、もう、本当に、何も思い残すことはありません。

──それでは私が高野山までお供いたします。ただしそのことに関しましてお願いがございます。優婆夷様を無事高野山までお送りしましたら、成山村に戻ってきますから、そうしましたら家族をつれて伊予の郷里に帰りたいのです。新之丞・彦兵衛が言った。

──彦兵衛殿は娘ができたばかりではありませんか。それにあなたはこの村に手漉紙に関するすべてを伝え、教えてくださった大恩人です。できれば今まで通りこの村で生きていってほしいのです。将来、市右衛門と娘とを夫婦にすればよろしい。成山村は三郎左衛門から市右衛門へと継承されることになるのですから。三郎左衛門へすべてを譲ることは、結局のところ、弥衛門殿と彦兵衛殿にたいして私のできる最後のお礼なのです。それに、酷なことを言うようですが、郷里を捨てたか追われたか、その訳を問う気はありませんが、いずれにしてもその時の事情を思いかえしてみることです。

——……。

——三郎左衛門。山内様との謁見がかなって七色紙献上が成就しましたなら、かならずや、申しあげておきなさい。長宗我部元親の妹、波川玄蕃清宗の妻は高野山へ去りました、長宗我部を敵としておりましたから山内様をお待ちしておりました、成山村をお返しいたします、と。

長く沈痛な静寂がここにいる人びとを凍らせるようであった。すすり泣きの声が洩れた。三郎左衛門が決然とした声で言った。

——優婆夷様。「躑躅の隠し田」があります。あそこに小さな庵を造りましょう。森のなかにぽつんと十五坪ほどの原っぱの平坦地があって、そこに入る道らしい道もなく、隅にただ一本の躑躅の木が生えているだけです。山内家の者もこんな山奥へわざわざ調べに来たりはしないでしょう。もし来ても、あそこは昔からの隠し地で、時たまの出入りは限られた者が裏山の獣道を使いますから、まず入口が分からないでしょう。村からの道は崖の途中の草茫々の幅一尺にも満たない自然の溝程度のもので、昔から通行禁止ですから、こちらもまず分からないでしょう。重要なのは『長宗我部地検帳』に記載のないことです。そう、三郎左衛門が言った。上に仁階様、前に私、下に彦兵衛、それぞれの家があって、入口の番ができます。

謁見の時である。

——お殿様。優婆夷様、いえ、養甫尼は成山村のすべてを山内様にお返しして高野山へ去りました。養甫尼は長宗我部家の出ですが、夫の波川玄蕃清宗も、息子たちも、娘も、皆、兄・元親に殺されました。兄を仇としていました。養甫尼は、村人の暮らしのためにこの七色紙を完成させ、遺して、去りました。長宗我部に代わって山内様が土佐に入られたことを喜んでおりました。

話しながら、三郎左衛門は内心期待していた。養甫尼の成山村での生存と生活がつづけられることを、今まで通り成山村に住んで人びとを指導しさらに一層美しい紙の製作に精進できることを許す、と山内一豊が言うことを。

——その養甫尼とやらが村を去ったのは何時のことか。と一豊は訊いた。

——三日前にございます。三郎左衛門は胸の内に光明と恐怖とを感じながら嘘を言った。

——三日前なら、女の足ではまだ四国を出ていないであろう。追って、捕えて、引き連れてこい。そう一豊は言った。

三郎左衛門は慄然として思わず一豊の顔を一瞥しようとしたが、慌てて顔を伏せた。

——その元親の妹がどこぞの村でこの七色紙の作り方を教えてしまったら困るではないか。この七色紙は徳川将軍家への献上品にするつもりである。同じものが他藩から現れては絶対に困る。ゆくゆくは、成山村を御用紙漉村にして保護するつもりである。

——ご心配には及びません。養甫尼は歳もすでに六十が近い老婆です。そんな歳で高野山へ行くというのは死にに行くことと同じなのです。野垂れ死にが目標なのです。他の村に七色紙の製法を教えるなどということは、養甫尼の、成山村の人びとの暮らしを大切に想う深い心からしてありえないことであります。三郎左衛門は恐懼(きょうく)の涙を落とすまいと手で拭った。

このように、土佐がまだ新国主山内と長宗我部とで戦っている混乱の時代に、三郎左衛門は養甫尼創製の七色紙を持参して一豊に謁見した。杯と徳利を下賜されたばかりではない。三郎左衛門は給田と総切畑拝領、つまり成山村の新領主となることを山内から認められた。

―― * ――

慶長も元和にかわり、五年を過ぎた頃である。養甫尼は七十代のなかば、三郎左衛門は六十歳近く、息子市右衛門は二十代のなかばの頃である。

すでに山内一豊は卒去していた。二代目藩主となったのは、一豊の弟康豊の嫡子忠義(ただよし)である。年少であったので父が後見として藩政を動かした。はじめから土佐の治政の実権実践者は弟の康豊であったから、このことで少しの混乱も起きはしなかった。

謁見、七色紙献上、成山村新領主を認められてしばらくすると、成山村は御用紙漉村に指定され、三郎左衛門は御用紙抄出方役に任ぜられた。精勤するうち次第に頭角を見して(あらわ)土佐一円の抄紙の監督となって活躍し、すでに士分として取り立てられていた。

ある日、城へ御用紙を納めてきた三郎左衛門は、力仕事に疲れている様子の荷役運搬の男にいつものように手を貸すこともせず、放置して、どんどん帰路を急いだ。それどころではないのである。

三郎左衛門は成山村への峻険な山坂道に入ってからもほとんど小走りで登っていく。途中、畑仕事をしている者や上から降りてきた者が挨拶の声をかけてきたが、すべて見えない、聞こえない、気にしない様子である。忙殺を極める日々であるが、今血相を変えているのはそのことではない。

横藪の自宅に近づいたが、咽喉の渇きに堪えられず、脇道にそれて沢に行き、「米嚙みの小滝」に顔を入れてがぶがぶと渓水を飲んだ。何度も大きな息を吐いて、今度は頭の丸ごとを小滝の水に突っこんで冷やした。それから元の村の道に戻り自宅へ駆けこんだが、頭から浴びた水と汗とがだらだらと垂れて肩や胸に垂れてほぼ全身びしょ濡れである。女房がなにやら小うるさく話しかけてくるが相手にしている暇はない。三郎左衛門は、上へ行くべきか、下へ行くべきか、思案しつづけたが、その困惑は深甚なものであった。優婆夷様はすでにこの成山村にはいないことになっている……。市右衛門には少しの関与もさせるべきではないという状況が迫りつつあるという暗い予感を覚える……。

先に、仁階弥衛門の家に駆けこんだ。義父は手仕事をしている。

——舅（しゅうと）殿。大変です。どうしよう。困りました……。

——三郎左衛門殿。いったい何事じゃ。

——幡多郡の代官を命じられました。

――それは大したことじゃ。おめでたい。何も困ることはない。

――そんなことは問題ではありません。幡多郡ですから当然村を出なければなりません。紙方役は倅の市右衛門が務めることになりましたから、このことも問題ではありません。

――何が問題なのじゃ。

――新しく庄屋役が来ます。

――あっ。と、弥衛門は吃驚の声を吐いた。二人は少時黙りこんでいたが、

――養甫尼様が。と弥衛門が、

――庄屋役といっても山内の間諜（かんちょう）みたいなものです。露見してしまいます。と三郎左衛門が言った。

二人は長いあいだ思案を巡らせた。やがて、弥衛門が呻吟を洩らすように重い言葉を述べた。

――養甫尼様にお願いをして、今度は本当に高野山へ行ってもらおうか……。

――それはやはり無理です。途中で野盗に遭遇して身包み剝がされて殺されるか、山内の者に捕縛されるか、それこそ彦兵衛のように行き倒れでどこかの村で助けられて、お礼に七色紙の製法でも伝えられたら、ここで匿（かくま）っていたことが露呈してしまいます。そうなったら、私も立場を失い、成山村は潰されて、皆殺しの目に遭うでしょう。三郎左衛門が言うと、

――七色紙のことを洩らすなどということは絶対にあるまい。私は長宗我部家からの養甫尼様の付人であるから、あの方のことは誰よりもよく分かっておる。養甫尼様が野盗に襲われるなどということがあってはならない。私が高野山までお供をいたす。弥衛門は沈痛な面持ちで言った。

――失礼ながらそのご老体では無理でしょう。

――無理、か……。そうすると八方塞がりということか。養甫尼様に今まで通り優婆屋敷に住みつづけてもらうことも駄目、成山村を出て高野山へ行ってもらうことも駄目、ではどうするか。その庄屋役はいつ来られるのか。

――ひと月ほど先とのことです。

――ひと月か……。三郎左衛門殿。このことは、他の誰かに言ったか。私のところに来る前に、養甫尼様、彦兵衛のところに寄ったか。

――いえ。寄ってはいません。実は城から帰る道中そのことだけを思案しつづけました。その筋道を辿ることはできませんが、はっきりと、誰よりも早く舅殿にお伝えしなければと思いまして。それに、とっくの昔に優婆夷様は成山村を去ったことになっていますし、成山村領主はこの私ということになっていますから、何事も自分で考えて決断せねばと己に言い聞かせています。

と、三郎左衛門は答えた。

――そのことが、すでに、今後どうすべきかという三郎左衛門殿の意志を物語っている。彦兵衛宅も優婆屋敷も通り過ぎてここに来た、それが答えじゃ。

――はあ……。

――手漉紙の恩人彦兵衛にも、七色紙の恩人養甫尼様にも、成山村領主としては最早遠慮している場合ではないということじゃ。すでにそういう地点にまで我々は来てしまっている。時代は確実に変わった。土佐がふたたび長宗我部に戻ることはけっしてあるまい。徳川や山内の強さは四国では見たことも聞いたこともない途轍もない凄さである。覚悟を決めなされ。成山村の人びとを守るためにはどうすればいいのか、それを決めるのは三郎左衛門殿です。

——覚悟……。決断……。

——卑近な美名を取って成山村をここで壊滅させるか。子々孫々に至るまでの悪名を取って成山村の人びとの安穏を達成するか。選ぶのは三郎左衛門殿じゃ。

成山三郎左衛門の脳裏に、十年後、二十年後、三十年後の、坂の峠からの成山村の家々や田畑の姿が展開した。天日干しされた手漉紙の白さが眩しいほどに反射して谷間の村は明るい。あちらこちらから女たち、子供たちの笑い声が花々のように湧き立ってくる……。

突如として、その明るい笑い声は阿鼻叫喚に変わる。雑兵たちが群がって襲来し、若い母親たち、娘たち、そして幼女たちまでもが日射しのなかに引き摺りだされて、丸裸にされて、白い太股を押しひろげられて、輪姦されていく。彼女たちのそのそばで、丸裸にされた赤子がつぎつぎと空中に放り投げられ、それをつぎつぎと槍で受け止めて、赤子の串刺しが増えていくのを雑兵たちは大笑いして喜んでいる。このような惨劇を、三郎左衛門は子供の頃に灌木と草の繁茂のなかに隠れて目撃したことがあるような気がする……。おっ母、と、声を押し殺して洩らしたことがあるような気がする……。夜が更けると、串刺しの赤子たちは酒肴になって丸焼きにされ食い千切られた。

——分かりました。今日、日が暮れたら、優婆屋敷へ行きます。夜中に、後のことを手伝いに来てください。庄屋役が村に来てしまったらその存在を隠し通すことは無理でしょうし、ましてや行動に移したら一層隠蔽は難しくなるでしょう。来る前に、断行しなければなりません。何人であれ、七色紙の作り方を知っている者を村から外へ出すわけにはいきません。と三郎左衛門は決然と言った。

――承知した。すべてが片付いたら私はすぐ出発して、しばらく成山村を離れて暮らす。村の者らには、養甫尼様のお供をして高野山へ行ったと伝えよ。なあに、波川村の自家の納屋にしばらく潜んでおる。こういうことは、これ以上ないほど慎重に綿密にことを運んでも、何十年か過ぎるうちになんとなく村人のあいだに露見してしまうものじゃ。未来永劫に隠し通せることなどできはしない。しかし暮らしが落ち着いてくれば旧領主のことなどどうでもよくなってしまうものじゃ。と弥衛門もまた決然と言った。

遮るように三郎左衛門は、

――私の悪名、我が家の汚名など、村の者らの暮らしを考えればどうということはありません。では今宵。と言った。

――よし。それでこそ領主じゃ。まずまちがいなく、事が終ったら、今夜のことに気づいて彦兵衛に動きがあるはずじゃ。前々から帰郷したくて堪らないところに、今度は己の身の危険を察知したら、かならず動く。動けば自滅じゃ。邪魔になる。と弥衛門は言った。

この日の夜が更けていくその時間は、遅速の感覚を超えた重苦しい緊迫感に満ちていた。

深夜、仁階弥衛門と成山三郎左衛門は、優婆屋敷の狭隘な庭の隅の躑躅の木の根元に幾つもの石を積み重ね終えると、その場の地面に坐りこんだ。二人とも全身汗でびっしょり濡れており、しばらく荒い息をつづけ、黙りつづけた。二人の目はすでに夜の闇に慣れていて、黒い影の塊となっている庵や樹々や向こうの山の森の上に広がっている空の、無数の星を意外に明るいと感じていた。全身の皮膚を覆った汗がすっかり冷めた頃、躑躅の木の根元のあたりで欷泣（ききゅう）の声がしはじめた。ふたつの異なった声が融合していた。

——優婆夷様はなにもかもご承知でした。覚悟をされておられました。もう十分じゃ、と。何を躊躇（ためら）っておる、と。私を手伝うだけじゃ、と。三郎左衛門は震える声で言った。

——そういうお方じゃ。仕方のないことじゃ。弥衛門は不意に大きくなろうとする泣き声を押し殺した。そしてつづけた。三郎左衛門殿。今からは、長宗我部に滅ぼされた安芸になられよ。安芸国虎次男、安芸三郎左衛門家友になられよ。但し、安芸を名乗るのは倅の市右衛門に代替わりしてからじゃ。と弥衛門は言い、国虎次男が三郎左衛門となるまでの大雑把な虚構の経緯を語って聞かせた。名乗れば誰にでも生まれ変われるのじゃ、夜が明けたら村の者を集めて話すように、と言った。

朝、三郎左衛門は老若男女、村人のすべてを日裏神社の境内に集めて大声で言った。

——昨夜、優婆夷様は高野山へ旅立たれた。今度は本当に行ってしまわれた。仁階弥衛門殿がお供をされているから大丈夫じゃ。皆も安心するがよい。今後、何日かをかけて、私は優婆屋敷の後始末をしなければならない。ひと月ほど経ったら、私は幡多郡の方へ代官として赴く。後は倅の市右衛門が私に代わって御用紙抄出方役となる。その頃には、山内様に随伴して土佐に入ってきた一族の一人が庄屋役として来られることになる。皆も承知の通り、山内一豊様に謁見して成山村が御用紙漉村になった時点で、すでに優婆夷様は高野山へ去った、ここにはいないことになっている。実際は優婆屋敷にお住まいになって、我々皆で匿ってお守りしてきた。万が一にも、庄屋役に優婆屋敷のことを気づかれたら、我々皆が亡き山内一豊様を欺きつづけたことになり、桂浜での相撲大会のようにまずまちがいなく皆殺しにされてしまうにちがいない。女たちは歳に関係なくその軀を散々凌辱されてから殺されるであろう。そこで、私と彦兵衛とで、これから優婆屋敷を跡形もなく破壊しなければならない。そのことも気づかれてはならないので、今後いっさい屋敷の方へは入るな。もし違反する者がいたら、私に与えられた権限によって処刑する。そして、ひとつ大事なことを皆に話しておく。ずっと隠していたが、私は、実は、安芸国虎の次男である。安芸城陥落の後、兄千寿丸と共に阿波へ逃げていた。兄は矢野又六郎と名乗って生きのびたが、中富川合戦で討死した。私はさらに山中へ逃げた。そんな時、優婆夷様から成山村に来るようにと声がかかったのだ。――倅市右衛門からは復姓して安芸市右衛門となる。皆、そう心得よ。三郎左衛門は宣言し、命令した。

――優婆夷様はあのお歳で大丈夫なのでしょうか。一人の女が訊いた。

――大丈夫じゃ。優婆夷様ご自身のご意志であるし、弥衛門殿が護衛している。七色紙を守って、皆、達者で暮らすように、というのが優婆夷様の最後のお言葉である……。

――仁階様はあのお歳で大丈夫なのでしょうか。

――大丈夫じゃ。軀は老いても、剣の腕に老いはない。

誰一人として「安芸」について訊く者はいなかった。三郎左衛門が安芸だと名乗ればそれで安芸なのである。国虎次男と言えば国虎次男なのである。出自などは後から捏造するものである。

その後、段取りを話しあってからすぐに三郎左衛門と彦兵衛は優婆屋敷の解体作業に取りかかった。屋敷といっても隠居所であるから実際は小屋程度の建物で、黙々とつづける男二人の作業は円滑に進んだ。

三郎左衛門は時々彦兵衛に一瞥を向けながら破壊作業をつづけた。彦兵衛はこの場に着いた時から、建物の周囲の灌木や草叢や地面の砂、そして庵のなかの畳や板や壁や障子紙や狭い土間、さらに庭のあちらこちらを視線で探っていた。三郎左衛門は素知らぬ顔でその様子を窺がっていた。

彦兵衛が訊いた。

——優婆夷様は村を去られる時に、三郎左衛門様と弥衛門様のお二人にしか知らせなかったのですね。自分は元々流浪の六部ですから、仕方がありませんが、優婆夷様のお人柄から考えるとやはり釈然としない一点が残ります。私の命は優婆夷様に救ってもらったのですから、かならずやこの命をかけてお守りしたでしょうに……。

三郎左衛門は何も応えなかった。

廃材などもまとめて一箇所に積み重ね、解体作業がほぼ完了した頃である。ほんの少時ひと休みをと思ったのであろう、彦兵衛は庭の隅の躑躅の木の根元の石に腰をかけながら、

——ここにこのような石組みがあったかなあ。と呟いた。ほぼ同時である。

——坐るなッ。と三郎左衛門が怒鳴った。彦兵衛は跳びあがるように石を離れた。三郎左衛門

は一瞬の間を置き、語気を和らげて、

——その石に坐ってはならん。最近積んだから安定が悪くて危ない。そう付け加えた。

彦兵衛は石組みを凝視した。石と石との隙間の奥の砂は白く乾いて膨らんでおり、それは最近掘り起こしてまだ固まっていない状態のままである。彦兵衛が懐疑的な眼差しを向けてきたので、三郎左衛門は目を逸らし、言った。

——彦兵衛。前々から何度も伊予へ帰りたいと言っていたが、その気持ちに変わりはないか。

——変わりありません。しかし、いつか優婆夷様が言ってくださったように、子供らの幸せを考えますと、村に残る方が少しは豊かな暮らしができるかと思ってもみたり、迷うところもありますが、すでに優婆夷様もおられませんし、土佐も村も変わってしまいましたから……。

——帰るがいい。ただ嫁と子供らは置いていけ。家族には何も言わずに出ていけ。村の皆には、優婆夷様と弥衛門殿の二人を追ったと伝えておく。心配するな。倅は尾崎として立派に育てる。お前が去って数日後には市右衛門と娘の祝言を上げる。出立は明日、早朝じゃ。峠まで見送りに行く。

——分かりました。くれぐれも子供たちのことを……。

翌早朝、重く長い暁闇を過ぎて空がかすかに白みはじめた頃である。家を出た彦兵衛は山坂道を登って、今はただの空地となった優婆屋敷跡への道とも呼べぬ道の入口にさしかかった時、立ちどまり、森の奥に向かって深々と頭を下げた。その様子を三郎左衛門は屋敷の門の脇に立って、樹間の薄闇の向こうに見つめていた。二人は近くに立つと互いに黙したまま一礼をし、道幅が狭いので前後に並んで坂の峠に向かって登っていった。

やがて二人は峠の頂に立った。ここに立つと誰もが麓の仁淀川の方、向こうの河口の方、彼方の太平洋の方を思わず眺望する。空と海との境目の水平線はぼんやりしていた。あたりの樹々も葉叢もまだほとんど黒々とした濃緑であるが、頭上を仰ぐと白みはじめた空一面に星々が煌めいていた。二人はごく自然な深い感嘆の吐息を洩らした。

彦兵衛の予定はこの坂の峠を下りて成山本村を過ぎ、北成山から中追(なかおい)を抜けて勝賀瀬(しょうがせ)へ行き、仁淀川沿いに進んで渡河し、南伊予へ向かう道に入るというものである。

――この峠からの眺めを一度知ってしまった者が、この絶景を離れて暮らしていくことは淋しいことだと思うが……。三郎左衛門が言った。

――確かにそう思います。しかし、私にはもうひとつそのなかに埋もれてしまいたい故郷の風景があります。

――いつか優婆夷様もおっしゃっていたが、その故郷はお前を流浪の身に陥れたのではないのか。

――それでも故郷は故郷です。戻って、少しは豊かにしてやりたい。子供たちには、この成山村が故郷となることでしょう。

――子供や七色紙と離れてでも帰りたいか。

――はい。村を一歩出たら、七色紙とは一切の縁を切ります。お約束いたします。もし万が一、何かありましたら、残した二人の子供を殺してください。

――そうだな。全部、忘れてくれ。彦兵衛、許せッ。

三郎左衛門は悲痛な声を放って抜刀し、背後から袈裟懸けに斬り下ろした。さらに数歩進む彦兵衛の片脚の脹脛のあたりを横に斬った。

彦兵衛は倒れた。そのまま逃げようと四つん這いになって膝で一歩二歩進んだが、斬られた方の肩が使えず、がくんと地面に崩れた。もう片方の肘で上体を支え、悲鳴をあげながら両膝で進みはじめた。その時、突然何本かの木の棒が現れて、彦兵衛の頭や肩や背や腰のあたりを乱打した。峠の樹の陰に隠れていた村の者らである。彼らは口々に、

――彦兵衛さん。逃げたらいかん。

――彦兵衛さん。掟破りはいかん。

――彦兵衛さん。堪えてえな。

と叫びながら激しい打擲をつづけた。彦兵衛が地面に腹這いになって動かなくなると、次第に村人たちの棒の動きも鈍くなり、間隔があいて、やがて殴打するのをやめた。峠は静かになった。

――躑躅の木の下……。弱々しい声が瀕死の彦兵衛の口から洩れでた。

――黙れ。と三郎左衛門は言い、倒れている彦兵衛に跨って刀を左側の背中から深く突き刺した。うっという最期の呻き声と、地面にまで突き抜けた剣先と小石との衝突擦過音とが同時に聞こえた。血だらけの刀を手に下げたまま、

――処刑場の墓場へ運んで、どこでもいいから埋めておけ。と命じて峠から横藪の方へ下りて

いった。

この坂の峠の西に、製紙方法の秘密保持の掟を破った罪人を処刑する人斬り場がある。処刑権限も三郎左衛門の指揮下にあった。彼の剣の実践はこの処刑場での斬首くらいのものである。

残された村人たちは手に手に棒をぶらさげたまましばらく佇立して、地面にへばりついた彦兵衛の骸を見つめていた。なかの一人が、

――三郎左衛門は変わってしまった……。と呟いた。

――優婆夷様が優婆屋敷へ移られてからじゃ。と誰かが言った。

――いや。もっと昔、千位様が亡くなられてからじゃ。と誰かが言った。

――安芸国虎次男じゃと……。また誰かが言った。そうすると長宗我部は仇敵ということになる。とつづけた。

――彦兵衛さんの声はたしかに「躑躅の木の下」と聴こえたが、もしかして優婆屋敷の躑躅のことだろうか。と誰かが言った。皆、慄然とした。

――滅多なことは言うものではない。恐ろしいことは考えるな。確かめに行ったりしたら殺されるぞ。さあ、彦兵衛さんを運ぶぞ。と誰かが言うと、銘々の棒を死骸の下に潜らせて通し、両端を持ちあげ、悄然と運びはじめた。

その頃、三郎左衛門は成山村を離れて幡多郡代官として西土佐へ赴任していた。領地成山村全般の管理と紙方役は倅市右衛門が継いでいた。

具体的な時期は分明しない。

ある日、成山村の庄屋になる男がのこのこと登ってきた。その姿を見て、集落の下方まで迎えに出ていた市右衛門は安堵した。あきらかに自分より若い。まだ十代であろう。これなら御しやすい。名を青木彌五右衛門といった。

— * —

青木彌五右衛門とその家族も成山村になじんだ頃である。複数の村人がつぎつぎとこっそり来て、七色紙のことや、養甫尼のことや、優婆屋敷のことや、峠は以前坂の峠と呼んでいたがこの頃は仏が峠と呼ぶようになっている、というようなことを、ひそひそ、ぼそぼそと話して帰った。何人も来た。老人もいる。若者もいる。男もいる。女もいる。しかしその話は肝腎なところの周縁をうろうろするばかりで、中心に向かってはけっして入っていかない。何かある。何かあるのだがよく分からない。何故ずばりと言わないのか。少年庄屋役は怪訝に思った。

慶長十八年、長宗我部の遺臣や一領具足、浪人らが領内に数百人いて、山内康豊は彼らを憐んでこれを初めて登庸した。「慶長郷士」である。当初「郷士の貫主は庄官にて」とか「庄官の宰下に属し」とか「村々庄屋支配」とかの古記録があるように、郷士よりも庄屋の方が権力は上であったが、次第に立場は逆転していく。

それから見ても、庄屋役青木彌五右衛門は、鉄砲の名手としても威勢のある成山市右衛門の配下にあって、成山村の慣習に従順にならざるをえなかった。

—＊—

ある時、彌五右衛門は横藪の山坂道を歩いていてふと立ちどまった。村人のひそひそ話によって前々から気懸かりな場所があり、立ちどまった所から山の緑の奥に目をやった。どう見ても道とは思えないのだが、左程高くはない崖の途中に、人ひとりがやっと歩けるほどの幅の草の繁茂の筋があり、それは崖とともに湾曲して森の奥へと伸びている。かつての獣道の跡であろうか。稠密な草の様子から一度も人は歩いたことがないようにも見える。

——この奥かもしれないな、養甫尼という孺人（じゅじん）が住んでいたらしい庵があったのは。若い庄屋はぶつぶつと独言を洩らした。足先で草叢の下を探るように踏みながら、片手は崖に凭せかけて、少しずつ慎重に入っていった。進むにつれて踏んでいる段の下の崖は高くなっていった。時折立ちどまり、左側のあきらかに人の手で造られた石垣や、右側の竹林の樹間に射す陽の光を眺めた。なにかしらかすかな気配のような、不吉な汚臭のような、身の引き締まる霊気のようなものを感じ、鳥肌が立ち、緊張した。しかもそれは一歩進むごとに強く濃密になっていく。するとそこに大きな躑躅の木と豪勢に咲いている赤い花々が現れた。

ああ、これが、村人の言う「養甫尼様の躑躅」か。と彌五右衛門は感嘆した。花々を見あげながら歩み寄ると、平坦地に出、この種の木としては異様と思われるほど太い幹の群立した根元の前に立っていた。その旺盛な造形のなかの荘厳に圧倒されるような想いであった。いったい樹齢はどれほどのものなのか、想像を絶するものがある。不思議なのは、躑躅としては異様な大きさであるのに威圧的ではなく、優美な品位といったその印象である。

あまり長居をしてはならないような気がして、帰ろうとし、彼は足許に落ちているいくつもの花弁のなかから一片(ひとひら)を拾って懐中に入れた。鳥の狼藉(ろうぜき)によって散ったのであろう。彼はごく自然に躑躅の大木に向かって合掌をしていた。

ひとつだけ奇異に思われるのは、「養甫尼様の躑躅」と呼ぶ場合、通常それは養甫尼様手植えの躑躅で丹精こめて育てたという意味であろうが、この巨きさに達するまでの樹齢は人の寿命をはるかに超えている。何故、この躑躅と養甫尼様が一体であるかのような呼び方をするのであろうか。先程感じたこの花木の品位と尼僧の人柄との相似によるものであろうか。

低い崖の自然の段のような道を村の道まで戻っていると、向こうの方に成山市右衛門が立っていたので彌五右衛門は驚いた。村の隅々まで歩いて見ておくのも自家の務めのうちであるから、普段から成山家が村人にたいして立入禁止を命じていたらしい区域へ入るのに少しも遠慮はいらない。堂々としていればよい、そう、彼は思った。互いに愛想笑いを浮かべて、崖の段にやっと足を乗せて立っている状態で向き合う格好となった。

――庄屋殿。この奥へ行ったようじゃな。市右衛門は言った。

――はい。行ってみました。大きく立派な躑躅の木にいっぱい花が咲いていました。これを紙に漉きこんでみようと思いつきまして。遊びです。そう言って笑い声を洩らし、若い彌五右衛門は先程拾って懐に入れていた一枚の花弁を摘みだして見せた。まだ見習い中の域を出ないが、この頃では彼も自家のなかに道具一式揃えて紙を漉いている。

ぎょっとした表情の市右衛門はわずかに顔を仰け反らせたが、

――それは枝についている花を毟りとったのか。と訊いた。

――いえいえ、これは落ちていたものを拾ったのです。

――村の誰かから聞いたことがあると思うが、ここから先はあまり入らない方がいい。養甫尼様の躑躅を手折ってはならない。根元の石に触れてはならない。昔から村にはそういう禁忌の伝承があって、それを破るとまちがいなく祟られる。実際に頓死した者もおる。子供の頃にここから入って遊んだことがあって、そのことが父に知られてしまい、ひどく打擲されたことがある。こんなに殴られたら、祟られなくても死んでしまうのではないかと思うくらいだった。

――何故なんでしょうか。その禁忌の源は何なんでしょうか。彌五右衛門は呟くように洩らした。市右衛門は慎重に軀の向きを変えて村の道へ戻り、その後ろを彌五右衛門も戻った。二人は並んで山坂道を登りはじめ、成山邸も過ぎて仏が峠へ向かって歩んだ。

――あそこには優婆屋敷があった。養甫尼様は尼僧だが、長宗我部元親公の実妹じゃ。と言って市右衛門がつづけた話は、この後ずっと成山家が伝承しつづけ、主張しつづけ、固執しつづけた内容のものであった。

――養甫尼様は成山村のすべてを、土居屋敷も、七色紙の製法も、田畑も、すべてを、父三郎左衛門に譲って高野山へ去って行かれた……。養甫尼様と父とは血のつながりはないが遠戚にあたっていた。が、父にとって養甫尼様の里の長宗我部は怨敵であったのだ。

──それはまたいったいどういうことでしょうか。

──父は、実は、長宗我部元親に滅ぼされた安芸国虎の次男なのだ。父三郎左衛門にとって長宗我部家は父を殺され家を滅ぼされた仇だった。

──養甫尼様の主人は波川玄蕃という武将で、その主人も息子たちも娘も殺されて、実兄元親公を仇敵としていたと聞いておりますが……。

──それはそうなのだが、結局のところ養甫尼様に流れているのは長宗我部の血なのだ。第一、この成山村は兄元親から与えられていたものである。父は回復しただけなのだ。

──回復……。

──であるから、私の代に替わったら旧姓に復せと父から言われている。

──旧姓に復す……。

──そうじゃ。吾家は成山ではなく本当は安芸なのだ。とっくの昔に村の皆には父上が話していることだ。成山三郎左衛門ではなく安芸三郎左衛門なのだ。成山市右衛門ではなく安芸市右衛門なのだ。そう、市右衛門は宣言するように言った。

──そうですか。分かりました。大切なことは、村の人びとがこれから後も紙漉きがつづけられて、笑い声が絶えないことです。そのことが、養甫尼様の、安芸様の、願いでありましょうし、私も同じです。以後、躑躅の木には近づかないようにします。と、若い庄屋役青木彌五右衛門は言った。過ぎ去ったことよりも、これから後のことが大切です。とつづけた。

―― ＊ ――

――土佐の山奥のこの成山村で養甫尼さんに出会えて、この旅はしみじみよかったです。ありがとうございました。しづが言って頭を下げた。

――せやなあ。本当に。よかったね。こんな深い旅になるとは思っていませんでした。ありがとうございました。私もまたそう言って頭を下げた。

私たち夫婦と森木謙郎、そして藤本史郎は、成山村から急勾配の細い道を伊野の町まで下りた。皆、空腹であったので饂飩屋に入った。飯台の上に帳面をひろげて、私は『紙漉村旅日記』の昭和十四年三月二十五日の記録を以下のように終えた。

「峠の上で青木幸吉さんに別れ、来たのとは別の、急な近道を通って伊野へ下りることとなる」。「薄ら寒かった天気が、急に良くなり、薄日がさし、ぽかぽかと暖かい。山鶯の声しきり、蝶は飛び舞ひ、山桜は美しく咲き綻び、椿は濃い紅色の花を道のべにこぼし、蓮華草までがかはゆく咲いてゐる山坂であった」。

（了）

引用、参考文献

『紙業界之恩人新之烝君碑』安喜喜代香　萱中雄幸　成山惣中
『紙漉村旅日記』「寿岳文章・しづ著作集５」　春秋社
『七色の里　成山小学校史』成山小学校史編集委員会
『土佐史談　69号』所収「土佐和紙関係文書」森木茶雷　土佐史談会
『歴史道探歩――七色紙伝説』岡田明治　発行著者
『紙の町・伊野に七色紙誕生の謎を追う』北村唯吉　南の風社
『成山物語』葛西光明　高知新聞連載　適作房
『いの史談　第25号』「森木茶雷翁のこと」井上敬郎　伊野町歴史を探る会
『伊野史談　32号』「森木茶雷さん」二宮凱温　伊野町歴史を探る会
『いの史談　第58号』所収
「養甫尼の碑建立（土佐七色紙誕生秘話）」友草良雄
「土佐七色紙　その真相をめぐって（上）」北村唯吉　いの史談会
『高知県人名事典』高知県人名事典編集委員会　高知市民図書館
『土佐国群書類従　第四巻』所収
「元親記」高嶋孫右衛門正重

「南国中古物語」　作者不詳
「土佐軍記」　作者不詳
「長元記」　立石正賀
「吉良物語」　大高坂芝山（秋月山人）　高知県立図書館
『土佐物語』　吉田孝世筆　岩原信守校注　明石書店
『安芸文書』　東京大学史料編纂所　安芸実輝所蔵
『長宗我部元親のすべて』　所収「安芸氏について」　吉田萬作　山本大編　新人物往来社
『南海治乱記』　香西成資（かさいしげすけ）原著　伊井春樹訳　教育社
『夏草の賦』　司馬遼太郎　文藝春秋
『朝の霧』　山本一力　文藝春秋
『いの史談　第60号』　所収
「いの町における新谷氏の系図復元について」　新谷浩之
「土佐七色紙（なないろがみ）異聞」　濱田重三郎
「波川氏の出自と滅亡1」　北村唯吉　いの史談会
『土佐史談　154号』　所収「波川家一族について」　岡田明治　土佐史談会
『長宗我部地検帳』　川村源七他　高知県立図書館
『山内家史料』「第一代一豊公紀」　山内家史料刊行委員会　山内神社宝物資料館
『高知県土佐国吾川郡伊野村誌』（明治十五年）　伊野村

引用、参考文献

『週刊読書人』（平成八年十一月二十二日号）
「旅でもらったこのひとこと」「のり、ねりは孝行息子」　渡辺文雄
『土佐国群書類従　第八巻』「土州淵岳志」植木挙因　高知県立図書館
『土佐国群書類従　第十一巻』「土佐国郡村帳」　高知県立図書館
『伊野史談　第40号』所収
「伊野町成山（伝）安芸三郎左衛門家友の石塔について（予察）」岡本桂典　伊野史談会
『山内家史料』「第二代　忠義公紀第一篇」（歴代事跡　郷士開基論　慶長郷士開基事）
山内家史料刊行委員会　山内神社宝物資料館
『土佐国群書類従　第八巻』「土佐州郡志」緒方宗哲　高知県立図書館
『土佐国群書類従　第六巻』「土佐国鏡草」　高知県立図書館
『植木枝盛集』家永三郎・外崎光広・松永昌三・川崎勝編集　岩波書店
『植木枝盛研究』家永三郎　岩波書店
『植木枝盛と女たち』外崎光広　ドメス出版
『土佐史壇　一号』土佐史壇会
『片岡健吉日記』立志社創立百年記念出版委員会　高知市民図書館
『土佐自由民権運動日録』土佐自由民権研究会編　高知市文化振興事業団
『明治文化全集　第六巻　自由民権篇下巻』「愛国新誌」　日本評論社
『吾家の歴史』安芸喜代香自筆日記　高知市民図書館蔵

『子規全集』講談社
「第十二巻　随筆二・陣中日記・従軍紀事」
「第二十二巻　年譜」
『鷗外全集　第三十五巻』「自紀材料・徂征日記」岩波書店
『高知教会百年史』日本基督教団高知教会
『長宗我部（ちょうそがべ）』長宗我部友親　文春文庫
『片岡健吉』松永文雄編　中庸堂書店
『土佐の自由民権運動』外崎光広　高知市文化振興事業団
『坂本直寛　自伝』土居晴夫編集・口語訳　燦葉出版社
『幸徳秋水全集』幸徳秋水全集編集委員会編　明治文献資料刊行会
『幸徳秋水研究《増訂版》』著絲屋寿雄　解説森山重雄　日本図書センター
『土佐紙の起原と其沿革の大要』尾崎精宏　成山小学校
『記念碑』安芸義清

あとがき

私が四歳の時に父は四十五歳で死んだ。脳溢血である。母は四人の子らをつれて高知市から松山市の実家へ帰った。私たちが帰った祖父の家は商売をしていたが、追い追い細りで、数年後には倒産、一家は港町の路地の奥へ転居した。

貧窮のなかでもなんとか高校を卒業した兄は、父の商売を再興しようと高知へ戻ったが、一年後に十九歳で死んだ。腸チフスである。末期、駆けつけた母に早逝の親不孝を詫びた。母は兄の遺骨を成山の仏が峠の墓地山の中腹、父の墓の隣に埋葬した。

私が小学校低学年の頃から、母は仏が峠の伝説をたびたび語って聞かせた。私にはすっかり罪障感が浸透してしまい、いつも怯えていた。我が家の困窮は新之丞の祟りとしか思えなかったから、もうこれ以上祟らんといてくださいと胸の内で祈った。

末子の私が働きはじめて一年を経た頃である。母は子育てをすませた報告に、二人の姉と私をつれて成山へ墓参に行った。私の記憶のなかに土佐のことも父のことも皆無であったから、叔父叔母たちは初対面も同然である。成山も同じで、山奥のさらに奥の奥、父祖たちはこんなところで生きてきたのかと驚いた。墓地山は桜と躑躅に覆われていた。初めて『新之烝君碑』の前に立った。やはり私は、もうこれ以上祟らんといてくださいと拝んだ。

数年後、今度は母が急逝した。私は成山へ行って父と兄の遺骨を掘り出し、仏が峠に立って、三人で太平洋を眺めて土佐に別れを告げた。母の遺骨を『新之烝君碑』のそばに埋葬する気はなかった。父と兄の遺骨を両脇に抱えて、松山市の三津浜まで持ち帰り、新しい墓の母の隣に安置した。

過日、その三人も永代供養の手続きと法要をすませて、位牌を菩提寺の本堂に納めた。さらに墓じまいをすませた。残った「終活」は、子供のいない夫婦二人の死後に至るまでの後始末である。

祟りへの私の対抗策のひとつは子の断念であった。子供も生まれてこなければ祟られることはあるまい。やれやれである。もうひとつの対抗策は、伝説の謎探索の作品化であり、その願望は子供の頃から芽生えていた。

私と稲山倫子（いなやまみちこ）は昭和四十四、五年頃から同人雑誌に作品を発表しはじめた。事情があって、出会ってから十四年後に所帯を持った。その頃には二人とも参加していた同人雑誌はとっくに辞めていた。長い間の充実した空白期間を経て、平成六年九月に同人が夫婦二人だけの雑誌『アンプレヤブル宣言』を創刊した。

目標を『文學界同人雑誌評』に置いて励んでいたので、批評対象に選ばれたり、ベストファイブに入ったりすると、二人で大喜びした。いくつかの作品を編み、青木倫子の方は『そそぎてやまん』（鳥影社）、私の方は『シコクイワナ』（鳥影社）と成った。

その小誌第一次第三号（平成八年十月刊）に私は「遡行——土佐七色紙伝説私考」を発表した。

まだ勤めに出ていたので、調査と想像と執筆のための時間が取れず、作品は未熟児のようであった。仏が峠の伝説に関しては多くの先達がいるのだが、その調査研究と想像推測とのすべてが私とは異なっていたので、その一点を早めに提示しておきたかった。

平成二十二年の一月頃である。松山の義兄宅を用件があって訪ねた時のこと、すぐ上の姉が、

——作家の山本一力さんがラジオ番組で、今度、養甫尼さんのことを書くという話をされていた。と話し、つづけて、

——録音をしている。と言った。

私は驚き、それを愉しく聴いた。私が驚いたのは、子供の頃から胸奥に住んでいる養甫尼の名前が土佐出身の職業作家の口から出てきたからであり、嬉しかったのは、これで養甫尼の名前は全国的に広がるだろうと思ったからである。

私は少しでも参考になればと思って、二月か三月頃に、勇気を出して山本一力氏へ第三号を贈ってみた。すると氏から電話があり、丁重な謝辞が述べられ、

——連載がはじまります。

とのことであった。私は、緊張し、恐縮し、感激し、何から何まで中途半端な拙作の送付を恥じ、後悔した。

連載第一回目の「花つぶて」は『オール讀物』「創刊八十周年記念特大号」（平成二十二年五月号）に発表された。読後、職業作家の練達の凄味に圧倒され、羞恥と後悔の念をさらに一層深めながら、第二回目を翹望（ぎょうぼう）した。——ところが、数箇月待っても表れない。

それが表れたのは、一年近く後の『オール讀物』（平成二十三年二月号）においてであり、作品名は「峰の桜」である。私は読んで衝撃を受けた。一回目の「花つぶて」の次の章は、小説の展開として、いよいよこれから養甫尼が主役となって前面に出てくる、そう予感させるものであったのである。

ところが再開された二回目の物語の進路は大きく変更されて（と私には思える）、波川玄蕃清宗が主役になっていた。そしてそれは、土佐における従来の評価とは異なってまことに斬新な玄蕃像となっていた。

どうやら、私は職業作家の創作の邪魔をしたようである。私は恥じ入った。また、職業作家が自らに課す厳しさを知って粛然となった。

――養甫尼のことは空けておいてやるから、もっときちんとしたものをお前が書いてみろ。そう、山本一力氏の暗黙の声は聴こえた。

その後、もう一度、仏が峠伝説の謎解きの作品化を試みたが、休日は高知の三図書館（県立、市民、伊野町）通いによる史料調査や成山踏査、そして「いの町紙の博物館」見学だけで潰れてしまい、仕事疲れで眠い夜の頭での作品は粗笨（そほん）な創作ノートでしかなかった。本腰を入れて執筆するためには仕事を辞めて、疲労と眠気から脱けだし、いわば人生の休憩時間を捻出するしか方法はなかった。年金を貰える時期が来てすぐ辞めた。

母から伝説を聴いた小学生の頃をこの「土佐七色紙――養甫尼伝――」の起点とすれば、実に六十年を要したことになる。しかも、自分自身にとって、試行錯誤の末にやっと完成したこの作品は「新作」であるという感慨を覚えている。
この「本」ができたのは大勢の方々のお陰であります。
この作品に登場してきた故人の皆様。ありがとうございました。
安芸真奈様。ありがとうございました。
季刊文科編集委員の先生方。ありがとうございました。
山本一力様。ありがとうございました。
鳥影社編集部長小野英一様。ありがとうございました。
鳥影社社長百瀬精一様。ありがとうございました。

令和元年五月

青木哲夫

〈著者紹介〉

青木哲夫（あおき てつお）

本名 青木哲雄

昭和 22 年高知市生。26 年松山市三津浜へ。

第 35 回文學界新人賞佳作入選（「夏の伝説」）。

第 27 回愛媛出版文化奨励賞受賞（『シコクイワナ』鳥影社刊）。

妻 青木倫子（旧姓稲山）と同人雑誌『アンプレヤブル宣言』発行。

土佐七色紙

——養甫尼伝——

季刊文科コレクション

定価（本体 1600円+税）

乱丁・落丁はお取り替えします。

2019年 7月 26日初版第1刷印刷

2019年 8月 5日初版第1刷発行

著　者　青木哲夫

発行者　百瀬精一

発行所　鳥影社（www.choeisha.com）

〒160-0023 東京都新宿区西新宿3-5-12トーカン新宿7F

電話 03（5948）6470, FAX 03（5948）6471

〒392-0012 長野県諏訪市四賀 229-1（本社・編集室）

電話 0266（53）2903, FAX 0266（58）6771

印刷・製本　モリモト印刷

ISBN978-4-86265-755-8 C0093